백만분의 일

백만분의 일

초판 1쇄 인쇄   2015년 2월 10일
초판 1쇄 발행   2015년 2월 17일

지은이   한승수, 최환웅
펴낸이   손 형 국
펴낸곳   (주)북랩
편집인   선일영   편집   이소현, 이탄석, 김아름
디자인   이현수, 김루리, 윤미리내   제작   박기성, 황동현, 구성우
마케팅   김회란, 박진관, 이희정
출판등록   2004. 12. 1(제2012-000051호)
주소   서울시 금천구 가산디지털 1로 168, 우림라이온스밸리 B동 B113, 114호
홈페이지   www.book.co.kr
전화번호   (02)2026-5777   팩스   (02)2026-5747

ISBN   979-11-5585-476-1 03810(종이책) 979-11-5585-477-8 05810(전자책)

이 도서의 국립중앙도서관 출판예정도서목록(CIP)은 서지정보유통지원시스템 홈페이지(http://seoji.nl.go.kr)와
국가자료공동목록시스템(http://www.nl.go.kr/kolisnet)에서 이용하실 수 있습니다.
(CIP제어번호 : CIP2015004698)

백만분의 1

한승수·최환웅 지음

북랩 book Lab

이 책은 길랑 바레 증후군으로 죽을 뻔한 승수 형의 이야기다.

승수 형이 서울대학교 법대연극사단 1998년도 봄 정기공연 '코뿔소'에서 배우로 활약할 때, 새내기로 연극반에 합류해 함께 공연한 것이 나와 승수 형의 첫 인연으로 기억한다. 승수 형은 당시 4학년으로 본격적인 고시생이었고 나는 연극보다 연극반 사람들과 놀러다니는 것을 좋아하는 편이라, 승수 형과는 연극한 것보다 학교 운동장에서 농구한 기억이 더 많고, 농구한 것보다 술 마시면서 이런저런 이야기를 한 기억이 더 많다.

처음 본 승수 형은 나름 훤칠하게 생긴, 어떻게 봐도 '강남 키드'처럼 보였다. 하지만 세상에서 억울한 사람들이 줄어들도록 하는 일에 관심이 많고, 황당하게도 로마법을 전공으로 선택해 석사 공부를 하고, 가족 이야기를 자주 하고, 술 좋아하고, 학자스러운 느낌이 나는 온화한 말씨를 쓰고, 예쁘고 귀여운 여자를 좋아하고, 더 멋지고 유능한 사람이 되려고 대단히 노력하고, 친구가 많고, 그 밖에도 수많은 매력과 엉뚱한 점과 안쓰러운 점이 공존하는 사람이다.

하는 일은 변호사로, 서울대학교 법과대학 사법학과를 졸업하고 대학원에서 석사학위를 취득한 후 로펌에서 근무하다가 미국에서 1년 동안 공부하고 뉴욕 주 변호사 시험을 통과했다. 일본 오사카의 법률사무소에서 반 년간 파견근무를 하며 업무제휴 및 일본어 공부에 매진하다가 2013년 1월 몹쓸 병에 걸렸다.

"사람 살고 죽는 것 말고는 다 아무것도 아니다." 2006년에서 2007년으로 넘어가는 겨울, 선친께서 돌아가신 뒤 어무이는 한동안 이 말을 입에 달고 사셨다. 정말 그랬다. 투병기간 1년과 그 후 1년을 부모님과 함께, 그리고 어무이와 함께 지내보니 나는 당시 고민하고 있던 일자리 구하기나 살 곳 정하기는 비교도 안 되게 사소한 문제라는 것을 알게 되었다. '살고 죽는 일'이 무엇인지 선친께 물어볼 기회가 없어 늘 답답했다.

발병 초기 승수 형은 의식은 멀쩡한 상태에서 호흡조차 혼자 못할 만큼 온몸에 대한 통제력을 잃고 누워 치료 및 생명유지 과정의 괴로움을 겪었다. 그 무엇과도 비교되지 않는다는, 살고 죽는 문제를 겪은 셈이다. 나는 그 이야기를 듣고 싶었다.

승수 형은, 몸과 마음에 남은 상처 탓인지 고비를 넘긴 뒤에도 1년 넘게 살아남는 일이 최우선이었다. 몸과 마음이 돌아올수록 물리적인 생존에서 혼자 생활할 수 있을 정도로 회복되는 것, 그리고 사회 속에서 살아가는 식으로 점차 관심이 넓어지긴 했지만, 어디까지나 그 핵심은 '살아남기'였다. 발병 이후 2년 가까이 지난 지금, 승수 형은 아이와도 놀아주고 회사도 다니지만, 그래도 죽을 뻔했다는 불안감은 아직 마음속 깊이 남아있는 것 같다.

이 책에서는 2013년 1월 발병 초기의 괴로움과 1년 넘게 걸린, 아직 끝나지 않은 재활 치료, 그리고 그 이후의 달라진 삶을 승수 형의 마음과 몸, 그리고 가족들이 어떻게 받아들였는지 보여주려고 노력했다. 이 책이 승수 형이나 승수 형을 아끼는 사람들, 그리고 전신마비를 이해하고 싶은 사람들에게 조금이나마 도움이 되기를 바란다.

2013년 1월 발병 뒤 첫 인터뷰가 진행된 8월 18일까지의 이야기는 승수 형의 기억을 바탕으로 다시 구성했고, 이후 1년간의 이야기는 평균 2주에 한 번 진행된 인터뷰를 통해 비교적 상세하게 작성했다. 승수 형의 강인함과, 좌절과, 슬픔과, 받아들임이 본인이나 사랑하는 이가 이 병이나 마비를 겪고 있는 사람들에게 조금이나마 도움이 됐으면 좋겠다.

최환웅

실은 내가 이 책을 내는 것, 그리고 책머리에 이 글을 쓰는 것이 적절한지 많이 생각해 보았다. 나는 의사도 아니고, 완쾌하여 예전의 몸 상태를 회복한 환자도 아니다. 나보다 더 심한 후유장애를 가진 사람도 있다. 어중간한 위치다.

타인에게 내 몸의 불편은 지극히 사소한 것일 수도 있고, 눈에 띄지 않기도 한다. 나는 가끔은 사람들이 내 불편을 몰라주기를 바라고, 아주 가끔은 알아주기를 바란다. 이제 충분히 회복되었다는 생각도 든다. 그러나 때로는 내가 더 이상 할 수 없는 수많은 것들에 대한 생각으로 눈물이 울컥하고 올라오기도 한다.

따라서 어떻게 보면 나는 전혀 자격이 없다고 할 수 있다. 또 창피하기도 하다. 나의 불운과 투병 경험은 숨기며 사는 게 좋은 것은 아닌가 생각도 해 보았다. 실제로 아팠다는 사실이 내게 얼마나 큰 족쇄가 되는지 실감하고 있기도 하다.

하지만 나도 인터넷에 떠도는 많은 사람들의 경험담에 큰 힘을 얻었고, 한편으로는 보다 많은, 그리고 자세한 경험담을 접할 수 없어 아쉽기도 했다. 혹시나 누군가 이 글을 보고 스스로의 상태에 대하여 위안을 삼을 수 있다거나, 앞으로 나아갈 방향을 조금이라고 예상할 수 있다거나, 더 참고 버틸 힘이 생길 수 있다면 다행이라고 생각한다. 그것이 이 글의 시작이자 끝이 아닐까 한다.

일본 병원에서 가족들에게 내주었던 설명 자료를 우연히 보았다. 혼자 생활할 수 있을 확률 30%, 타인의 도움을 받아 생활할 수 있을 확률 40%, 침대에서 일어나지 못하거나 죽을 확률 30%….

혹시나 이 병에 걸린 환자를 다루는 의사, 간호사, 치료사들이 독자가 된다면, 이 글이 환자의 마음을 조금 더 알 수 있는 계기가 되면 좋겠다.

이 병과 아무런 관련이 없는 분이라도, 뜻하지 않은 인생의 암초와 그것에 걸려 버둥대는 한 인간의 몸과 마음을 들여다볼 수 있다면, 또 그로써 어떤 용기나 희망을 얻을 수 있다면 그것으로 충분하지 않을까 싶기도 하다.

오랜 기간 병원 생활을 하고 재활을 하는 동안에도 여전히 사람들 한가운데에 머물렀다. 사람들 사이에서 재미있는 에피소드도 많이 있었고, 가슴 먹먹한 감동의 순간들도 맛보았다. 일기는 일기인 채로 묻어두는 게 낫겠다 싶기도 하고, 이 작업의 지향을 고려하여 세세한 내용을 담지는 않았지만, 절망의 순간에도 그래도 살아서 다행이라고 생각한 적이 참 많았다. 그리고 지금도 생각한다. 참 다행이다.

손 내밀어 주신 수많은 분들, 감사합니다. 특히 곁을 지켜준 사랑하는 가족, 친구들, 의사, 간호사, 같이 땀 흘리며 체온을 나눈 치료사 선생님들, 고맙습니다. 하느님, 감사합니다.

한승수

　처음 추천의 글을 써달라는 부탁을 받았을 땐 굉장히 당황스러웠다. 글을 쓰는 것 자체도 어색했을 뿐더러, 한 사람의 인생에서 가장 큰 전환점이 됐을 시간에 대해 말한다는 것이 두려웠다. 그럼에도 그 부탁을 받아들였던 건, 같은 병으로 고통받고 있을 다른 사람들에게 조금이나마 위로가 되었으면 하는 마음에서였다.

　첫 평가를 했던 때가 생각난다. 그는 차분하게 자기 상태에 대해 계속 표현하려 노력했다. 자신의 현재 상태와 그 이유, 그리고 앞으로의 목표에 대해 진중하게 말하는 모습이 인상 깊었다. 고학력자에 남들보다 좋은 직장, 사회적으로 성공했던 그가 이 병으로 인해 받았을 절망과 상실감은 내가 상상할 수 없을 정도로 컸을 것이다. 그렇게 생각하니 안쓰러움과 책임감이 생겼다.

　그는 손 기능이 하루빨리 돌아오길 바랐다. 손이 마음대로 움직이질 않으니 일상생활부터 사회생활까지, 그 무엇 하나 제대로 할 수 있는 게 없다며 불편함을 호소했다.

그는 자신의 사회적 위치로 돌아가고자 하는 의지가 남들보다 강한 사람이었다. 치료를 할 때도 매사 진지한 태도로 나의 작은 말 하나조차 허투루 듣지 않았다. 또한 자율치료 시간에도 미리 알려준 소근육 활동을 꾸준히 했다. 제 치료시간이 끝나면 바로 돌아가 버리는 대부분의 환자들과는 사뭇 다른 모습이었다. 그런 노력이 있었기에 남들보다 빨리 가정으로, 사회로 복귀할 수 있지 않았을까 생각한다.

혼자서는 숨 쉬는 것 하나 어려웠던 때부터 다시 사회로 복귀하기까지, 그가 받았을 고통의 크기는 나로서는 가늠하기 힘들다. 그가 그 고통을 이겨낼 수 있었던 가장 큰 이유 중 하나는, 아마 가족들의 지지와 지원일 것이다.

입원 당시 매일 같은 시간에 그의 누나가 방문했는데 병원생활로 몸도 마음도 지쳐있을 그에게 따뜻하게 격려해주는 모습을 보며 담당 치료사인 나도 사명감을 가지고 치료에 집중할 수 있었던 것 같다.

최근 연구에 따르면, 폐암 환자의 생존율은 독신 남자보다 기혼 남자 쪽이 3배 이상 높은 것으로 밝혀졌다고 한다. 배우자나 가족의 지지는 어떤 최신 의료 기술보다 환자에게 큰 의미를 가지고 있는지도 모른다. 가족의 존재는 상상 이상으로 인간에게 힘이 될 것 같다.

길랑 바레 증후군의 발병률은 약 10만분의 1. 생각보다 많은 수의 사람들이 앓고 있는 병이다. 그러나 환자 본인은 현재 어떤 상태인지, 재활이라는 긴 터널의 어디쯤에 와 있는지 알기 힘들다. 물론 환자마다 나타나는 양상과 회복의 기간에는 차이가 있지만, 이 책이 혹여 나만 이런 것은 아닐까, 이게 끝은 아닐까 하고 앞이 보이지 않는 재활의 길에서 낙담하는 환자들에게 도움과 위로가 되었으면 한다.

작업치료사 임경희

차 례

들어가며 》 4

저자의 말 》 7

추천사 》 10

길랑 바레 증후군(Guillain-Barre syndrome)이란? 》 14

 발병, 투병 그리고 재활의 시작

백만분의 일의 기록 》 20

일본 오사카에서의 발병 》 38

귀국―우리나라에서의 치료 》 92

재활의 시작 》 107

 재활 또 재활 그리고 계속되는 변화

국립재활원 》 126

부천예은병원 》 202

퇴원 》 249

후기―이 병에 걸린 환자와 그 가족들,

그리고 그 외 독자들에게 》 282

길랑 바레 증후군(Guillain-Barre syndrome)이란?

정의

말초신경에 염증이 생겨 신경세포의 축삭을 둘러싸고 있는 '수초'라는 절연물질이 벗겨져 발생하는 급성 마비성 질환으로, 급성 염증성 탈수초성 다발성 신경병증(acute inflammatory demyelinating polyneuropathy, AIPD)으로도 불린다. 발생 빈도는 다양하나 대개 연간 인구 10만 명당 1명의 빈도로 발병하고, 모든 연령에서 발병할 수 있으며, 소아 연령에서는 10만 명당 0.8명 정도의 빈도로 발생하는 것으로 추정된다. 남녀의 차이는 없으며 성인에게 더 흔하게 발생한다.

감기나 가벼운 열성 질환 등의 상기도 감염이나 비특이성 바이러스 감염을 앓고 평균 10일 전후에 갑자기 발생하는 질환으로, 주로 운동신경에 문제를 일으키지만 감각신경에도 문제를 일으킬 수 있다. 비교적 빠르게 진행되는 대칭성의 상행성 운동마비와 심부건 반사(deep tendon reflex; 자극 중에 뇌를 거치지 않고 척추 뼈

속에 있는 척수를 돌아서 바로 반응을 보이는 경우, 무릎뼈 아래쪽이나 상완근 말
단부분 등에 물리적 자극을 가할 경우 자신도 모르게 다리가 튀어오른다든지 팔이
튀는 현상 등)의 저하나 소실을 특징으로 한다. 급성 염증성 탈수
초성 다발성 신경병증(AIDP)의 다양한 아형들로는 급성 운동감
각 축돌기 신경병, 급성 운동축돌기 신경병, 밀러-피셔 증후군
등이 있다.

원인

AIDP의 정확한 원인에 대해서는 아직 잘 알려져 있지 않다.
AIDP 환자의 약 70%에서 운동마비가 나타나기 전에 상기도 감
염, 폐렴, 바이러스 감염 등이 발생하는 것으로 보아, 외부 항원
을 인식하는 항체가 자신의 신경을 공격하는 자가면역질환이 그
원인 프로세스로 추정되고 있다.

증상

AIDP는 급속히 진행하는 대칭성 상행성 운동마비와 심부건
반사의 저하와 소실을 특징으로 하며, 주된 증상은 운동신경계
증상이지만, 경미한 감각 이상을 동반한다.
상행성 마비는 발병 초기에 다리의 발 쪽부터 힘이 빠지는 증
상으로 시작되고, 수일에 걸쳐 허벅지 쪽으로 마비가 진행되는

양상을 보인다. 대부분 다리가 팔보다 심하게 마비되며, AIDP 환자의 50%에서 양쪽 얼굴 마비 증상이 관찰된다. 1~3주에 걸쳐 운동마비가 진행하지만, 급격하게 진행하는 경우에는 수일 만에 정점에 이르는 경우도 있다. 또한 AIDP 환자의 약 1/3이 호흡곤란을 보이고, 약 50%에서 혈압 및 맥박의 변동, 요(소변) 정체 등 자율신경계 증상을 보인다.

4~9세 사이의 소아의 경우, 마비가 오기 전에 근육의 피로나 근육통을 호소할 수도 있다. 팔다리의 마비는 대개 다리에서부터 시작하여 위로 올라오게 되는데 진행 속도는 수일에서 수 주로 다양하지만 발병 후 1~2주 동안에 심해져 최고에 이르는 경우가 많다. 심하게 진행되면 호흡곤란 및 연하곤란의 증상을 보일 수도 있다. 발병 후 2~3주부터 증상이 차차 호전되어 발병순서의 역방향으로 회복되기 시작한다.

치료

고용량의 면역글로불린 정맥주사나 혈장분리 교환술을 치료적 목적으로 시행할 수 있다. AIDP는 진행이 빠르기 때문에 대개 집중 치료실에서 치료하게 되며, 약 30%의 환자가 인공호흡기를 필요로 한다.

경과/합병증

운동마비 증상이 시작되어 최고조에 이른 후부터 서서히 증상이 호전된다. 대부분은 2개월에서 18개월 이내에 완전히 회복되지만, 그 이상 마비가 지속되면 완전한 회복을 기대하기는 어렵다. 6개월이 경과하면 약 85%의 환자는 혼자 걸을 수 있을 만큼 회복되지만, 운동마비 증상이 현저하였던 환자는 다양한 정도의 운동장애가 남을 수 있다. 약 3% 정도에서 재발하는 것으로 알려져 있다. 초기에 호흡곤란 및 연하곤란의 증상을 잘 치료하지 않으면 생명이 위태로운 경우가 발생할 수 있다.

(출처: 서울대학교병원 의학정보)

1장

발병, 투병
그리고
재활의 시작

백만분의 일의 기록

이하는 첫 인터뷰와, 이후의 인터뷰 중 첫 인터뷰 이전의 상황에 관한 내용이다.

첫 인터뷰—2013년 8월 18일 현재(발병 6개월)

2013년 여름, 연극반 모임에서 승수 형이 아프다는 이야기를 들었다. 4호선 수유역에서 마을버스를 타고 들어가 국립재활원에 찾아가보니 형이 있었다. 바싹 야위고 목에 인공호흡을 위해 구멍을 뚫은 흔적이 선명했지만, 여전히 온화한 말투로 나를 맞아주며 당시 태어난 지 100일이 지난 딸 채은이 이야기를 해줬다. 문득 채은 양이 자라면 아빠가 길랑 바레 증후군을 어떻게 겪었는지 알고 싶어 할 것 같았고, 나의 법대 2년 후배인 형수도 언젠가 다른 시각에서 본 글을 읽고 싶어 할 것 같아, 당시 손이 움직이지 않던 승수 형에게 책을 써보자고 했다.

며칠인가 지나서 승수 형은 그렇게 하자고 이야기했다. 승수 형은 대학 때 몇 편의 희곡을 쓴 적이 있었다. 우리 연극반에서는 그것으로 공연을 한 적도 있었다. 그 며칠간 승수 형이 어떤 점을 고민했을지 혼자서 생각해 보았다. 아마 승수 형은 손가락이 움직인다면 스스로 무엇이라도 쓰고 싶었을 것이다. 승수 형이 불러주는 대로 그대로 적는 방식은 어떨까 했지만, 스스로 마음속 이야기를 하나씩 꺼내는 것은 몹시 가슴 아프고 힘들 것 같다고 했다. 이야기를 하다가 울어버릴 수도 있다고 하기에, 가끔은 우는 것도 도움이 될 거라고 했다. 늘 내가 하던 업무처럼, 인터뷰 형식으로 진행하기로 했다.

그리고 다시 며칠이 지나 일요일 오후, 다시 승수 형을 찾아 국립재활원에 가 보았다. 한가로운 오후 시간, 승수 형은 자신의 친형인 승엽이 형과 함께 있었다. 나는 승엽이 형과도 몇 번인가 얼굴을 본 적이 있었다.

병실에는 만화책을 비롯한 각종 책들이 가득했다. 내가 가져다 준 소설 ≪고래≫도 그중 하나였다.

승수 형은 걷는 연습을 하고 있었지만 나를 보고는 휠체어에 탔다. 조용히 이야기할 만한 곳을 찾아 움직이는 데에는 휠체어가 편해 보였다. 승수 형, 승엽이 형 그리고 나는 불 꺼진 건물 한구석 벤치를 찾아냈다.

나는 수많은 인터뷰를 했지만, 이런 인터뷰는 처음이었다….

 # 형, 오래간만이에요. 어떻게 지내요?

매일매일 운동하는 것과 자는 것이 주요 일과야. 재활 치료가 운동이지 뭐. 이 병에 걸리면 주로 운동신경을 다쳐 장기간 신경이 제 기능을 못해 근육이 움직이지 못해서 몹시 약해지거든. 재활 치료는 크게는 두 가지로, 운동신경이 살아난 부분에 대해서 근육을 돌려주기 위한 것이 하나고, 다른 하나는 운동을 통해서 신경에 자극을 줘서 재생을 돕는 거야.

 # 성과는 있나요?

응. 괜찮아. 조금씩 조금씩 근육이 생기고 있어. 신경도 조금씩 돌아오고 있고. 근육이 단시간에 많이 생기면 좋겠지만, 그렇게는 되지 않네. 장기간 재활이 불가피할 것 같아.

승수 형을 처음 보았을 때, 목젖 아래 선명하게 있는 구멍을 뚫은 흔적에서 눈을 떼기가 어려웠다. 다소 급하게 본론으로 들어가는 것은 아닌가 생각했지만, 뭐든 궁금한 것을 물어보는 것이 맞다고 생각했다.

 # 목에 있는 흉터가 눈에 띄는데, 수술 자국인가요?

응, 수술 자국이야. 여기에 구멍을 뚫어서 인공호흡을 한 거지.

큰 수술 아니었어요? 언제쯤 한 건가요?

목에 구멍 낸 걸 병원에서는 기관절개라고 하더라구. 가래를 스스로 뱉지 못하니까 석션(suction)을 위해 발병 첫 주 금요일 오후 4시에 수술했어. 정확한 시간을 내가 기억하는 건 아니고. 물어보니 그렇대. 나는 오전으로 기억하고 있었거든.

초반에 한 거군요. 인공호흡 목적이라구요?

맨 처음에는 인공호흡기를 입에 대고 있었고 가래 제거도 입으로 했어. 코에도 산소 공급하는 튜브가 있었어. 근데 그렇게 입을 통해서 하는 것은 관리가 어렵다고 하더라구. 장기간 쓰기 어렵고 감염 우려도 있고 해서 기관절개를 해서 바로 인공호흡기를 기관 절개한 곳으로 연결하는 거지. 기관 절개한 곳에는 튜브가 연결되어 있는데 이걸 우리나라에서는 '캐뉼라'라고 부르더군. 일본에서는 계속 튜브라고 했어.

수술 날이 금요일이니까 첫날 입원하자마자 ICU에 가서 인공호흡 시작한 다음 사흘쯤 있다가 한 거지. 내 기억이 정확한지는 모르겠는데, 수술 시작 후 생명이 관련된 수술이라서 다른 의사가 입회해야 한다고 하면서 수술을 멈춘 뒤 다시 시작했어.

당시가 발병 후 사흘쯤 지났고 해서 난 그게 인공호흡이 끝나는 수술이라고 생각했는데, 실은 그때부터 최악의 상황이 시작

됐지. 수술을 시작할 때 뭔가 좋은 일이라고 들었거든. 지금 기억으로는 수술 몇 시간 전엔가 의사가 와서는 "축하한다. 자발호흡이 돌아왔다." 그렇게 이야기했었고, 맨 처음 처로부터 일주일 정도의 인공호흡, 몇 달 간의 재활이라고 들었거든. 그래서 나는 다행히 인공호흡이 1주일도 걸리지 않고 좀 빨리 끝나는구나 생각했지.

근데 정신을 차리고 보니까 인공호흡을 목에 난 구멍으로 하고 있었고 코에 있는 튜브를 빼고 콧줄을 끼우더라. 한참 후에는 이미 소변 줄을 끼웠다는 걸 알게 됐지. 그때부터는 도대체 이게 어떻게 된 거지 하면서 완전히 미치겠더라고.

게다가 수술을 하고 나서 정신은 좀 차렸는데 말이 안 나오더라구. 입은 열려 있고 목에 뚫은 구멍으로 인공호흡하는데 왜 말이 안 나오는지 모르겠더라구. 말이 안 나온다고 항의했었어. 왜 말을 못하냐고 항의했었는데, 그 의사가 구멍을 뚫었기 때문에 말이 안 나온다, 한동안 말이 안 나온다고 했었어. 얼마나 오랫동안 말을 못하냐고 했더니 자기도 모른다고 하더라고. 그냥 '한동안'이라고만 했어. 내가 항의하니 일본 변호사들이 의사에게 어떻게 된 것인지 물어보고 했었어. 말을 못하니까 정말이지 너무 불안했었어.

한국에 올 때도 기관 절개 상태였고 콧줄과 소변줄을 달고 있었어. 감염 예방을 위해 목에 꼽은 튜브, 캐뉼라는 일주일에 한 번 교체했어. 그때마다 몹시 아프고 괴로웠지. 피도 나고.

나중에 3월 말 그니까 발병 후 두 달이 지나서야 소변줄을 뺐고, 4월 초순에는 콧줄을 뺐지. 목구멍에 꼽아놓은 캐뉼라를 빼고 구멍을 막은 게 5월 중순이야. 이 흉터는 없어지지 않을 것 같네. 안전을 생각해서 기관 절개한 구멍을 막는 거는 천천히 조심히 했던 거 같아.

[엄마의 일기]

2013년 2월 1일 금요일

목에 절개수술을 하다.

11시에 승수 만나고 아빠랑 나랑 의사 설명 듣고 먼저 집에 오니 3시. 최 서방과 서울 회사 변호사를 보내고 4시부터 대기. 5시에 이비인후과 의사가 수술 30분 후에 일본 전화로 "수술 성공했습니다." 3번 말했다. 기쁘고 감사한 일이다…

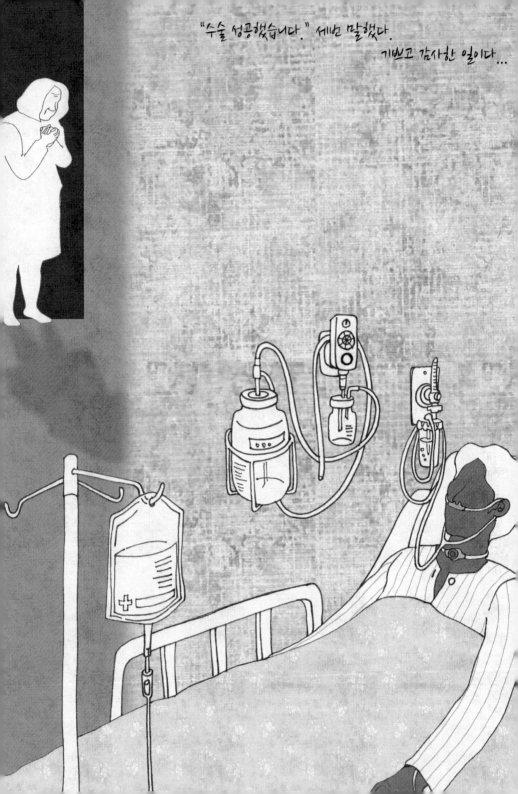

[엄마의 일기]

2013년 2월 2일 토요일

어제 목에 절개를 했다. 주님의 도우심으로 성공했다는 소리를 들었을 때 병이 다 나은 것처럼 기뻐했다.

최 서방이 옆에 있고 윤, 박 변호사도 오시고 우리도 얼굴만 보고 왔다. 밤에는 비가 많이 왔다. 오늘은 병원에만 갔다가 승수가 나중에 오시라고 했다기에 안보고 왔다.

열심히 걷고 운동을 해도 즐거워야 몸이 가벼울 텐데 아무리 생각해도 몸이 가벼워지질 않는다. 긍정적으로 생각하자. 기쁜 마음을 가지면 몸도 마음도 밝아질 텐데. 승수야, 너도 긍정적으로 생각하면 좋은 기운이 나오겠지. 점점 나아지고 있다고 하니까 잘 이기자.

잠깐, 코에도 줄을 달고 있었어요?

음식을 먹으려면 삼킬 수가 있어야 하는데, 삼키는 근육도 마비되어 직접 영양분을 몸속으로 넣어줘야 해. 그래서 코를 통해 관을 삽입해서 소화기관으로 영양분을 집어넣지. 그러니까 콧줄이란 영양분 공급을 위해 몸속으로 연결해 둔 줄인데 그 줄 끝이 코 밖에 나와 있어서 콧줄이라 부르는 거 같아. 이게 오래 되는 경우에는 배에 구멍을 뚫어서 직접 위장으로 연결하는 경우도 있대. 이건 뱃줄이라고 하더라.

다만 한국과 일본의 콧줄은 차이가 있어. 일본의 경우 관이 얇고 소장까지 연결되어 있어. 내가 식도가 쓰리다고 하니까 일본 의사가 와서 그림을 그려서 보여줬어. 소장에 콧줄의 끝부분이 도달한다고. 그리고 영양분이 포함된 팩을 콧줄의 코쪽 끝에 24시간 연결해서 재활운동 갈 때 외에는 항상 영양분을 공급받았지. 용량이나 시간은 모두 기계에 입력하면 그대로 투여되었어. 6시간 정도 지나면 한 팩이 모두 들어가서 삐삑 소리를 내었고, 그러면 간호사가 와서 빈 팩은 버리고 새로운 팩으로 갈아 끼웠지. 일본 의사는 이 팩이 개발되기 전에는 혈관을 통해서 영양 주사로 영양분을 공급했는데, 콧줄을 통해서 영양분을 공급하는 것이 진일보한 방식이라고 하더라. 맨 처음 발병할 당시 83㎏ 정도였는데, 의사 말로는 영양을 계속 공급받더라도 63㎏ 정도까지 떨어질 거라더라. 전혀 움직이지 못해서 근육량이 적어지니까.

한국의 콧줄은 좀 더 굵고, 식도까지밖에 들어가지 않아. 굵으니까 훨씬 이물감이 있고, 식사 시간에 맞추어 미음을 보호자가 직접 집어넣어야 해. 지난 번 식사가 소화되었는지 위액을 확인해 봐야 하고, 또 미음이 잘 들어가는지 계속 확인하고 미음을 넣는 통을 매번 세척해야 해. 미음은 식사 때마다 병원에서 제공해주고, 매점에서 캔으로도 팔더라. 이게 들어가면 식도랑 위가 뜨끈해지는 느낌도 좀 나고, 위가 직접 소화운동을 해야 하니까 누워있으면 안 된다고 해서 억지로 앉혀 두지. 몹시 불편해.

나도 오랫동안 아무 것도 먹지 못하고 콧줄로 계속 영양분을 공급받았는데, 그 영양분으로 생명은 유지되더라도 근력이 계속 약해지고 야위어 가니까 나중에는 팔에 주사 혈관을 찾기도 힘들어지고 '라인' 잡는 것, 즉 혈관에 주사기를 꽂아두는 것도 힘들어졌지.

실은 이런 초반 이야기를 듣고서는 상상이 되지 않았다. 아무것도 움직이지 않고 영양분을 외부로부터 공급받는 상황. 몸 상태가 어땠고 또 어느 정도 회복됐는지는 영화에서 본 장면을 떠올리고 지금 상태를 눈으로 보기라도 하지만, 그 무자비한 무기력함과 괴로움 속에서 마음이 어떻게 상처받고 회복됐는지는 짐작도 가지 않았다.

아… 지금은 진짜 많이 회복된 거네요. 요새는 무슨 생각 하고 지내요?

잠들기 전에 특별한 생각을 하지는 않아. 잘 자는 것이 가장 중요하다고 생각해. 생각을 많이 하면 우울해질 뿐이지. 아침에 일어나면 제일 먼저 하는 것은 새로 움직이는 부분이 있는지, 나아진 부분이 있는지 찾아보는 일이야. 보통은 그다지 새롭게 나아진 곳이 없으니 기분이 나쁘고.

그러니까, 지금 움직이는 부분이 있고, 움직이지 않는 부분이 있는 건가요?

응, 그렇지. 발병하고 처음 한 달, 그러니까 2월 말 정도까지가 제일 활발하게 살아났던 거 같아. 맨 처음에는 온몸이 전혀 움직이지 않는 전신마비 상태였지만, 그 무렵에는 아침에 자고 일어나면 늘 새로운 부분이 움직였거든. 처음에는 아무것도 안 되다가 몸통 움직이고 허리 움직이고. 그때는 상황이 상당히 좋지 않았지만 그런 즐거움이 있었어. 매일매일 나아지고 있다는 희망 같은 게 있었지.

지금은 6개월 됐으니, 매일매일 신경이 돌아와서 달라지지는 않지만, 운동의 효과로 근육이 생겨서 팔이 움직이지 않던 것이 조금씩 움직여. 최근에 왼팔 이두 근육이 조금 좋아져서 누운 상태로 왼팔을 올릴 수 있게 되었지. 근육이 커지는 것은 잘 느껴지지 않는데, 새로운 움직임이 가능해지는 것으로 조금씩 변화를 알게 돼. 전에는 컵을 오른손 엄지손가락으로 끼워서 위태하게 들고 마셨는데, 최근에는 두 손으로 잡아 들 수 있게 되었지. 이런 것이 재활 치료의 포인트고. 이렇게 재활운동을 하면서 신경이 돌아오지 않은 부분이 돌아오기를 기다리고 있는 거지.

현재 어느 정도 돌아온 거예요?

현재 손목하고 손이 돌아오지 않았고, 나머지는 많이 돌아왔다. 돌아왔다고 해도 근력이 약해서 현 상태에서 충분한 활동을 할 수 있다는 것은 아니고. 보다시피 다리가 움직이기는 하지만 잘 걷지 못하고 아직 주로 휠체어를 이용하는 신세니까.

삼두 등 조금 돌아오지 않은 것이 있는 것 같지만, 팔 자체의 기능에는 큰 문제가 없어. 손목하고 손이 문제야. 아직 전혀 제 기능을 못하고 있어. 쉽게 말하면 힘이 전혀 들어가지 않는 거지. 그것들이 돌아오는 걸 기다리고 있는 거고.

손이 복잡하고 섬세한 움직임을 많이 하는 만큼 신경도 복잡하다고 하네. 일반적으로 마비 증상이 있는 경우 말단일수록 늦게 돌아온다고도 하고. 중추에서 가까운 것일수록 많이 빨리 회복되고 큰 근육이 먼저 움직이게 되고. 다리와 발은 거의 돌아온 것 같아. 발목이 굳어서 불편함이 크기는 하지만.

왜 그런지 정확한 이유는 알 수 없지만, 어쨌든 대체로는 마비가 되었던 순서의 역순으로 돌아온다더라. 예를 들어 손부터 마비되면 손이 마지막으로 돌아온다는 거지. 나 같은 경우는 발목부터 마비를 느꼈지만, 한동안 걸을 수는 있었고, 손은 마비가 왔다고 느끼는 순간 전혀 못쓰게 되었어. 원인도 모르고, 특별한 치료법도 없고 어떻게 나아질지도 모른다는 게 이 병의 특징이래. 다만 상당 부분까지는 좋아진다는 것이 일반적인 이야기인 것 같아.

원인을 모르는 병이라…. 상당 부분까지 좋아진다면 대체로 어디까지예요?
본 자료마다 이야기가 조금씩 다르더라. 보통은 손하고 손목, 발목이 가장 문제고 장애가 남는 경우가 있다고 하더라고

최근에 뭐 즐거운 일은 있어요?
수영장에 가서 수영장 풀 안에서 걷는 연습하고 물에 누워보기도 했는데 기분이 좋더라. 새로운 일도, 새로운 사람도 없는 루틴한 생활이라 기분 좋을 것이 따로 없지 뭐. 조금씩 회복되는 게 그나마 낙이고. 최근에는 왼팔이 조금씩 움직이기 시작한

것이 가장 기분 좋은 일이야. 한두 달 전만 해도 왼팔은 아예 못 쓰게 되는 건 아닌가 생각했거든.

여기 병원 안에 수영장이 있는 건가요?

병원 안에 있는 건 아니고 가까운 거리에 있어. 걸어서 5분이나 10분 거리? 병원 안에 있으면 좋을 텐데.

그럼, 수영장은 어떻게 다녀요?

여기 국립재활원 프로그램 중에 재활수영이 있어. 수중에서 보행 연습하는 것이 보행에 도움이 된다고 해서 참가했어. 일주일에 한 번씩 가는데, 휠체어를 타고 오가고 있지. 형하고 봉사자의 도움을 받아 옷을 갈아입고 물속에 들어갔다가 나와.

음식에는 제한이 있나요?

다행히 그런 거는 없어.

먹는 거는 좀 어때요?

먹는 거야 뻔하지. 병원밥이 주식이고. 어머니나 누나가 해다 주는 반찬하고 밥을 먹고. 의도적으로 단백질을 많이 먹어. 근육을 키워야 하니까 잘 먹어야 할 것 같아서 잘 먹는데, 너무 많이 먹으면 살찌니까 주의하고 있고. 근력이 약한 상태라서 살이 찌면 더 움직이기가 힘들어진다고 하더라. 밥 양은 줄이고 되도록 고기 같은 단백질을 섭취하고 있는 거지.

요새 즐겁지 않은 일이라면 뭐가 있을까요?

뭐, 즐겁지 않은 일이라고 하기는 좀 그런데, 그런 순간이란 게 있지. 내가 할 수 없는 걸 확인할 때. 아침에 일어났을 때 손이 얼마나 돌아왔나 봤을 때. 또 오전에 작업치료를 할 때, 팔운동 및 스트레칭을 하고 근력 테스트를 할 때 아직 얼마나 돌아오지 않았나를 확인하게 되는데, 바로 그때 우울해져.

또 텔레비전을 보거나 주변 사람들을 볼 때 원래 할 수 있던 건데 난 이제 못하는 것들을 느낄 때. 예를 들어 텔레비전에서 사람들이 기타를 치면서 노래하는 게 나오면, 예전에는 나도 기타를 치면서 노래를 할 수 있었는데 이제 못하는구나 하고 느끼게 되는 거지.

자신이나 자신의 몸에 대한 인식이 좀 바뀌었겠네요?

뭐, 내 몸의 소중함을 절실히 깨달았지. 자연스럽게 내 것이라고 생각했던 것들이 내 것이 아니라는 것을 알게 된 거지. 몸속의 것들은 말할 것도 없고 내 팔다리도 내 말을 듣지 않으니까.

내 몸에서 신경이 회복되는 걸 기다리는데, 내가 딱히 할 수 있는 것도 없고. 내 두 손으로 아무렇지도 않게 해 내던 사소한 움직임이 너무나 소중했다는 것을 알게 되었지. 기본적인 것들, 밥 먹고 화장실 가고 옷 갈아입는 것이 혼자서는 불가능해. 혼자 할 수 있는 것이 없어서 모든 것을 남한테 의지해야 하는 것이 가장 불편해. 답답하고.

지금까지 회복된 것 중에서 가장 큰 변화라면 뭐가 있을까요?

음료수 마실 수 있게 된 것과 내 근육으로 호흡이 가능해진 것. 가장 기다렸던 것이 그 두 가지로, 가장 큰 변화야. 한참이 지나고 나서야 내 스스로 숨을 쉬고 먹을 수 있게 되었어.

국립재활원에 들어 온 후에는, 어깨 근육이 생기면서 양쪽 팔 움직임이 커졌는데, 그것도 큰 변화이기는 하지.

[누나의 일기]

2013년 7월 24일 수요일

(전략) 주치의가 교수랑 이야기했다며 정상이 100이면 승수 폐는 75 정도로 보통 길랑 바레 신드롬 환자들보다는 월등히 좋지만 엠부를 사용해서 폐활량을 늘릴 수 있다면 더 좋겠다고 했다. 먼저 full로 호흡하고 엠부 대고 2번 더 짜고 그러면 더 늘어날 것 같다. (후략)

2013년 7월 30일 화요일

(전략) OO 선생님은 승수 어깨신경 3개(예를 들어) 가운데 1개만 돌아온 것 같다고. 자기는 그 1개를 강화시키는 것만 한다고 한다. 또 다른 신경이 돌아오면 강화시키고.

인터뷰 초기, 승수 형이 생각하는 대부분이 몸의 회복이라는 점이 놀랍게 다가왔다. 승수 형은, 내가 승수 형 머릿속에서 맴돌 것이라고 예상한 것들을 억눌러두는 데 성공한 모습이었다. 이전으로 돌아가기 위해 어느 정도까지 괴로움을 감수해야 할까, 직업을 되찾을 수 있을까, 새로 태어난 아기와 아내와 함께 좋은 가족을 꾸려나갈 수 있을까, 옆에서 고생하는 사람들과 앞으로 어떻게 지내게 될까 등등은 당면한 질문들이 아니었다.

사람 목숨이 참 모질다고 생각했다. 날벼락처럼 죽을 뻔하고, 또 고통받으면서도 승수 형의 생각과 에너지는 처음부터 효율적인 회복과 생존에 집중돼 있었던 것 같았으니까. 단순히 죽어버리고 싶다는 생각이나 원망이나 고민보다는, 살아남아 내일을 보는 것에 집중하는 것이 본능이구나 싶었다.

일본 오사카에서의 발병

처음으로 돌아가 봐야 했다. 6개월이 지난 지금의 모습으로
는 처음이 떠오르지 않았으니까. 승수 형에게 발병 초기의 기
억은 꺼내기 싫은 기억, 하지만 안고 가야 할 인생의 한 장인
것 같았다. 질문마다 어디까지 이야기해야 하는지, 어떻게 내
게 이해시켜야 하는지 고민하는 것으로 보였다.

 # 병 걸리기 전에는 뭐하고 지냈어요?
일본 생활에 대해서 묻는 건가?

**# 네. 힘든 편이었어요? 예전에 한국에서 일할 때는 꽤 힘들
어 했던 것 같은데.**
일이 힘들지는 않았어. 9시 반 정도 출근. 9시 일어나서 샤워
하고 걸어가면 9시 반. 숙소에서 사무실이 멀지 않았어. 걸어서
10분 정도? 걷는 길도 예쁘고 좋았어. 나카노시마를 걸어 일본
오사카 시청 앞을 지나갔지. 가는 길에 야채주스를 사서 아침식
사를 대신해서 매일 마셨어. 정해진 내 업무가 딱히 있는 게 아

니라서, 일이 생기면 하고, 누가 부탁하면 시간이 넉넉하게 있으니 무지 열심히 해주고, 특별한 사정이 없는 한 6시에 정시 퇴근. 슈퍼에 들러서 저녁거리를 장만하고 일본어를 무료로 가르쳐주는 데에 가서 일본어를 배웠지. 인터넷을 찾아보니 무료로 가르쳐주는 데가 꽤 많았거든. 수업이 없으면 동네 단골 선술집에 가서 맥주도 마시고. 시간이 날 때는 텔레비전으로 일본 드라마나 영화를 보기도 하고, 사무실에서도 시간이 날 때면 계속 일본어 공부를 했고. 일본에 간 목적이 일본 사무실 사람들하고 인맥도 쌓고 일본어 실력을 키우는 데에 있어서, 일본어 공부에만 쭉 빠져 살았지.

건강에 신경 쓰지는 않았어요?

내가 원래 건강 문제에는 신경을 꽤 쓰는 편이라 그렇게 막 살지는 않았어. 일본 로펌에서도 조깅 클럽에 가입해서 몇 번이고 조깅도 했고. 웬만한 거리는 걸어 다녔어.

운동은 꽤 했는데, 혼자 있어서 그런지 먹는 게 조금 문제였던 것도 같아. 나름 몸에 좋으려니 하고 야채주스를 마시기는 했지만 아침도 안 먹고 점심도 사무실 근처에 있는 허름한 곳에서 대충 먹고. 저녁도 학원 마치고 돌아와서 9시쯤 되는 대로 먹고. 슈퍼에서 유통기한 마지막 날이 되어서 할인하는 도시락이랑 우리나라에서 가져간 라면을 많이 먹었어. 가끔씩 술도 마시고. 그래서 몸이 약해진 게 아닌가 생각이 들어. 일본어 공부한다고 영화나 드라마 보면서 늦게 자기도 많이 했고. 지나고 보니 내가 머물던 숙소가 좁고 춥기도 했던 거 같고.

뭐, 이 병은 원인을 알 수 없다고 하니, 정확히 뭐가 문제였는지는 알 수 없지. 다만, 막상 병이 나고 나니까, 이것 때문인가 저것을 잘못했나 하는 등등 오만가지 생각이 계속 드는 것은 부정할 수 없어.

생활 자체는 나쁘지 않았던 것 같네요?

전반적으로 생활은 재미있었지. 여기저기 다니면서 이 사람 저 사람 혼자서 만나고, 변호사협회나 관련 학회 등 참석해서 일본 변리사나 변호사들도 만나고. 먼저 일본 로펌의 사람들이 가족같이 잘 대해줬어. 사무실 내에 친구들도 있었고 사무실에서 주최하는 각종 모임에도 참석했지. 그러면서 일본의 기업체 사람들도 만나서 명함도 많이 뿌렸지. 일본 로펌 사람들의 접대 방법도 구경하고, 일본 내에서 출장도 다니고. 일본에 와 있는 다른 나라 변호사들과도 교류하기도 했고.

일본어 회화를 배울 때도 매일 대화 파트너가 달라지는 수업도 있어서 이런저런 이야기를 한 시간씩 하고 오면 신나고 재미

있었어. 몇 개의 일본어 강좌에 참석했는데 어떤 수업은 매주 같은 할머니 한분이 가르쳐 주셨어. 그 분은 특히 준비를 많이 해 오셔서 신문도 같이 보고 하면서 공부하는 데 많이 도와주셨어. 타카이 상이라는 분인데, 고마운 마음이 있어. 한편 되게 미안하기도 한데, 내가 갑자기 발병을 해서 작별 인사도 못 했거든. 연락처도 몰라서 나중에 찾아갈 수도 없고.

일본 재판소의 재판관 친구도 생겼고. 미국에서부터 알던 일본인 친구들을 만나기도 했어. 한국에서 친구들이 찾아와서 함께 여행을 다니던 시간도 즐거웠지. 집에 오는 길에 바에 들러서 한 잔 마시는 것도 좋았고. 그 당시에는 좀 외롭고 쓸쓸하기도 했는데, 지금 돌이켜 보면 다시는 돌아갈 수 없는 한때였지. 당시에는 뭐든지 할 수 있었으니까.

승수 형의 이야기를 들으면서 참 신기했다. 비교적 젊은 대형 로펌 변호사가 될 때까지 철들고부터 아마도 20년 넘게 미친듯이 노력했을 텐데, 퇴직하기 전까지 유일하게 한가할 수 있는 기간인 유학기간에도 끝없이 노력하는 인생은 이해하기가 어려웠다. 이러한 살아가는 방식이 발병에 어떤 영향을 미쳤는지는 모르겠지만, 이후 재활과정과 회복 정도에는 결정적인 영향을 미친 것으로 보인다.

아픈 건 언제부터였어요?

뭔가 이상하다고 느낀 것이 1월 27일 일요일이야. 주말마다 조깅을 하고 평일에도 가끔 뛰었어. 말했듯이 일본 로펌에서도 조깅 클럽에 들어서 사무실 사람들과 같이 뛰기도 했지. 그날, 일요일 오전에도 공원에 나가서 뛰는데, 뭔가 뛰는 느낌이 이상했어. 신발이 이상한지, 아니면 다리가 아픈가 했는데 그런 건 아니었고 뭔가 다리를 조금 절고 있다는 느낌이 들더라구. 빨리 뛰는 게 좀 어색했어.

몇 번 멈춰서 확인해도 원인을 알 수 없었어. 뛸 수 없는 것은 아닌데, 뭐가 이상한지 잘 모르겠더라구. 신발 끈을 보기도 하고, 신발을 벗었다가 다시 신어보기도 하고. 일단 뛰고 집에 와서 발목을 올려보니 좌우 발목의 올라오는 높이가 달랐어. 이상하다고 생각했지.

그날은 식사하는데도 치열이 맞지 않는 느낌이 들더라구. 마치 얼굴이 돌아간 사람 같은 느낌. 그런데 보기에는 이상이 없다고 하고. 잠을 잘못 잤나 그런 생각을 했지. 일요일 밤에는 집에 들어올 때도 절뚝거리고, 식욕이 없는 정도였어. 몹시 피곤하고 빨리 쉬고 싶은 마음뿐이었어. 저녁도 삼각김밥 하나로 때우고 일찍 잠자리에 들었지.

푹 자고 나면 괜찮을 거라고 생각했는데, 다음날 아침 급격히 나빠졌어. 통증이 있는 것은 아니었는데 왼팔이 잘 움직이지 않고 왼쪽 다리가 잘 움직이지 않았어. 아예 안 움직이는 것은 아닌데 뭔가 부자연스러운 느낌? 따뜻한 물로 샤워를 했는데, 뭔가 정상적인 움직임이 나오지 않고 옷 입기가 불편해졌어.

그래서 신경과 의사인 사촌동생에게 전화해서 물어봤더니, 바로 병원에 가는 것이 좋겠다고 하더라구. 일단 일본 로펌에 출근해서 병원에 가야겠다고 이야기하고, 거기의 변호사가 이야기해준 병원으로 비서와 함께 갔지.

아, 그날은 정말 길고 긴 날이었어. 내 인생에 기억에 남는 날들이 꽤 있지만 그날은 아마 평생 잊지 못할 거야.

곧바로 병원에 가서 의사가 권한 대로 MRI를 찍어보니 예전에 일어났던 아주 조그만 뇌출혈 흔적 이외에는 이상이 없다고 하더군. 일단 마비가 오면 뇌병변의 가능성이 높은데, 뇌의 이상이 아니라서 급한 치료가 필요한 병일 가능성은 낮다고 했어. 그래도 몸이 이상하니 추가 검사를 하기는 해야 하는데, 어떻게 할지 물어보더라.

나는 한국으로 돌아가는 것을 선택했어. 일본은 의료보험이 되지 않았고, 언어도 그렇게 편하게 소통할 수가 없었으니. 사무실에 돌아와서 한국으로 일단 돌아간다고 하고, 급하게 짐을 싸서 공항으로 향했어. 오후 4~5시경에 공항에 도착했고. 짐을 싸는데 왠지 이 숙소에는 다시 돌아오지 못할 거 같은 느낌이 들더라. 이런 불길한 예감은 다시는 느끼고 싶지 않아.

결론적으로 그날 한국에 못 왔어. 다섯 시쯤이었을까? 아침부터 아무엇도 먹지 못해서 공항 식당에서 밥을 먹으려는데 먹기가 어렵고 불편하고, 뭐랄까 몸이 답답한 느낌이라 제대로 먹지를 못했어. 그러다가 몸이 더 움직이기가 힘들어져서 고민을 하기 시작했지. 어떻게 하는 게 좋을까. 그런데 시간이 갈수록 급격히 더 안 좋아지더니 숨 쉬는 것이 갑갑해지기 시작했어. 목으로 밥이 넘어가지 않았어.

같이 있던 비서가 8시 비행기를 타면 위험할 수 있으니 당장 다시 병원으로 가는 것이 어떠냐고 해서 고민하다가 다시 택시를 타고 처음 갔던 병원 응급실로 돌아갔어. 3시간을 더 기다렸다가 비행기를 타고 한 시간 30분, 그리고 다시 한국에 있는 병원까지 가려면 몇 시간이 더 걸릴 텐데 정말이지 자신이 없었어. 일본 로펌의 변호사 한 분과 그의 비서가 병원으로 와서 절차를 밟아줘서 곧바로 입원하고 다시 각종 검사를 하게 되었지.

다시 병원으로 돌아왔을 무렵에는 이미 잘 걷지를 못했어. 택시에서 내리다가 넘어졌어. 손은 전혀 말을 듣지 않아서 지갑을 쥘 수도 없었어. 숨도 조금씩 몰아쉬고 있었어.

병원으로 돌아가는 택시에서 처한테 전화했더니, 처가 주변 의사들한테 물어본 결과, 증상을 보니 길랑 바레 증후군일 수 있다고 했어. 일주일 정도 인공호흡을 하고 두세 달은 힘들게 재활을 해야 한다고 했어. 병원에 도착해서 길랑 바레 증후군인지 확인을 요청했고 척수 검사 결과 그 병이 맞다고 판단되어서 그날 밤, 그러니까 월요일 밤에 바로 입원했지. 그리고 그 밤에 바로 ICU에 들어가서 인공호흡을 시작했고.

[엄마의 일기]

2013년 2월 7일 목요일

폐렴기가 있다는 말에 또 가슴이 쓰리다.

주님, 죄 많은 저를 용서해주시고 착한 우리 한승수를 완쾌하게 해주십시오.

주님, 잘 아시오니 불쌍히 여기시고 살려주십시오.

주님, 전능전지하신 주님.

한승수를 살펴주시고 꼭 살려주셔서 어린 생명과 기쁜 생을 보낼 수 있도록 전능하신 주님 꼭 살려주소서.

오늘은 본인도 걱정이 되는 얼굴이었습니다. 저는 말도 못 알아듣고 기가 막힙니다. 본인은 다 알아듣고 얼마나 놀라고 힘이 들까요? 오늘은 며느리가 와서 좋을까요?

주님, 기쁜 마음으로 어서 완쾌되어 일 잘하고 왕성하게 살 수 있도록 도와주십시오. 주님만 믿고 있는 저를 불쌍히 여기시어 꼭 일어나서 활발하게 걸어 나갈 수 있게 주님 도와주소서.

주님, 영감도 힘을 내서 아들과 같이 씩씩하게 집으로 돌아가게 해주십시오.

사랑하는 주님, 죄 많은 저의 죄를 용서해주시고 한승수를 꼭 일어나게 해주십시오.

예수 그리스도의 이름으로 비나이다. 아멘.

뭔가 조짐은 전혀 없었어요?

발병 전 몇 주간 설사를 했고 감기 기운도 조금 있었어. 정확히 언제부터였는지 모르겠는데, 무엇보다, 나아지겠지, 나아지겠지 했는데, 계속 피곤했어. 몇 번인가 학회에 참석했는데 뒤풀이고 뭐고 집에 빨리 가고 싶었거든. 당시에 그리 주머니 사정이 넉넉지 않아서 뒤풀이는 열심히 다니면서 많이 먹곤 했는데.

사실 일본에 있을 시간이 얼마 남지 않아서 시간이 좀 아까웠어. 컨디션이 나쁜데도 딱히 쉴 시간도 없었고, 쉬려고도 하지 않았지. 조깅을 하거나 많이 걸어서 땀을 흘리고 나서 샤워하면 괜찮아지는 기분도 들었거든. 그리고 컨디션이 또 좋지 않으면 따뜻한 녹차나 홍삼차를 마시곤 했지. 나중에는 설사가 멎지를 않아서 정로환을 사먹었어. 그 후에 설사는 멈췄는데, 갑자기 마비가 오기 시작한 거야. 나중에 찾아보니 설사나 감기가 이 병과 관련이 있는 증상이라고 하더라구.

다시 병원에 갔을 때 겁나지는 않았어요?

입원 당일 밤, 입원실에서 ICU로 옮겨졌는데, 그때 제일 무서웠지. 처가 검색을 해서 일반적으로는 호흡이 좋지 않을 때 일주일 정도의 인공호흡 및 두세 달의 재활이 필요할 수 있다고 말해줘서 그런가보다 생각했는데, 새벽 한 시 정도 ICU에 들어갈 때

"죽을 수도 있나요?" 하고 물었는데 생명이 달린 문제라고 간호사들이 이야기하더라. 그럴 때는 좀 희망을 줄 수도 있는데, 진짜 냉정하게 느껴지더라. 그 표정이 잊혀지지 않아. 친절하게 대답해 주었는데, 미소를 띤 것 같기도 하고, 조금 슬픈 듯하기도 하고. 묘한 표정이었어.

이 병에 걸렸는지는 척수 검사를 통해 확인하게 되는데, 입원 직전에 척수 검사할 때 의사가 전신마비가 오거나 죽을 수도 있다고 하긴 했는데, 그때는 그래도 괜찮을 거라는 막연한 기대가 있었지. 그렇게 최악까지는 아니겠지 했던 거지. 그러다가 갑자기 ICU 가서 인공호흡을 해야 한다고 할 때 두려움이 몰려오더라.

한동안 잊혀지지 않았던 것이 있는데, ICU로 옮겨질 때 똑바로 침대차에 누워 천장을 볼 때의 느낌이야. 그게 기분이 대단히 좋지 않았거든. 사실 살면서 어딘가에 누워서 끌려간 것은 처음이었고, 그게 죽으러 가는 길일 수도 있다고 생각하니 몹시 무서웠지. 그 후에도 몇 달간 침대차에 누워서 어디 검사받으러 가는 등 비슷한 상황이 오면 ICU로 이동할 때가 떠올랐어. 지금은 '그랬었지'라고 생각하지만.

그래도 그때는 '아, 처 이야기대로 되는구나', '이 위기를 넘기면 일주일 인공호흡, 두세 달 재활해서 원래대로 돌아갈 수 있을 거다'라는 생각도 했었지. 그래, 곧 지나갈 거라고 생각했지. 얼마나 길고 어려운 투병과 재활이 필요한지는 아무런 감이 없을 때였거든.

숨 쉬는 게 마음대로 되지 않는다는 것도 몹시 무서웠지. 잠깐씩 인공호흡기가 떨어지게 되면 주위에 있는 사람에게 알리느라 안간힘을 썼어. 말을 할 수도 없고 움직일 수도 없으니 그야말로 다급한 입모양을 계속 보였지. 그대로 두면 숨이 막혀 죽을지도 모르니까.

지금은 좀 덜 무서워요?

흠. 지금도 무섭지. 정도의 차이는 모르겠지만 여전히 무서워. 초반에 가졌던 막연한 희망 같은 건 없어졌거든. 더 현실을 직시한다고 할까. 맨 처음에는 2, 3개월, 그다음에는 6개월, 그다음에는 1년 그 정도가 지나면 원래대로 돌아갈 수 있을 거라고 생각했었거든.

하지만 그렇지 않은 게 현실이야. 영구적인 장애가 남을 가능성이 크다는 이야기를 무수히 들었다. 일본에서도 한국에서도, 이 병원에서도, 저 병원에서도.

[엄마의 일기]

2013년 2월 13일 수요일

오늘 5시쯤 신경검사를 했는데 별로 좋지 않게 나온 듯하다. 재활도 1년 넘게 해야 한다고 한 것 같고, 일본말을 알아듣지 못해 승수한테 물으니 6개월에서 1년 정도 많이 해야 하고 열심히 노력해야 한다고 한다.

소변에는 피가 섞여 나오고 인공호흡기를 달고 다시 잠드는 모습을 보니 마음이 싸늘하다.

아직도 폐가 온전치 못해 복식호흡을 한다고 하고 18일에 일반병실로 간다고 하는데, 그때까지 호흡이나 가래가 잘 되는지 그것도 궁금하다. 일반병실은 ICU처럼 지키고 있는 의사나 간호사가 없을 텐데.

2013년 2월 18일 월요일

12시에 미팅을 했다.

오자끼 선생은 한국 의사와 상의해서 가는 날을 정한다고 한다. 걸을 수 있다고 장담은 못한다고 하면서 본인의 의지가 중요하고, 재활의 기간이 길어질 것 같다고.

그러니까 무서움과의 싸움은 지금도 진행 중이지. 얼마나 언제 어떻게 좋아질지 보장된 것이 없으니 계속 무서워. 지금 정도가 마지막이 아닐까 하는 생각. 더 회복되지 않으면 어쩌나 하는 생각.

맨 처음 일본에 있을 때 병원에서는 죽을 수도 있다고도 했어. 온몸에 근육이 제 기능을 하지 않으면 방어 시스템도 무너지고 면역 체계도 모두 힘을 잃어. 예를 들면 심지어 재채기도 못하게 되지. 기도로 이물질이 들어가면 재채기를 해서 뱉어내야 하는데 그러지를 못하는 거야. 그래서 폐렴에 걸릴 가능성이 높아져. 누구나 반사적으로 가동되는 방어체계가 제 기능을 못하는 거지. 스스로 소변을 볼 수도 없어서 소변줄을 삽입한 상태라서 요도감염 위험도 커지고. 의사는 요도감염이나 폐렴으로 사망할 수 있다더군.

ICU에 있던 일본 담당의사가 일어날 수 있는 최악의 가능성들을 자세히 이야기해줬어. 발병 후 일본 병원에 와 있던 우리 가족들이 일본말에 능통하지 않으니 의사들이 주로 나한테 이야기하는데, 몸도 온전치 않아 괴로운데 부정적인 가능성만 이야기하니 몹시 두려웠어.

맨 처음에는 죽을 수도 있다는 얘기를 아무렇지도 않게 하더라고. 그걸 한 번만 들어도 괴로운데, 나한테 와서 얘기하고, 수련의를 데리고 와서 그 사람에게 내 상태를 설명하면서 또 얘기하고,

오전에 전체 의사들이랑 같이 회진돌 때 다시 그 의사들에게 설명하면서 또 얘기하고. 같은 얘기를 최소한 세 번은 들은 것 같아.

시간이 조금 지난 후에는 그 시점에서 죽을 가능성이 7% 정도라고 이야기했지만, 장애가 남을 수 있다고 설명하더라. 당시 손가락 하나 쓰지 못하는 그야말로 전신마비 상태에서 그런 이야기를 들었어. 그때 이대로 죽게 되는 걸까, 어디에 어떤 장애가 남는 걸까 계속 생각했지. 몸만 못 움직이는 거지, 의식은 멀쩡하니까 끊임없는 생각, 생각, 불안, 불안. 지금도 어디까지 좋아질지 모르는 만큼, 두려움은 남아있어.

이 병에 걸린 대다수의 사람들은 거의 모든 신경이 돌아와서 정상적으로 움직이고, 10~15% 정도만 일상생활이 어려울 정도의 후유장애가 남는다고 하던데 나는 10~15%에 들만큼 중증이었어. 호흡근이 마비되어 기관 절개를 해야 하는 상황이었으니까.

일본의 담당 의사가 자주 하던 말이, 자신이 ICU에서 많은 환자를 보지만 나처럼 중하게 이 병에 걸린 사람은 올해 들어 처음이라고 했어. 그 의사는 나에게 발병 후 5, 6개월 이후에도 계속 폐렴의 위험성이 있다고 이야기했고, 걷지 못하게 될 가능성이 있다고도 이야기했는데, 다행스럽게도 언급된 증상은 하나도 나타나지 않았고 그가 생각한 것보다, 그가 나에게 경고했던 것보다 훨씬 빨리 호전되는 중이야. 뭐, 여전히 부족하지만 그 사람 말을 믿지 않고, 더 호전될 것이라는 믿음을 가지고 노력해왔지. 하지만 그런 얘기가 마음 한구석에 큰 짐이었다는 것은 부정할 수가 없어.

[아버지의 일기]

2013년 2월 24일 일요일

승수 두 다리와 오른손 신경은 살아나고 있으나 왼쪽은 아직 감각이 없다. 승수가 신경이 모두 살아날 수 있는가 걱정해서 밤 9시 작은 딸과 아내가 전화했다.

작은 딸의 회신이 왔다. 모두 신경이 살아나고 완치할 수 있는 병이라고 한다. 2개월이 제일 힘들고 3~6개월 사이에 신경이 모두 살아나고 그때 단백질을 최대한 공급해서 신경이 활발히 살아나도록 해야 한다고 전해준다.

2013년 2월 25일 월요일

승수 얼굴 표정이 어둡다. 나는 타고르의 시 등을 읽어주었다. 오후 5시까지 의사가 오지 않았다. 두 다리를 뻗고 누워있는 승수를 보니 가슴이 미어질 것 같다.

이 병의 그나마 다행인 점은 한동안 희망을 가지고 살 수 있다는 거야. 더 이상 나빠지지는 않는 병이니 언제든 지금이 최악이거든. 늘 지금 현재보다 나빠지지는 않을 거라는 점이 조금은 위안이 되는 거지.

처음 한 달을 버틴 뒤 부모님이 한국으로 돌아가시기 전에 형이 일본 병원으로 왔는데 형이 와서 이 병에 대해서 공부해 온 사실을 이야기해주면서 가장 힘든 한 달을 버텼다고, 이제 조금 더 나을 거라고 말해줬고, 그리고 한 한 달쯤인가 한국으로 돌아올 무렵에는 가장 힘든 2달을 버텼다고 말해줬지.

그런 말이 큰 힘이 되었어. 나아지고 있다는 희망을 품을 수 있었으니까.

심리적으로 힘들었군요? 특히 처음에.

가장 힘든 시기였던 처음 두 달은 거의 패닉에 빠져있었지. '거의'라고 말하는 게 오히려 이상하다. 그야말로 패닉 상태였지. 나중에 자세히 이야기할 기회가 있겠지만 정신착란을 겪으며 헛것도 봤어. 그나마 가족들이 도와줘서 심리적으로 극심하게 어려웠던 시기가 길어지지 않고 끝났다고 생각해.

뇌와 관련된 이유로 마비증상이 오는 다른 병들은 본인의 인지능력이 떨어지거나 의식불명인 경우가 있어서 본인은 잘 못 느끼는 경우도 많고, 본인보다 주변 사람이 불편한 경우가 많다고 하던데, 이 병은 처음부터 끝까지 중추신경이 멀쩡하고 의식에는 아무런 문제가 없으니까 본인과 주변 사람이 모두 정신적으로 힘들어. 정신은 멀쩡한데 갑자기 몸이 마음대로 움직이지 않으니 진짜로 답답하지. 나 같은 경우는 '전혀' 움직이지 않았고. 나중에 인터넷으로 찾아보니 이 병에 걸린 환자나 보호자에게 우울증이 많이들 생긴다고 하더라. 실제로 만나본 환자들도 우울증 약을 복용했다는 사람이 꽤 되고.

특히 발병 후 첫 3일간은 잠을 거의 못 잤어. 실은 정확한 기간은 모르지만 3일이라고 생각했어. 그 기간 동안은 꿈과 생시, 직접 보고 들은 것과 상상한 것이 섞여 있었어. 이후에도 신경은 예민해져 있고 잠이 오지 않아 밤이 무서웠지. 인공호흡을 하면 맑은 산소가 들어와 머리가 청명해져서 잠이 더욱 오지 않는다고 하더군. 그래서 그때는 수면제를 놓는다는 거 같아.

밤에 불을 끄고 있으면 꿈쩍도 못하고 소리도 낼 수 없어서 살아 있다는 것을 외부에 표현할 방법이 없어. 전신마비 상황이었고, 기도 확보를 위해서 기관절개를 했기 때문에 발성 자체가 안 됐거든.

약간의 시간이 지나고 난 후 그나마 발가락이 약간 움직였어. 그래서 발가락 버튼이 유일한 생존 신호였지. 그게 뭐냐면 발가락 밑에 버튼을 달아 놓고 내가 간호사의 도움이 필요할 때는 그 버튼을 누르는 거지. '나스 코루', 그러니까 너스 콜(nurse call), 간호사 호출 버튼인데, 이걸 발가락 밑에 설치하기 위해서 ICU 간호사들이 하루에도 몇 번씩 고민을 했지.

침이 기도를 넘어가서 폐에 쌓이면 그걸 빼내려고 자주 석션 (suction)을 해야 했기 때문에 자주 눌러서 간호사 호출을 해야 하는데, 몇 번 누르게 되면 위치가 틀어져서 발가락이 닿지 않는 거야. 그러면 다시 또 세팅을 해야 되는 거지. 이걸 누르는 버튼으로 하기도 하고, 오락기 손잡이처럼 좌우로 움직이는 식으로 하기도 하고, 발가락 밑에 두기도 하고 발가락 사이에 끼우기도 하고, 박스에 붙이기도 하고 끈을 연결하기도 하고 그야말로 난리였지.

발가락이 움직이기 전에는 뺨으로 버튼을 누르기도 했어. 머리 바로 옆에 버튼을 두고, 고개를 돌려서 버튼을 누르는 거지. 버튼과 발가락이 멀어져서 발가락을 움직여도 발가락 버튼을 누를 수 없을 때는 얼마나 가슴이 답답했는지 몰라. 나와 세상 간에 모든 소통이 단절된 느낌?

**# 수면제와 발가락 버튼이 그때 생활의 주요 요소였나 봐요.
수면제는 어떤 거였는지 기억이 나요?**

인공호흡기를 한 달 이상 사용했는데, 정확한 명칭은 모르겠지
만, '비분리반'인가 하는 수면제를 계속 맞았어. 상당히 아픈 혈
관주사지만 그 주사를 맞으면 곧바로 잘 수 있어. "수면제 들어
갑니다." 하면 잠들었지. 아프지만 강력한 놈이라고 들었어.
자는 동안에도 계속 일정량을 투여했고. 처음에는 10
cc, 시간당 2cc 뭐 그런 식이야. 그런데 그거 맞으면
잠자는 동안 근력이 약해져 발가락 버튼이 잘
눌러지지 않게 되어서 자기 전에 다시 한 번
버튼 위치를 조절해야 했어.

비분리반이 강한 놈이라고 하더라도, 한 달쯤 그걸 투여하니 잠이 잘 안 오더라. 곧바로 잠이 들지 않은 적도 있고. 인공호흡기를 달고 있을 때는 수면제를 놓고 나서 폐내시경을 하곤 했는데, 폐내시경이 아주 괴로워서 미리 수면제를 놓고 나서 한 거거든. 그런데 그 폐내시경이 끝날 때까지 잠이 들지 않은 때도 있었어. 내성이 생기기 시작한 거지.

또 수면제를 투여했는데도 밤에 깨서, 정말 그러면 안 되는데, 간호사를 불러서 수면제를 더 놔달라고 한 적도 있어. 현실이 너무 괴로워서 차라리 자는 게 나은데, 잠이 들지를 않으니까. 물론 더 이상 놓는 것은 한도 초과인 데다가 의사의 처방이 있어야만 한다는 이유로 거절되었지. 그게 몸무게를 기준으로 하는 거 같더라고.

한번은 일본어로 '수면제'(네무리구스리)와 '안약'(메구스리)의 입모양이 비슷해서인지, 일부러 그런 것인지 안약을 들고 오기도 했어. 잠이 들지 않는 게 제일, 정말, 힘들었어. 일본 간호사들 중에서 착한 분들은 잠을 못자고 있으면 와서 손 잡고 이야기해주고, 잘 때까지 지켜봐주고 그랬었어. 이어폰을 꽂아 TV 소리를 듣게 해주거나 일본의 옛날이야기도 해주고 그랬어. 자기 얘기도 해 주고. 내가 잠들기 전 어둠을 몹시 무서워했기 때문이었지.

[아버지의 일기]

2013년 3월 6일 수요일

아침에 일어나 어제 검진과 설명회 결과를 들으니, 한국 이송은 이 달 20일경이 될 것 같다고 하며, 가장 어려운 침 삼키는 것을 했다고 하고, 어젯밤 인공호흡기를 떼고 완전히 자가호흡을 시도하며 밤에 잠이 안 오니 수면제를 먹인다고 한다. 승수가 잠이 안 들고 큰 아들과 같이 있기를 원해 10시까지 같이 있고 그 뒤 집에 와서 라면을 끓여먹었다고 한다. 모두 고생이다….

잠자는 게 어려웠군요. 말 그대로 비몽사몽으로 지냈네요, 그럼?

그렇지. 맨 처음 며칠간은 반무의식 상태에서 꿈을 계속 꿨고, 현실과 꿈을 착각하는 경우도 있었어. 사흘째 제대로 잠도 못 자고 누워만 있으니 꿈이 현실과 맞물려지면서 내가 나 자신과 대화를 하게 되더라고. 예컨대, 석선을 해야 하는데 밤낮을 가리지 않고 너무 자주하다 보니 간호사들이 힘들어하는 것이 느껴졌어. 그래서 그런지 꿈속에서 내가 기차역 벤치에 혼자 앉아 나와 대화를 나눴어. 마치 만화에서 선한 편과 악한 편이 머리 양쪽에 나타나서 말풍선을 주고받으며 대화하듯, "당장 간호사 불러.", "아냐 조금 더 참을 수 있어." 이런 식으로.

계속 잠도 못 자고 몸도 움직여지지 않으니 '이렇게 죽나보다.' 하고 생각한 적도 있었어. 그때, '그렇다면 나는 사후세계를 경험하게 되는 것인가.'라고도 생각했어. 그렇게 생각하니 오히려 마음 편한 구석도 있었어. 내가 가톨릭신자라서 그랬던 것일 수도 있고.

기관 절개 수술을 받은 다음 날쯤부터 의식이 비교적 또렷해졌고, 12시간 자고 12시간은 깨어있는 사이클을 반복했어. 정확히는 모르겠지만 수술 후에 아마 약을 다르게 썼겠지. 아침 8시부터 저녁 8시까지 깨어 있게 하고 나머지는 재우는 시스템이지. 그게 관리하기 편하기 때문인 것 같았어. ICU의 시간 체계였지. 일본 ICU에서는 밤에 자는 동안 주사를 놓고 약물투여를 많이 하더라구. 절개 수술 이후 정신을 차렸을 때 비로소 내가 소변줄을 하고 있다는 것을 알게 됐어. 그리고 그 수술 후에 콧줄을 끼워 넣었어.

인공호흡을 하던 초반에는 비분리반을 맞고 잠들었는데, 꿈속에서는 여전히 정상인으로 자유롭게 움직일 수 있어서 계속 꿈을 꾸고 싶었지. 꿈속에서는 미국이나 일본, 그 외에 어디나 잘 다니고 있었거든. 아까 얘기했듯이 비분리반의 약효에 내성이 생겨 수면에 문제가 생기기 시작할 무렵 간호사들을 불러서 일본 설화 등을 들었는데, 그때쯤 꿈속의 나도 이 병에 걸린 사람으로 나타났어. 꿈속에서도 자유롭지 못하기 시작한 거지. 꿈속에서도 잘 걷지 못했어.

한번은 꿈속에서 여행을 갔어. 꽤 많은 일행이 있었는데, 다 같이 숙소 뒷산으로 관광을 갔어. 거기에는 큰 절도 있었고, 울창한 나무숲도 있었지. 나를 남겨두고 모두 떠났는데, 나도 슬슬 쫓아가기 시작했지. 처음에는 잘 걷지 못했는데, 절뚝거리면서 힘을 냈지. 그리고는 일행을 따라 잡고 함께 숙소로 돌아왔어. 일행들은 축하해줬어. 길랑 바레 증후군인데, 이렇게 잘 걷다니!

물론 아침에 깨어보니 나는 그냥 내 몸을 뒤척이지도 못하고 말 한마디 못하는 전신마비 환자였지.

그러다가 인공호흡기를 떼게 된 건가요?

응, 2주인가 지나서부터 조금씩 인공호흡기를 뗐어. 처음에는 두 시간, 세 시간 이렇게 떼는 시간을 늘려가다가 나중에는 12시간 떼고 12시간 사용했지. 그러니까 낮에는 떼고 밤에 잘 동안에는 끼우는 방법으로. 그렇다 해도 떼는 시간에 완전히 자발

호흡을 한 것은 아니고, 산소 호스를 연결했었어.

그 후 3월 초 정도에는 인공호흡기는 완전히 떼고 산소만 공급했어. 의학적으로 정확히는 모르지만, 인공호흡기를 쓴다는 것은 산소를 공급하면서 적절한 압력을 가해준다는 의미로 아직 자발 호흡이 어렵다는 것으로 보면 되고, 산소만 공급해 주는 것은 약하지만 자발적으로 호흡이 되는 상황이라는 뜻으로 이해하면 될 거야. 숨 쉬는 데 필요한 가슴 근육이 움직이지는 않았지만, 횡격막이 아래위로 움직여서 호흡이 가능해졌다고 했어. 목뼈를 다친 환자들이 이렇게 호흡을 한다고 일본 의사가 말해 주었지.

[엄마의 일기]

2013년 2월 5일 화요일

오늘 오후 2시에 의사 선생님과 면담이 있었다. 며느리는 목요일에 온다고 한다. 히라노 선생이 올 것 같다. 이시카와 선생하고.

좋아진다는 말, 자가 호흡 연습한다는 말, 재활은 오래 걸릴 거라는 말, 걷는 것이 어려울 수도 있다는 말. 이 말에 우리는 죽었다는 생각 밖에 안 들었다. 그러나 재활에 희망을 갖고 호흡만 빨리 좋아지기를 바란다. 침과 가래가 없어지려면 1달은 걸릴 거라고 한다.

(중략)

나카노 상이 와서 일본전화기를 바꿔주고 갔다.

인공호흡기를 뗀 다음에는 수면제는 어떻게 되었어요? 그 센 놈!

인공호흡기를 완전히 쓰지 않은 뒤로는 자연스럽게 인공호흡기를 쓰는 동안에만 맞던 혈관 수면제인 비분리반을 맞지 않게 됐어. 그 후에는 계속 어떤 신경안정제만 맞았는데, ICU에서만 투여할 수 있는 것이라고 하더라. 비분리반 맞을 때도 같이 맞았던 거 같은데.

여하튼 당시에는 맥박과 혈압이 불안정해서 하루 종일 계속 그 안정제를 놨고, 잘 때는 양을 좀 늘렸어. 그런데 그것만으로는 잠이 잘 오지 않더라고. 그래서 인공호흡기를 뗀 첫날밤은 한숨도 못 잤어. 못 자면 괴로운 데다가 또 다음 날 재활운동을 위해 자야 한다는 생각도 있어서 '이건 잠자는 척하는 내기다'라고 생각하고 자는 척을 했어. 가만히 누워서 자는 척이라도 하면 조금이라도 휴식이 되지 않을까 했지. 야간에는 간호사들이 몇 시간마다 들어와서 잘 자는지 보고 혈압이나 산소포화도 등을 체크하는데, 잠을 못 잔 다음날에도 내가 잘 잔 것으로 기록되어 있다고 하기에 실은 내가 잠자는 시늉을 한 거라고 알려주기도 했지.

잠을 못 자니 밤이 더 길고 무섭게 느껴졌어. 꼼짝도 못하고 불이 꺼지면 어둠속에 의식만 남아있는데, 누가 와서 먼저 보지 않으면 죽어도 모르는 상황이거든. 게다가 미래에 대한 고민은 깊어만 가고. 진짜 어떻게 살게 될지 감도 잡히지 않더라고.

인공호흡기를 끊고 잠을 못 자게 되어 괴로워하다가 결국 내가 의사에게 수면제를 부탁했어. 어떻게든 자게 해 달라고. 그랬더니 의사가 비분리반은 더 이상 처방해 줄 수가 없고, 먹는 수면제를 주겠다고 했어. 나보고 마이클 잭슨도 수면제를 과다 투여해서 죽은 거라고 하면서. 여하튼 그 의사는 걸핏하면 죽는 얘기를 했어. 결국 그날 밤은 콧줄로 그 먹는 수면제를 넣었고, 이상한 꿈을 꿨어.

잠이 들었는지 아닌지 모르는 상황에서 내가 누워있는 침대가 흔들리고 방이 움직이고 창 밖에 사람들 행렬이 지나가고 있었어. 내 침대 옆을 지키고 있는 형도 보였어. 밖에서는 축제가 벌어지고 나는 마치 가마에 앉아 있는 것 같은 느낌이었어. 침대가 둥실둥실 떠가듯이 흔들리고 있었지. 사람들의 행렬 한가운데에 내가 있었어.

여기는 분명히 병실이고 나는 꼼짝없이 누워있는데, 나는 내가 헛것을 보고 있다는 걸 알았어. 내가 미쳐 가나보다, 이제 내 마음도 못 버티나 보다. 그런 생각도 들더라. 너무 무서워서 눈을 뜨고 형에게 저 광경이 보이냐고 물었어, 소리가 안 나오던 때니까, 입모양만 낸 거지. "형도 보여?", "형도 저 광경이 보여?" 하고.

형이 옆에서 "괜찮아, 형이 옆에 있잖아."라고 하면서 안심시켜 줬는데, 그때는 형이 알라딘처럼 이상한 모자를 쓰고 왔다 갔다 하더라. 온 세상이 초록빛으로 물들어 보였어. 마치 내가 초록색 안경을 쓴 것처럼. 온통 초록색인데, 형의 눈만은 붉어져 있었어.

다시 눈을 감고 잠을 청해도 같은 화면이 떠올라. 눈을 감으나 뜨나 똑같은 것들이 보였어. 눈을 뜨니 움직이는 형이 보이는데, 여전히 꿈속에서 보이던 것들이 보였어. 꿈인지, 현실인지, 내가 미친 건지.

한두 시간쯤 지났을까, 점점 세상이 명료해지고 병실이 또렷하게 보이더라. 깨어났어. 환상으로부터. 그리고 다시 잠이 오지 않더라. 버튼을 눌러 간호사를 불렀어. 잠이 오지 않는다고 이야기를 해 달라고 또 졸랐지.

다음 날 의사에게 이 상황에 대해서 이야기를 했더니, 마음이 약해지고 불안해졌을 때 나타날 수 있는 수면제 부작용이라고 했어. 일본말로 '섬모'로 발음되고, 우리식 표현으로는 정신착란이나 섬망. 그 의사는 수면제는 잠이 잘 들게 하는 것이 있고, 잠든 상태를 유지하는 것이 있고 어쩌고 하면서 수면제의 종류를 마구 설명하더니, 뇌수술 받은 사람에게 많이 나타나는 것으로 수면제의 흔한 부작용인데, 한 가지 확실한 것은 내가 불안해 한다는 사실이라고 설명했어. 그다음부터는 그 약을 넣지 말라고 했고, 신경안정제만 투여했지. 나는 약을 계속 줄이는 것이 좋다고 생각해서 의사에게 내가 약 없이 버틸 수 있게 도와달라고 했는데, 신경안정제는 우리나라로 나를 이송할 때까지 계속 투약되었어. 내가 당시 맥박이 너무 빨라서 그랬는지 다른 이유가 있었는지는 모르지만.

정신착란 당시 대단히 무서웠어. 내가 정신적으로 어떻게 되는 것은 아닐까 했지. 그러니까 한마디로 이러다가 미치는 것은 아닌가, 아니 이미 미친 거 아닌가 생각한 거지. 몸이 이상한데 마음까지 약해지면 큰일이라고 생각해서 스스로에게 "마음아, 힘내라."라고 힘들 때마다 계속 말했어. 불안해하면 나쁜 생각이 들고, 나쁜 생각이 들면 또 잠이 안 오고 하니까…. 당시에는 아무리 좋은 이야기를 들어도 과연 그런 날이 오려나 했어.

일본 의사는 "잠은 알아서 자야 한다."라고 말했고, 나는 자려는 노력을 계속 했지. 잠을 푹 자는 것이 아니라 10분 있다가 깨기를 반복했고 깊게 자면 1시간 정도 잤어. 계속 꿈을 꾸는데, 나중에는 머릿속으로 노래를 만들어 불렀지. 마치 양을 세는 것처럼. '이제부터는 자야 되는 시간' 뭐 이런 가사에 멜로디를 붙여서 반복해서 불렀는데, 그러다 보면 머릿속으로 노래는 계속 돌아가고 내가 강변을 걷는 장면 등이 나타났고 그러면 '아, 내가 잠들었구나.'라고 생각했지.

제일 많이 나타나던 게, 백남준의 비디오 아트처럼 여러 가지 텔레비전 화면이 떠 있고 그 화면들이 회오리치듯 막 돌아가면서 풍선이나 여러 가지 물체들이 화면들과 함께 돌아가던 꿈이야. 그러다가 그 물체들 중 하나가 멈춰 서서 나에게 말을 걸곤 했지. 발병 전 보았던 일본 애니메이션 중에 꿈에 개입해서 치료하는 '파프리카'라는 만화가 있었는데, 여러 사람의 꿈이 섞이는 그런 만화야. 그 영향인 것 같기도 하고. 어쨌든 그런 현상이 오면 그래도 잠이 든 거니까 일부러 그런 상상을 하기도 했어.

최악은, 내가 공이 된 것처럼 구르다가 벽에 쾅 충돌해서 머리에 엄청난 충격을 받는데, 거기서 끝나지 않고 이 벽 저 벽에 '쾅쾅쾅' 계속 부딪히는 꿈이었어. 그때만큼은 잠에서 깨고 싶었지. 그렇게 잠에서 깨면 다시 잠들기가 두렵더라. 다시 잠들면 또 마찬가지로 굴러가서 벽에 머리를 부딪혀. 한번은 꿈속에서 알지 못할 한 시청 앞에 연구하러 갔는데, 누가 나를 뻥 차서 광장을 굴러 벽에 쾅 부딪히기도 했어. 이쪽 벽, 저쪽 벽 사정없이 부딪혔어.

그렇게 악몽과 불면에 시달리다가 2시간씩, 3시간씩 내리 잠을 자기 시작했어. 언제부터인지 조금씩. 타국 땅에 있어서 마음이 불안했던 것인지, 아니면 질병 초반이라서 그런 것도 있었는지 우리나라로 돌아와서 훨씬 잠도 잘 자고 꿈도 좋아졌다. 뭐처음에는 그것도 쉽지 않았지만. 좋아진 다음에도 5월, 6월까지는 새벽에 한두 번씩은 꼭 깼어.

공포나 악몽에서 벗어나는 데에 외부에서 도움을 받은 것은 없어요?

주변에 있던 사람들의 도움을 많이 받았지. 인공호흡기를 떼었을 무렵에는 형이 일본 병원에 와 있었는데, 형이 옆에서 내가 잠들 때까지 있어 주면서 손을 잡고 이야기해 줬어. 일본 병원 ICU에서 허용되는 면회 시간이 오후 12시부터 저녁 8시까지였는데, 간호사와 의사에게 부탁해서 내가 잠들 때까지 있을 수 있게 허락을 받았거든.

당시에는 오전에 재활 치료도 받았는데, 재활치료 하는 것도 보게 해달라고 해서 허락을 받았어. 결국 형은 아침 일찍부터 내가 밤에 잠이 들 때까지 병원에 있었어. 제대로 먹지도 못하고. 병원 간호사들은 형의 건강도 걱정했지.

또 간호사들도 많이 도와줬고. 새벽에 잠에서 깨어 무섭다고 이야기를 많이 했어. 그래서 간호사들이 내 옆으로 컴퓨터를 끌고 와서 내가 다시 잠들기를 기다리면서 곁에 있어 주기도 했어. 뭐가 무섭냐고 물어보기도 했고. 막상 물어보니 구체적으로 대답하기가 어려웠지만 그때는 진짜 모든 게 무서웠어. 죽지 않을까, 그리고 살아낸다면 어떤 모습으로 살게 될까.

주간에는 재일교포 간호사가 내 담당을 자주 했는데, 야간에 내가 무서워한다는 기록이 있었는지, 상담을 좀 받아보는 게 어떠냐고 하더라. 상담을 받고 싶은 마음도 있었지만 당시에는 기관 절개로 소리도 나오지 않는 상황이어서 상담해도 무슨 의미가 있겠나 싶더라구. 결국 스스로 이기는 수밖에는 없었지.

담당 간호사가 있었나 봐요?

일본 ICU에 있을 때, 주간에는 환자 한 명당 간호사 한 명, 야간에는 환자 두 명당 간호사 한 명이 배치되었어. 입원이 장기화되니까, 선호하는 간호사도 생기더라. 재일교포 간호사는 주간에 내 담당을 많이 했는데, 각별히 잘 챙겨줬고 우리 가족들과 일본 의료진과의 의사소통에도 많은 도움을 줬어. 나나 우리 가족들이 지금도 고마워하고 있지.

승수 형과의 인터뷰가 진행되다 보니, 사람 목숨이 모진 게 아니라 사람의 의지력이 위대하다고 느껴졌다. 승수 형은 저절로 회복과 생존에 집중한 것이 아니라, 죽음이나 도태되는 것에 대한 공포와 모든 것을 던져버리고 싶은 마음과 싸워서 이겨낸 사람이었다. 누구나 그렇게 할 수 있는지, 아니면 승수 형이 특별한 것인지는 아직 모르겠다.

남의 나라에서 목소리도 안 나오면… 참 패닉이겠네요.

기관 절개 수술한 그날 밤인 거 같은데, 죽을 뻔한 고비를 넘겼어. 내가 밤에 자다가 가슴이 답답하고 숨을 쉴 수가 없어서 깼어. 인공호흡기를 붙이고 있었는데도 너무 답답해서 고래고래 소리를 질렀지. 물론 움직일 수도 없었고, 기관 절개를 한 상태니까 소리는 안 나고. 그 입모양을 봐줄 때까지 큰소리로 괴로워하는 걸 표현했지. 한참을 그러고 있으니까 의료진이 와서 물어보더라구. 왜 그러는지. 숨쉬기 어렵냐고 물어봐서 그렇다고 했더니, 인공호흡기를 떼고 목에 절개된 구멍을 통해 가래를 뽑아내기 시작했지.

그다음 이야기를 해줄게. 내가 숨쉬기 힘들어 하니까, 의료진이 '폐내시경을 통해서 석션을 해야 하는데 지금은 밤이라 의사가 없으니 그냥 이렇게 석션을 하자. 지금 내가 쓰는 인공호흡기가 너무 약해서 다른 걸로 교체를 해야겠다. 저 구석에 있는 인공호흡기를 쓰면 될 거 같다. 근데 그건 옆 환자를 위해서 마련해둔 건데, 아직은 그 환자는 사용할 필요는 없다. 하지만 인공호흡기를 교체하면 추가비용이 필요하다.'는 취지로 자기들끼리 대화하더라.

그래서 전화해서 여기저기 물어보고 마침 옆에 있던 내가 일하던 일본 로펌의 변호사한테 추가 비용을 부담할 것을 약속받고 인공호흡기를 바꿔 끼웠어. 내 눈에 오른쪽에 비닐에 쌓여 있던 새 인공호흡기의 커버를 벗기고 가지고 오는 게 보였지.

그런데 그 와중에 옆에 있는 간호사 하나가 어떤 시설에 전화해서 '한국인 연수생이 입원해 있는데 그 시설을 사용할 수 있느냐'고 물어보니 상대방이 '죽었느냐'고 되물었고, 그 간호사는 '아직'이라고 대답했어. 나는 내가 여기 아직 살아있는데 죽을 때를 대비해서 시체 처리를 문의하는 것이라고 생각해서 그 간호사를 노려봤어. 노려봤더니 내 눈치를 보고 옆으로 가더라.

그날 정말 죽을 수도 있나 보다 하는 두려움이 가득했지. 그날 이후 며칠간은 수면제를 맞고 잠이 들 때 다음날 깨어나지 못할 수도 있겠다고 생각했다.

누워 있는데 간호사가 전화하는 게 보여요?

누워 있다고 해도 완전히 눕혀 놓는 게 아니고 침대 위쪽 각도를 20도 정도 올려서 약간 허리를 굽히게 해. 앉는 거랑 눕는 거의 중간 정도라고 할까? 호흡이 어려운 사람의 경우에는 그렇게 해야 안정적인 호흡에 도움이 된대. 방문객이 오면 그 각도를 더 높이고.

여하튼 눈앞에서 그런 말을 하면 기분이 나쁘겠네요.

일본에 있는 동안 이런 일이 몇 번 있었어. 내가 다 듣고 보고 있는데, 꼼짝을 못하고 있으니 내가 못 듣는다고 생각을 했는지 내 앞에서 내 이야기를 마구 하는 거.

그날 밤 옆에 있던 변호사가 70살 정도 된 일본 로펌의 전 대표 변호사였는데, 내가 일본 로펌 변호사라고 하면 주로 이 분을 가리키는 거야. 마침 그때 그의 비서가 함께 와 있었어. 일본 병원에서의 의사결정 같은 것은 그분이 많이 했는데 그분 비서도 와서 도와줬거든. 근데 그날 밤 내 상태가 좋지 않으니까 그 비서가 철야를 하면서 지켜보겠다고 하면서 그 변호사에게 내일 출근이 늦을 거라고 양해를 구했어. 간호사 하나가 지루하지 않게 한다며 그 비서에게 TV를 가져다주었고 그녀는 TV를 보면서 자기도 이 병을 앓았었다고 그 간호사에게 이야기했어. 6개월 만에 완치가 되었다고. 간호사는 대단하다고 하면서 어느 재활 병원에서 재활했냐고 물었지. 그렇게 그 밤이 지나고는 어느 정도 안정이 되었던 거 같아.

그런데 한 달 있다가 그 비서가 문병을 와서 물어봤더니 자신은 철야를 한 적이 없고 이 병을 앓은 적도 없다고 하더라. 황당한 일이지. 그러니 지금 와서는 그날 밤의 상황이 어디까지가 사실이고 어디까지가 꿈이나 상상인지 잘 모르겠어. 그 비서가 간호사와 나눈 대화까지 생생하게 기억나는데, 사실이 아니었던 거지. 나중에 일본에 다시 가게 되면 꼭 한 번 자세히 물어보고 싶어.

 # 계속 누워 있으니까 지루하고 답답했을 것 같은데, 오만 생각 다 났겠네요?

응, 그렇지. ICU에 누워있을 때 아무 것도 할 수 없었어. 고개 돌리는 것 정도만 가능한 상태가 한 달 정도 유지됐거든. 의식이 반 정도 있어서 사실인지 꿈인지 구별할 수 없는 상황이 지나가고, 조금씩 내 상황을 인식하게 되니 걷고 움직이는 보통 사람의 팔다리가 부러웠어. 말을 못하니까 제대로 표현할 수도 없고 정말 미칠 노릇이었지.

움직이지도 못하고, 아무것도 먹지도 못하고 게다가 말을 할 수도 없다니. 살아있는 게 살아있는 것 같지가 않았어. 당시 할 수 있는 것이 생각밖에 없으니, 평범하게 움직이고 먹고 마시고 말할 수 있는 것이 얼마나 행복한 건가 생각했어. 그것만으로도 얼마나 행복한 것인지 모르고 왜 나는 그렇게 아등바등 살아왔던가 하고.

또 도대체 왜 나에게 이런 병이 왔을까 생각했어. 내가 잘못한 것들이 줄줄이 떠오르고. 현실이 받아들여지지 않았지. 믿을 수가 없었어.

그런 생각을 해 봤자 아무런 도움도 되지 않으니 생각하지 말아야지, 말아야지 하면서 즐겁고 좋은 생각을 하려고 했지만, 나도 모르게 떠오르더라. 지금도 마찬가지고.

통증은 없었나요?

이 병이 처음에 나한테 직접 견딜 수 없는 통증을 주지는 않았지만, 몸을 움직이지 않으니까 같은 자세로 천천히 굳어가면서 온몸의 근육에 통증이 생기기도 했지. 일본 간호사들이 가끔씩 몸을 돌려주곤 했어. 부모님은 계속 주물러 주시고 허리를 들었다 놓았다 해 주셨어. 팔순 노부와 칠순 노모가 얼굴이 빨개지면서 주물러 주시는데 차마 볼 수가 없더라. 죄송한 마음뿐이었지. 형이 온 다음에는 형이 계속 팔 다리를 움직여줬어. 관절이 굳으면 나중에 관절의 운동 범위가 나오지 않는다고 하더라.

그리고 치료가 고통스러웠지. 수시로 혈관에 주사를 꽂고, 캐뉼라를 교체하고. 특히 폐에 쌓인 노폐물을 뽑아내는 작업, 즉 폐내시경을 기관 절개된 구멍으로 넣어서 가래를 뽑아내는 작업이 정말 괴로웠어. 처음에는 수면제의 효과로 내가 푹 잠든 다음에 했지만, 수면제에 내성이 생긴 후에는 내가 곯아떨어지기 전에, 그리고 3월 초에 산소호흡기를 뗀 다음에는 맨정신에 진행했거든.

어차피 목소리도 안 나와 소리도 지를 수 없고, 너무 아파 눈물만 줄줄줄 흘렸어. 우리나라로 돌아오기 전에는 하루에 두 번씩 했어. 폐내시경의 그 두꺼운 관을 꾹 눌러서 그게 목으로, 폐로 들어가는 게 너무 괴롭고 아팠지. 그 몇 분간은 정말 눈물이 멈추지를 않았어.

자주 울었겠어요?

눈물이 흐르는 게 우는 거라면, 정말 매일 매일 울었다고 할 수 있겠다. 말했듯이 폐내시경할 때는 너무 힘들고 아파서 눈물이 계속 났으니까. 하지만 흐느껴 우는 게 우는 거라면 일본에 있던 동안은 한 번도 울지 못했어. 흐느껴 운 적은 한 번도 없거든.

괴롭고 힘들다는 생각을 하지만 흐느껴지지가 않더라구. 그래서 울 때도 근육이 필요한가, 가슴 근육이 움직이지 않으면 흐느낄 수도 없나보다 했지.

죽고 싶다는 생각도 했어요?

막막하고 너무 괴로우니 차라리 죽고 싶다는 생각을 안 해 본 것은 아니지. 근데, 너무 죽고 싶을 정도로 괴로운데, 거꾸로 정말로 자살은 할 것이 아니라고 생각했어. 자살한 사람은 실은 행복할 수 있는 사람이거든. 난 그때 자살을 할 수도 없는 상황이었어.

정말 미치겠는데, 너무 괴로운데, '자살을 할 수 있는 힘만 있어도 좋겠다, 자살할 힘만 있어도 행복하게 살 수 있겠다, 물만 마실 수 있어도 좋겠다'는 생각도 많이 했어. 음식을 못 먹게 되더라도 세상의 모든 음료수를 마시면 행복하겠다는 생각을 했지.

당시에 내가 어느 정도 회복되면 자살하려는 사람들에게 전신마비의 고통을 이야기해 주고 싶다는 생각을 했어. 거꾸로 멀쩡하게 움직일 수 있는 것의 행복을 이야기해 줄 수도 있을 것 같았고. 그러면서 내 경험을 책으로 낼 수 있을까 하는 생각도 처음 했고.

만약 딱 하루만 전신마비로 누워있어 보면, 사지가 멀쩡하게 기능해서 움직일 수 있다는 거, 맘껏 걸어 다니고 먹고 마실 수 있다는 것이 얼마나 행복한 건지 바로 느낄 수 있을 거라고 생각했어. 그래서 나중에 기회가 되면 사람들에게 이 얘기를 꼭 해주고 싶더라구. 아니, 24시간도 필요 없고, 한두 시간만 움직이지 못하게 되어도 자살하고 싶은 마음이 사라지지 않을까.

2013년 8월쯤에는, 자살 관련된 기사를 보면, '손은 나한테 주고 죽지.' 그런 쪽으로 생각이 바뀌었어. '왜 자살할까, 사지가 멀쩡한데. 이왕 죽을 거면 손 좀 나한테 주고 죽지' 이렇게 말이지. 물론 그 사람 역시 견딜 수 없이 힘든 점이 있었을 텐데, 내 생각이 좀 이기적이기는 하지. 하지만 그만큼 나에게는 손의 회복이 절실했던 거지.

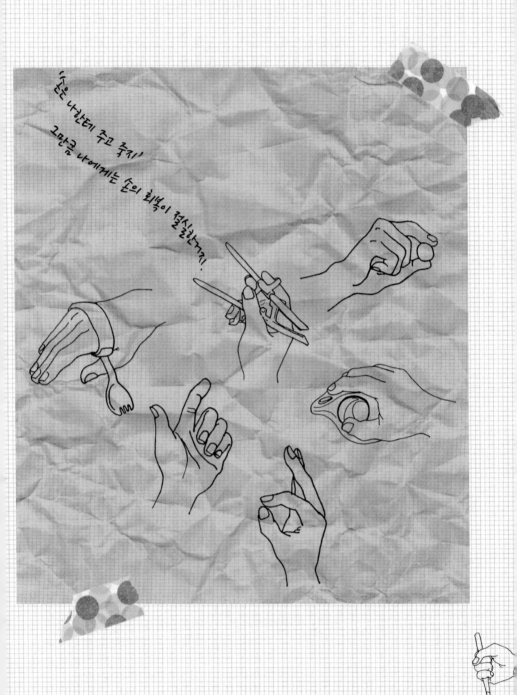

[누나의 일기]

2013. 7. 10. 수요일

승수의 눈빛이 영 슬퍼보여서, 점심을 먹이면서 생각했다. '왜일까? 밥도 잘 안 먹고.' 잠시 후에 승수가 눈물을 흘리면서 이야기했다. 어제 담당 교수가 손이 돌아오지 않을 거라고 이야기했다고. 그래서 "걔네가 뭘 알아? 호흡기 뗄 수 있을 것도 상상하지 못하고, 설 수 있는 것도 기대도 못하고, 걸을 수 있는 것에 놀라고… 보조기만 맞추라고 했지 아는 게 없는 사람이야. 걱정하지 마. 돌아올 거야." 하고 이야기했다. 좀 잔다고 해서 (간병인) 아줌마에게 물어봤더니 승수가 어제 한숨도 못 잤단다. 고민하고 걱정하느라. 걷고 손 움직이고…. 불쌍해서 죽겠다.

죽는 이야기하는 김에 하나 더하면, TV나 신문 볼 때 사고로 사람이 죽는 기사를 보면 내가 이 모양 이 꼴이지만 살아서 얼마나 다행인가 하는 생각이 들더라구. 저렇게 허망하게 죽을 수도 있는데, 나는 그래도 살아남았다 그런 생각. 누워서 무슨 생각을 했는지를 한참 잊었다가도 가끔 생각이 나.

물론 죽고 싶을 만큼 괴로웠지. 내가 미국 유학 마치고 일본에 가서 발병한 것은 알고 있지? 처음 미국 유학 가기 전에 친구들한테 '무위고無爲苦'를 느껴 보고 싶다고 말했어. 하지만 막상 미국에 가서도 나름 바쁘게 지냈어. 학교생활에, 여행에, 미국 변호사 시험에. 그랬는데 진정한 무위고를 하느님이 주셨지. 손가락 하나도 움직이지 않고, 듣거나 보는 것도 내가 선택할 수가 없어져 버렸어.

처음에는 생각이 가득했지만, 점차 생각할 것도 없어지고 생각을 하지 않으려고 노력했고, 또 생각해도 소용없고. 그냥 시계만 보고 있었지. '석션을 위해서 5분마다 간호사를 부르면 미안하니 15분마다 불러야지.' 하는 등의 생각을 하면서 입 안에 머금은 침이 폐로 넘어가지 않도록 참으며. 몇 달 동안 누워 있었는데, 지겹지는 않고 지겨울 여유도 없고. 그냥 괴롭더라구. 무위고는 정말로 괴로운 거였어. 지겨운 것은 할 것이 없는 상태인데, 이 마비는 할 수 있는 것이 없는 상태야. 지루하지는 않고 계속 답답하고 괴로웠다. 그래서 '잘못 빌었구나.' 하고 생각했어. 소원을 이런 식으로 들어주시나 하고.

예전에 ≪원숭이의 손≫이라는 공포소설을 읽은 적이 있어. 그게 어떤 거냐 하면, 박제된 원숭이의 손을 잡고 소원을 빌면 그대로 이뤄지는 거야. 근데 이게, 행복하게 이뤄지는 게 아냐. 주

인공이 원숭이의 손을 잡고, 100만 파운드를 달라고 빌어. 뭐, 액수는 정확하지 않지만. 다음날 아침에 깨어보니, 돈은 무슨, 아무 일도 없어 보여. 그런데 누군가 집 앞을 서성이는 거야. 그래서 불러보니 아들이 다니는 회사에서 나온 사람이야. 아들이 사고로 죽었대. 그 위로금이 100만 파운드라는 거지. 뭐 이런 식이야. 소원은 이뤄졌으되. 그 소설이 떠오르더라구.

그래도 뭔가 즐거웠던 일은 없었어요?

4월 초 처음 물을 마셨어, 의사 몰래. 빨대나 컵으로 주는 것을 마셨는데, 한 모금밖에 마시지 못했지만 정말 맛있었어. 석 달간 목 넘김을 아예 하지 못한 상태라 시원한 것이 타고 내려가는 느낌이 예민하게 잘 느껴졌거든.

우리 형이 인터넷으로 찾아본 결과, 이 병에서 제일 어려운 부분이 침 삼키기와 걷기라고 하더라. 침을 삼킬 수 있다는 것은 근육이 기도를 막고 식도를 열 수 있다는 거니 음식도 먹을 수 있어. 그런데 침이 자꾸 기도로 넘어가는 상태라 계속 석션을 할 수밖에 없는 거지. 당시 계속 열이 나고 몸이 뜨거워서 시원한 물을 마시고 싶었는데, 오랫동안 시원한 물을 마실 수 없었어. 물을 마시고 싶다고 하면 일본 간호사들이 입을 찬물로 헹궈 줬었어. 얼음을 넣은 조그만 물통을 가져와서. 그 순간이 정말 좋았어.

빨리 물을 마시면 좋겠다고 하니까, 일본 의사가 목 넘김 재활을 하자고 하더라구. 그래서 빨리 물을 마시고 싶어서 목 넘김 재활을 시작했지. 우리나라에서는 연하 재활이라고 하더라. 조금 회복이 되고는 혼자서도 침을 삼키는 연습을 했는데, 잘 되면 따뜻한 것이 식도를 타고 내려가는 느낌이 들고, 잘못 삼키면 폐에서 '크르륵' 하는 소리가 난다. 침이 기도로 들어간 거지. 그러면 간호사를 불러서 석션을 해야 했지. 일본에 있을 때 이야기야.

아, 그 전에 기분 좋았던 것이 하나 있는 게, 처음 재활을 했을 때야. 물리치료사가 ICU로 왔거든. 몇 번째인가 와서, 그날은 나를 뒤집었어. 완전히는 아니고 한 40도 정도? 그리고 확실하지는 않은데 창문을 조금 열었던 거 같아. 너무 시원한 거야 그게. 그 순간만큼은 상쾌한 느낌이 있었어. 당시에는 그 물리치료사가 정말 좋게 느껴졌어.

 # 재활 이야기는 나중에 자세히 하도록 하고요. 형이 병상에 있을 때 채은이가 태어났는데, 형수나 형이나 난감했겠네요?

채은이는 내가 일본 병원에 입원한 지 한 달쯤 있다가 태어났거든. 2월 23일. 발병했을 때 처는 이미 임신 9개월 정도 됐었고, 한국에 있었지. 난 일본에 누워 있게 된 거고.

만삭에 남편이 누워있으면 어떤 기분일지, 상상을 할 수가 없어. 게다가 남편은 위중하다고 하고. 정말 극단적인 상황인 거지. 실은 만삭인 상황의 느낌도 평생 알 수 없겠지만. 한 가지 확실한 건, 그리고 다행인 건, 우리 마누라가 정신적으로 나보다 훨씬 강하다는 거. 나는 경험적으로 알고 있었어. 아마 어떻게 하는 것이 아기랑 자신에게 가장 좋은지 금세 생각했을 거야.

아기가 태어났을 때는, 할 수 있는 게 아무것도 없었지. 정말 아무것도 없었어. 진짜 미안한 마음을 가지는 것 외에는 할 수 있는 것이 없어. 애에 대해서는 처한테 맡겨 놓았고, 처도 일단 나를 신경 쓰지 않고 애만 신경을 쓰겠다고 했지. 아기에게 집중할 수 있어서 우울한 건 견딜 수 있다고 했어. 하지만, 진짜 그럴 수가 있었겠어? 그러려고 애썼겠지.

처도 나를 생각하면 힘들었겠지. 출산 직전부터 힘들어서 나를 생각하지 않으려고 했을 거야. 출산은 임박했고 나는 단시간에 회복되어 돌아올 수는 없었으니까. 나도 내 한 몸 건사하기도 어려워 되도록 생각도 안 했고. 특히 초반에는 생각할 겨를이 없었어. 되도록이면 처가 내 생각을 하지 않는 게 좋다고 생각했지. 애기한테 영향이 있을까봐.

물론 아기 생각을 아예 하지 않은 것은 아니지. 아기 생각을 처음 한 건, ICU에 입원 첫날밤에 갈 때, 인공호흡하러 들어갈 때였어. 이대로 죽을 수 있다는 이야기를 들으니 인생을 쭉 돌아보게 되는데, 인생을 돌아보니까 죽는 게 그렇게 못 견디겠지 않더라구. 그냥 뭐 인생 후회 없이 살았다, 재미있게 살았다, 그런 생각이 들었거든. 죽어도 괜찮다는 건 이상하고, 그렇게 큰 미련은 없다 정도의 생각이 들더라구.

그런데 아기한테 너무 미안하더라구. 물론 부모님한테도 엄청나게 죄송하고 처한테도 미안하지만. 그 생각을 하니까 죽으면 안 되겠다는 생각이 들었어.

아기가 태어났을 무렵은 내 상태가 썩 좋지 않을 때였어. 폐렴기가 있어서 항생제를 투여하고 있었어. 폐렴으로 죽을 수도 있다고 얘기를 들었기 때문에 불안한 마음이 있었지. 그래서 마음 편히 기뻐하지도 못했던 것 같아. 그날은 엄마가 면회시간에 들어오자마자, "축하합니다. 아빠가 됐습니다." 그렇게 이야기했어.

[엄마의 일기]

2013. 2. 23. 토요일

며느리가 1시 40분에 딸을 낳았다는 소식을 듣고 큰딸한테 가보라고 했다.

최 서방이 전화해서 SNS에 애기 낳은 사진이 올라와 있다고 했다.

승수는 오늘 그 시간에 재활을 하고 땀을 흘리며 상기된 표정으로 있었지.

나는 부채를 부쳐주며 "힘들었구나, 좀 쉬어라." 했던 그때 득녀를 했구나.

아빠 많이 닮았다고 SNS에 사진이 있다고 하면서 꼭 오빠(애기 아빠)에게 보여주라고 며느리는 부탁하네. 축하한다. 한 씨 집안에 첫 손녀를 신고했구나. 계속 기쁜 일만 생겨라. 복 많은 딸이 되어라.

승수는 혀가 자연스러워졌다고 하네. 어서 빨리 완쾌해서 돌아가고 싶다.

이전 병원에서 몸이 조금 나아지고 아기가 100일이 지났을 때 처가 애를 데리고 왔지. 조금 나아졌다고 해도 전혀 걷지도 못하고 팔을 들 수도 없었던 때야. 애 보니까 눈물이 나더라구. 아마 그때가 치료할 때 괴로워서 눈물 흘린 것 빼고, 진짜로 마음이 아파서 운 건 처음이 아닐까. 도저히 참아지지가 않더라.

애 생각하면 보고 싶고 미안하지. 처한테는 특히 미안한 것이, 내가 미국 변호사 시험 준비할 때 임신 사실을 알았거든. 그렇다고 미국에 남겨 놓을 수도 없고, 임신 초기라서 육아휴직을 하기도 애매했어. 그래서 한국으로 들여보내고 혼자 미국에서 2달

살면서 시험공부를 했지. 그리고 몇 주 있다가 나는 다시 일본으로 갔어. 임신 확인은 미국에서 나랑 같이 했지만, 이후 모든 것을 처 혼자서 한 셈이지. 그래서 출산하는 것은 꼭 보고 잘해 주기로 했는데, 그 타이밍에 아파서 아무것도 할 수 없게 됐지. 지금까지 임신, 출산, 육아 모두 도와준 것이 없어.

어쩔 수 없어서, 미안하다. 해주고 싶은데 못 해주니 슬프고 미안하다. 도와주지 못하더라도, 결정을 같이 할 수는 있는데, 지금도 내가 아직 내 몸과 마음을 추스르기도 어려워 심적으로도 잘 못 도와줘.

재활 운동을 할 때 아이 생각이 나. '아기랑 이거 하면 좋겠는데.' 하는 생각이 가끔 들거든. 공 던지기 이런 거. 맨날 애기 더 크면 캐치볼 해야지 생각했거든. 캐치볼 할 수 있게 되고 나서는, 다행이다, 이제 아기랑 캐치볼은 할 수 있겠구나 생각했지. 실뜨기나 공기놀이 같은 거 할 때도 해 내고 싶다는 마음이 들었지. 아직도 멀었지만.

또 한편으로 걱정되는 건 아기가 컸을 때 "아빠, 이건 왜 못해요?"라고 물어보는 거야, 그래서 장애가 남지 않도록 더 노력하는 거지. 빨리 더 좋아지기를 바라고 있어.

[누나의 일기]

2013년 7월 11일 목요일

승수가 우는 모습으로 들어왔다. (간병인) 아줌마 말이 세수하다가 계속 운다고. 환이 말이 울음보가 터졌다고. 달래느라 가슴 아팠다. 아기한테 미안하단다. 장애인 아빠가 돼서. 살아있는 것만으로도 다행인 것이라고, 하나님은 감당할 수 있는 부모를 자녀한테 주는 것이라고, 어렸을 때 못한 건 나중에 해 주라고, 어차피 어릴 때 기억은 없다고 달래주었다. 휴… 막냇동생이 아니라 막내아들 같다. 다른 생각 말고 좋은 생각만 해서 빨리 나아야 한다고 했다. 아기에 대한 책임감에 더더욱….

부모님께서 일본 병원에 계실 때에는 부모님하고 많은 시간을 같이 보냈겠네요?

24시간 계속 누워만 있으니 할 수 있는 것이 이야기 듣기와 보기 두 가지뿐인데, 보는 것을 내가 선택하기는 어려우니 실은 듣는 것밖에 없었어. 의사소통이 처음 가능해졌을 때, 그래 봤자 부모님이 내 입모양을 읽거나 글자판에 대고 하나하나 가리켜서 활자를 조립하는 정도였지만, 옆에 있는 부모님한테 계속 이야기를 해달라고 했어. 부모님께서는 해주실 이야기가 딱히 없었을 테지만, 나는 계속 졸라댔지.

계속 부모님께서 살아오신 이야기를 들었어. 아버지가 아무도 모르는 비밀 같은 것도 이야기해 주셨고. 물론 이 이야기는 나도 비밀을 지켜야 되겠지? 부모님 연애사, 아버지의 어린 시절, 집안의 성쇠, 친척들 건사하신 이야기, 아버지께서 공무원 되신 이야기, 억울하게 고초를 겪으신 이야기 등 전에는 들은 적이 없던 이야기를 많이 들었어. 비몽사몽이다 보니 놓친 부분도 있고, 집중력이 떨어져서 기억 못하는 부분도 있긴 하지만.

아버지는 즐겨 읽으시던 시집을 가지고 오셨어. 롱펠로우의 〈인생찬가〉, 프로스트의 〈가지 않은 길〉, 푸쉬킨의 〈삶이 그대를 속일지라도〉 등을 읽어주셨는데 특히 타고르의 〈기도〉는 수십 번 읽어 주셨지. 몇 번인가 읽으시면서 눈물을 흘리셔서 몹시 죄송스러웠는데, 그때 난 눈물도 흘리지 못하는 상황이었어. 내가 고등학생이던 시절 아버지가 회사를 그만두실 때 눈물 흘리는 걸 처음 보고 그 뒤로는 아버지가 눈물 흘리는 것을 못 봤는데, 병원에서 여러 번 봤어.

어머니께서는 병원에서는 잘 울지 않으셨는데, 바깥에서 많이 우셨다고 들었어. 다른 가족들에게 전화할 때마다 우셨대. 죄송

할 따름이지.

내가 혼자 지내던 조그만 방에서 부모님께서 왔다 갔다 하시면서 식사도 해 드시고 운동도 하셨대. 거기 좁고 추운데 부모님이 거기 계신다고 생각하니 마음이 몹시 무거웠지. 지나가지 않을 것 같은 지옥 같은 시간이었지. 다행히 일본 사무실에서 부모님을 잘 돌봐 줬어. 병원과 일본 사무실 사람들은 부모님께서 연세가 많으신 데다 나 때문에 충격을 받으셔서 부모님의 건강을 많이 걱정했지. 다른 가족들도 마찬가지로 그랬고.

계속 걱정하면서 부모님이 빨리 한국으로 돌아가야 한다고 했는데, 부모님은 내 곁에 더 있고 싶다고 한국에 돌아가기 싫다고 그러셨어. 면회시간 동안 지루하지 않게, 그리고 내가 딴 생각을 못하도록 계속 이야기를 해주셨어.

다른 가족들은 안 왔어요?

발병하고 2주 정도 있다가 처가 처남이랑 와서 병원에서 설명을 듣고 갔어. 그때 나는 처가 오지 않았으면 좋겠다고 생각했었는데, 왜냐하면 그때 정말로 만삭이라 비행기 타는 게 좋지 않을 거라고 생각했거든. 그다음 주쯤에 큰누나와 큰매형이 왔다 갔지. 누나는 혜민스님 책을 가져 와서 읽어 주고 악보를 가져와 노래를 불러 줬어. 노래를 불러 주는 거를 보고 일본 의사들이 많이 신기해했어.

독일에 사시는 작은매형은 맨 처음에 부모님께서 일본에 오실 때 함께 왔었어. 마침 우리나라에 출장 중이셨거든. 그래서 맨 처음 기본적인 세팅이랄까. 한국사무실-일본사무실-가족들 사이에 이런저런 의사연락을 해 주고. 본인의 일도 많으신데 아픈 처남 돕느라고 무리하셔서 독일로 돌아가는 비행기 안에서 한 번 쓰러지시기도 했대. 나중에 얘기할 기회가 있겠지만 작은매형과 작은누나가 내가 안전하게 우리나라로 옮겨질 수 있도록 많이 애를 써 주기도 했고.

발병한 지 며칠 안 되어서의 일인데, 그때 작은매형이 내 손을 잡고 "빨리 나아서 맥주 한 잔 꼭 해야지."라고 했던 게 기억 나. 잠깐 정신 돌아 왔을 때였던 것 같은데, 기관 절개 수술 받으러 가는 길이었나, 정확히 어느 시점인지는 기억이 안 나.

그리고 2월 말에 형이 준비하던 시험을 마치고 왔지. 형이 일본에서 일주일 정도 지내고 나서 어머니와 아버지는 형과 바통 터치하고 3월 1일인가에 한국으로 돌아가셨고. 형도 책과 재미난 이야깃거리를 가져 와서 많은 이야기를 했어. 아기 사진도 찍어 왔고. 야구랑 정치 이야기를 많이 한 것 같아.

형은 책을 읽어 주지 않고 들고 보여주고 한 장씩 넘겨줬어. 책 읽는 것은 하루에 30분에서 한 시간 정도로, 즐거운 시간이라서 몇 권 안 되는 책을 아끼고 아껴서 읽었어. 책 읽는 시간만큼은 정말 잘 갔어. 형한테 입모양으로 말하면 형이 알아서 넘겨주고 멈춰주고 했지. ≪허삼관매혈기≫라는 중국현대소설이 기억에 남는데, 한글을 빨리빨리 읽는 것이 반가웠어.

형은 또 내게 마음을 굳게 먹으라고 하면서 반드시 좋아질 거라고 계속 이야기해 줬어. 모택동의 ≪지구전에 관하여≫인가 그 내용을 설명해 주면서, 이 투병 생활이 지구전이 될 거지만 반드시 이겨낼 수 있다고 이야기했어.

형이 우는 것도 처음 봤는데, 그게 언제냐 하면 내가 먹는 수면제를 투여받고 섬망을 경험했던 날 밤이야. 앞에 꿈 얘기하다가 잠깐 얘기했던 거 같은데. 그날도 형이 내 옆에서 내가 잘 때까지 자리를 지켰는데, 내가 잠을 못 자고 헛것을 보면서 계속 형한테 "형도 저게 보여?" 이랬었거든. 물론 입모양으로. 그러니까 형이 내 손을 잡고 계속 괜찮다고 하면서 막 울었지. 막 울더라구. 내가 그걸 보고 형한테 "왜 울어?" 하고 물어봤어. 형이 "눈에 모래가 들어갔다."라고 하더라구. 그래서 혼자 '참 거짓말도 뻔한 거짓말한다'고 생각했어. 그때를 생각하면, 지금도 내가 눈물이 나려고 그런다.

나도 가끔은 형을 집에 보내려고 잠든 시늉도 하고 그랬어. 눈을 감고 한참을 있으면 형이 나 잠들었는지 확인하고 조심조심 집에 가는 발걸음소리가 들리더라구.

일본 병원에서는 일본말로 계속 생활하는데, 일본어를 배울 수 있는 상황이 아니어서 상당히 불편했지. 일본어를 조금 한다고 해도 똥, 오줌, 폐렴 등 이런 단어들은 전혀 몰랐거든. 사실 일상생활이나 업무에서 쓸 일이 없는 단어는 알게 되지 않으니까. 하지만 병원 생활하면서 자연스럽게 알게 됐어. 똥, 오줌, 폐렴, 기저귀, 항생제 등등.

나중에 이런저런 이야기를 들었지만, 가족들이 나로 인해 힘들고 괴로웠던 건, 내가 감히 상상도 할 수 없을 거야.

귀국 — 우리나라에서의 치료

 # 발병은 일본에서고, 그럼 서울은 언제 왔어요?

3월 19일 귀국했다. 발병 50일 정도만이지. 그 무렵 비행기를 타도 안전할 정도로 나아졌다는 이야기야. 그날의 내 몸 상태는, 혼자 앉지는 못하고 누가 일으켜 앉혀주면 몇 초간 버틸 수 있는 정도. 호흡이 안정돼서 인공호흡기는 필요 없고 산소공급만 하면 됐고. 몸의 움직임은 거의 없지만, 목은 가누고, 휠체어에 앉으면 허리를 조금 움직일 수 있고, 또 무릎을 약간 굽혔다 폈다 조금 할 수 있는 정도였어.

일본 병원에서 응급차를 타고 비행기 바로 밑에까지 가서 간이침대 같은 데 누워서 비행기 객실로 옮겨졌고, 마찬가지 방식으로 공항에서 서울의 병원으로 이송되었어.

일본 병원을 떠나던 날 아침에 정말 많은 관계자들이 와서 배웅했어. 일본 로펌 사람들, ICU 간호사들, 재활 치료사들, 의사들. 그날 휴무라서 사복을 입고 나온 사람들도 있었어. 감격했다. 문득 일본 ICU의 담당 의사가 자주 했던 말이 생각나네. "한 상(さん), 사랑받고 있구나."

그 무렵 누운 상태에서 오른팔을 약간 들 수 있었어. 팔 자체를 들 정도는 아니고 팔꿈치를 굽히는 정도. 인사하듯이 누운 채로 오른팔을 들고 병원을 떠났어. 한국으로 돌아오던 것도 그야말로 다시는 하고 싶지 않은 경험이야.

[아버지의 일기]

2013. 3. 12. 화요일

작은 딸이 밤늦게 전화했다. 승수 한국 이송일자를 19일로 하고 병원과 김□□ 교수가 수송에 따르는 모든 준비를 하고 치료에 관한 것은 김○○ 교수가 맡기로 했다고 하며 의사 한 분이 수행하고 자기와 최 서방이 앰뷸런스를 타고 공항에 나갈 것이며 나는 대학병원으로 오라고 한다. 수행의사와 앰뷸런스 넘버까지 모두 한국, 일본 사무실, 대한항공에 연락했고 가족도 모두 동의했다고 얘기했다고 한다.

모든 준비는 끝났다고 한다. 3일간 승수도 기분이 좋아졌으며 침도 가끔 삼킨 것 같고 팔다리도 힘이 생긴 것 같고 본인도 느낀다고 한다. 좋은 일이다….

들어서는 상상이 잘 안 가네요. 나름 큰 프로젝트였겠는데요?

뭐, 나도 주체가 아니라 객체였을 뿐이니까 잘은 모르지. 하지만 나름 큰 프로젝트였던 것 같기는 해. 일단 당시 나는 아직 혼자서는 아무 거동도 할 수 없는 전신마비 환자였고 호흡이 완전하지 않으니까, 비행기를 탄다는 것 자체가 매우 위험한 일이었지. 혼자는 절대 보낼 수 없는 상황이었으니까, 응급구조사와 의사가 동행했지. 그때까지 일본 병원에서 내 곁을 지키던 우리 형도 함께였고.

날짜도 대충 잡은 것이 아니고 3월 초에 인공호흡기를 떼면서부터 한일 양측 간에 논의를 통해서 잡은 거야. 그쯤이면 필요한 준비를 마치고 비교적 안전하게 옮길 수 있지 않겠느냐 하고.

귀국 날짜가 정해진 다음에 마음은 좀 어땠어요?

훨씬 편안해졌어. 섬망 사건을 겪은 후라, 더욱 그랬던 거 같아. 조금만 참으면 우리나라로 돌아가는구나. 우리나라에는 가족들도 있고 친구들도 있으니까 생활이 편하게 될 거라고 생각했어. 특히 언어가 통하니까. 가족들을 믿고 의지할 수 있게 될 거라고 생각했고. 아기와 처도 정말 보고 싶었고.

마음 한 구석에는 안전하게 갈 수 있을까 하는 두려움도 있었지. 일본 ICU 의사는 되도록 일본에서 더 치료받기를 권했어. 한 6개월 정도? 현재 상태로는 아직 위험하다는 거였지. 그 사람 특유의 말투로 비행기 내에서 이송 중에 죽은 사람 이야기를 하면서 말이지. 귀국이 임박해서는 내 생명은 문제없을 거라고 자신이 있다고 하면서도 계속 한국의 의료진이 자신들처럼 꼼꼼하게 대해 줄지는 걱정이라고 했어. 왜 그랬는지는 잘 모르겠어. 돈 때문이었을지, 그야말로 의학적인 판단인 건지.

그 말을 듣고 일본에 남아있는 게 치료 면에서는 좋을 수 있다는 생각도 했지만, 그래도 한국에 가야겠다고 생각한 것은 마음이 편해질 것 같아서였지. 그리고 한국의 의료 수준을 믿기도 했고.

우리나라에 도착하고는 어땠어요?

한국에 오자마자 첫날 다시 호흡보조기를 쓰게 되었어. 처음 오자마자 소변줄도 한국의 것에 맞지 않는다고 갈아 끼웠고 콧줄도 새로 끼웠지. 콧줄은 앞에서 말한 것처럼 한국의 것이 몹시 불편했어. 가슴이 답답하고 숨 쉬기도 힘들어졌지. 그래서인지 산소포화도가 떨어졌어. 나처럼 호흡이 불안정한 환자는 늘 혈중 산소포화도를 체크해야 하는데, 95% 이상이면 정상이라고 했거든. 귀국 직전 일본에서는 99% 정도를 유지했는데.

그리고 피 검사 결과 이산화탄소가 체내에 쌓여있다고 했어.

스스로 몸속에 쌓인 이산화탄소를 뱉어낼 능력이 없었던 거지. 결국 다시 호흡보조기가 필요하다는 판단이었고 나는 결국 다시 한동안 기계 하나를 달고 다녀야 했지. 호흡이 불안정하다고 하자 다시 중환자의 모양새가 되어 버렸고 가족들은 매우 놀라서 패닉이 되었고.

이산화탄소 문제와 관련해서는 조금 의문이 있어. 일본에서 인공호흡기를 제거할 때 이산화탄소가 문제될 수 있어서 확인해 볼 거라는 이야기는 들었거든. 그리고 일본 ICU 의사는 나중에 인공호흡기 제거는 성공적이라고 했었고. 그런데도 이산화탄소가 쌓여있다고 하니 참 이상하다고 생각했지. 그게 귀국 과정이나 한국 병원에서의 첫날이 너무 힘이 들어서 하루 만에 쌓인 건지, 아니면 일본 의사가 나를 속인 것인지.

현재로서는 두 가지 다 가능할 거라고 생각해. 한국으로 돌아온 첫날 한국 병원에서는 아무 의료적 처치도 하지 않았어. 한국 의사는 일본에서 공들여 받아온 서류도 제대로 보지 않았고 일본에서 싸가지고 온 약도 주지 않았어. 하루 종일 콧줄로 영양도 공급하지 않았고. 또 일본 의사가 이산화탄소 문제를 대충 넘어갔을 수도 있다고 생각하는 건, 일본 의사가 한국 귀국이 결정되면 열심히 해 줄 필요는 없다는 식으로 인턴에게 이야기한 것을 들은 적이 있었기 때문이지.

[아버지의 일기]

2013년 3월 19일 화요일

우여곡절 끝에 승수가 한국에 왔다…. 10층 51호실에 승수가 누워 있다. 모든 것이 평안한 듯하다. 그러나 아침부터 오후 7시까지 음식을 안 먹였고 음식 공급하는 줄을 바꾸라는데 의사가 8시까지 오지 않았다. 그때서야 소장까지 보낸 줄을 위장까지만 보내고 줄은 커진다는 것이다. 일본의 미세한 관과 맞지 않는 것이다.

상황은 그 후에 벌어졌다. 우리는 9시 30분경 돌아왔는데 그 뒤 맥박이 빨라지고 혈압이 올라가고 상태가 나빠져 의사들과 간호사들이 모여 대책을 숙의한다는 소식에 집에 돌아온 우리는 놀랐다. 아내는 울부짖고 안절부절못한다. 아침부터 안 먹이고 피검사 등 검사만 하니 얼마나 지치고 몸 상태가 나빠졌겠는가. 최악의 상황이 되자 일본에서 보낸 차트를 보고 약물을 투입했더니 그때서야 진정이 됐다고 해 12시가 넘어 잠이 들었다. 의사들의 무관심과 방관에 놀랐다. 어려운 고비를 넘겼다.

일본에 있을 때와 치료도 좀 달라졌어요?

한국의 종합병원에는 7월 12일까지 있었다. 일단 귀국하자마자 신경과 병실에 있었고 나중에는 재활과로 옮겼지. 제일 먼저는 각종 검사를 다시 받는 거였지. 검사 받는 것도 끔찍이 힘들었어. 호흡도 불안정해진 상태에서 여기저기 끌고 다녔지.

신경과에서 받은 주된 치료는 면역 글로불린 주사와 자신의 피에서 백혈구를 빼내는 혈장교환술 두 가지다. 이 병은 정확한 치료방법이 없어서 이 두 가지는 적극적인 치료라기보다 병의 진행을 억제하는 방식인 거 같아. 정확히 의학적으로는 어떻게 설명되는지 잘 모르겠지만.

일본에서 두 차례 면역 글로불린을 맞았고, 한국에 와서는 둘 다 시도를 했어. 워낙에 상태가 좋지 않고 중증이라 혈장교환술도 권했던 거 같아. 나는 처음에는 하고 싶지 않다고 했는데, 열심히 권하기에 혹시나 도움이 될까 하는 생각에 하겠다고 했지. 결국은 혈장교환술은 중단되었지만. 혈장교환술하다가 열이 나고 얼굴에 뭐가 나는 등 알레르기 반응이 나타났는데, 나중에 자료를 보니까 제거된 백혈구 대신에 집어넣는 알부민에 대한 알레르기가 있는 것으로 추정된다더라.

그 외에는 특별한 치료는 없고 재활과 신경회복의 기다림, 그리고 그 과정에서 다른 합병증이 생기지 않도록 관리하는 것이 주된 일이야.

[아버지의 일기]

2013년 4월 1일 월요일

…4시 경 혈장교환을 시작했다. 여자기사 두 분과 거창한 기계가 들어왔다. 약 50분 후 얼굴이 붉어지고 온몸에 두드러기 현상이 나온다. 간호사와 의사가 모여들었다. 혈장교환 중지다. 알레르기 반응이다. 알부민이 맞지 않는다는 것이다. 수혈의 경우는 이런 경우가 있지만 혈장교환술에서 이런 경우는 드물다며 주치의 권○○ 선생은 혼잣말로 중지한다 하고 갔다. 승수는 피로하지만 특별한 반응은 없다고 했다….

치료 내용 말고 생활 측면에서는 어때요? 좋아진 것이라거나 나빠진 것이라거나.

일단 가족의 품으로 돌아온 것은 좋았지. 작은누나랑 작은매형이 한국 병원 생활을 미리 준비해 두었어. 어머니, 아버지도 다시 뵐 수 있었고. 형도 조금 쉴 수 있었을 거고. 출산 직후라 아기랑 처는 볼 수 없었지만, 조만간 볼 수 있다는 기대감이 있었고. 1인실을 예약해 두어서 우리말로 나오는 방송도 마음껏 볼 수 있었고, 또 일본 병원의 ICU에서처럼 12시간 자야 하고 12시간 깨어 있어야 하는 시스템이 없는 것도 좋았어.

하지만 나쁜 점도 많았지. 한국 종합병원에 처음 왔을 때, 신경과 간호사들의 태도에 뜨악했지. 그게 ICU와 일반 병동의 차이 때문일 수도 있고, 한국과 일본의 국민성의 차이거나 간호사 보수 등 처우의 차이 때문일 수도 있지만, 하여튼 크게 실망했지. 친절은커녕 말투부터 거칠고, 손길도 투박했어.

간병인 제도가 없는 일본과는 달리 모든 것을 보호자들에게 맡기는 시스템인 우리나라에서는 간호사를 한 번 부르는 것 자체가 부담이었어. 부를 때마다 짜증내고, 빨리 오지도 않고 말이지. 일본에서는 매일 세 번씩 목 넘김 재활을 겸해서 칫솔로 양치를 해 주었는데, 한국에서는 정말 거칠고 괴롭게 입 안 소독을 해줬어.

일본이나 한국이나 똑같은 기계로 내 몸무게를 자주 측정했는데 움직이지 않는 내 몸을 돌리고 드는 게 느낌 자체가 달랐어. 일본에서는 정말 조심조심했는데, 한국에서는 내 몸뚱어리를 짐짝 다루듯 마구 돌렸지. 콧줄이 침대 사이나 몸무게 재는 저울에 끼어 몸속에서 빠져나오고 팔에 꽂혀있는 바늘이 여기저기 부딪혀서 내가 몹시 아픈 표정을 지어도 별 관심도 없었어. 소리를 못 내니까 쳐다보지도 않는 간호사들에게 알릴 방법도 없고. 콧줄을 다시 끼워 넣는 게 얼마나 괴로운 일인데.

나는 지금도 잘 이해가 되지 않는 점이 있는데, 석션 같은 거는 일종의 의료행위 아닌가? 기관 절개된 구멍으로 튜브를 집어넣어서 폐 속의 불순물을 제거하는 일인데, 그런 거를 간병인이나 보호자에게 맡겨도 되나? 환자가 되어 보니, 진짜 우리나라 보건 정책이나 시스템에 문제가 많다 생각이 들더라.

[아버지의 일기]

2013년 3월 20일 수요일

…일본과 달라서 담을 빼고 환자 변을 치우고 환자상태를 보는 것이 모두가 보호자 몫이라니 답답하다. 작은딸이 그 몫을 하고 있고 급하면 간호사를 부른다. 석션이라는 담을 빼내는 작업이 제일 힘들다. 그리고 음식물을 공급하는 것도 힘들다….

작은딸이 간호사의 지도 아래 힘겹게 담을 빼내고 음식물을 코로 공급한다. 보기 힘들다….

승수 형 이야기를 듣고 보니, 만약 나에게 한국과 일본 어디에서 병에 걸릴지 선택권이 생긴다면 일본을 택할 것 같다. (양쪽 다 실비의료보험에 가입했다면) 한국의 의료는, 아직 환자와 가족의 괴로움을 덜어주는 것까지 고민하지는 못하는 듯 보였다.

다시 콧줄 이야기가 나왔는데 콧줄은 언제 뺐나요?

재활과로 옮기고 나서야. 4월 초쯤.

그에 대해서도 좀 할 말이 있다. 한국 들어와서 조금씩 침을 삼킬 수 있다는 것을 깨달았어. 목 넘김 재활 덕인지 자연스러운 회복 순서에 의한 것인지 하여튼 식도로 삼킬 수 있게 된 것이지. 나는 하루라도 빨리 물을 마시고 싶었어. 그런데 의사들은 검사를 통해서 확인이 되지 않았으니 먹지 말라고 하더라. 형이랑 누나한테 부탁해서 한밤중에 한 모금씩 몰래 마셨다.

왜 검사를 통해 확인되지 않았냐면 검사를 시켜주지 않았기 때문이야. 신경과라 안 되고 일정상 뭐가 안 되고. 의사들은 느리다. 난 조금이라도 빨리 검사받고 물을 마시고 싶은데, 하루 이틀 늦어지는 걸 아무렇지도 않게 생각해. 하루쯤 늦어져도 나중에 대세에는 별 차이가 없다는 말도 들은 적이 있어.

나의 줄기찬 요구에도 불구하고 4월에야 비로소 검사를 했어. 보통 요구르트-죽-밥 이런 식으로 먹는 대상을 확대하는데 나는 검사 후 바로 밥을 먹을 수 있었어. 검사 결과가 나오자 바로 콧줄을 뽑고 밥을 먹어도 된다고 하더라구. 그러니까, 이미 상당히 좋아진 다음에야 검사를 했다는 뜻이지.

콧줄은 관이 굵어 가슴이 답답하고 식도를 긁는 느낌이라 상당히 불쾌해. 또 코 근처에 콧줄을 고정하는 테이프가 가렵고 몸에 줄을 달고 다니니 불편하기도 해서 그것을 뗀다는 것 자체가 엄청나게 시원한 거지. 게다가 자신의 입으로 무언가를 먹고 삼킬 수 있다는 것은 단순한 영양 공급의 의미를 훨씬 넘는 거야. 그래서 환자는 일분일초라도 빨리 떼고 싶은데, 의사들은 하루 이틀 늦는 걸 아무렇지도 않게 생각하더라고. 재활치료 역시 하루라도 빨리 시작하고 싶은데, 시스템 및 병원 내 의사소통의 지연 등등 각종 이유로 며칠씩 늦어지더라.

하나 더 있는데, 한국에서는 A라인을 잡아 두지 않았어. 나같이 호흡이 불안한 환자는 자주 동맥혈을 뽑아 산소포화도 등을 확인하는데, 이 동맥혈을 뽑기 위해 아예 주사를 꼽아 놓는 것을 A라인 잡는다고 하더라. 아침마다 동맥혈을 뽑았는데 진짜 아팠다. 이게 일반 피 뽑는 거랑 달라서 진짜 깊이 주사를 꽂아야 되거든. 맥박이 뛰는 손목 부분 있잖아? 거기에 직각으로 주사를 꽂는데, 그게 또 쉽지가 않은지 자주 실패하더라고. 너무 아파서 차라리 A라인을 잡아달라고까지 했는데, 중환자실만 라인 잡기 때문에 잡아줄 수 없다고 하더라.

그나마 한국 생활에서 다행이었던 점은 한국에서는 그 무시무시한 폐내시경을 하지 않았다는 거야. 일본 ICU 의사는 폐내시경을 안 하면 바로 산소포화도가 떨어지고 폐렴에 걸릴 거라고 했는데, 한국 의사는 응급 상황이 아니면 폐 내시경은 하지 않는다고 하더라고. 다행히 폐 내시경을 하지 않았음에도 불구하고 큰 문제는 생기지 않았어. 이미 내가 침 삼키는 게 꽤나 가능하게 되었기 때문이었을까?

 # 그럼, 귀국 후 몸이 움직이지 않는 거 말고 다른 문제는 없었나요? 일본에서는 폐렴을 앓았다고 했잖아요?

다행히도 병이 나진 않았어. 정말 다행이지. 일본 ICU 의사는 3개월에서 6개월간은 주기적으로 폐렴이 걸릴 수도 있다고 했거든. 요도 감염이 의심되어 계속 검사를 하기는 했는데, 그 또한 다행히 치료가 필요할 만큼 심하지는 않은 것으로 밝혀졌고, 그 와중에 소변 줄도 제거하게 되었지.

[아버지의 일기]

2013년 4월 4일 목요일

(전략) 오후에 병원에 갔다. 승수가 열이 오른다고 해서 해열제를 먹였다. 그런데 다시 열이 올라 내가 돌아온 뒤에도 멈추지 않아 큰아들이 병원에 가서 새벽 2시에야 돌아왔다고 한다. 그리고 오줌을 호스로 받아내고 있는데 하도 통증이 심해서 아예 빼버렸더니 통증이 가셨고 밤에 소변도 한 번만 봤다고 한다….

 큰 병은 없었지만 이것저것 신경이 쓰이는 것은 적지 않았지. 일단 계속 덥고 열이 났어. 왜 그런지는 몰라도 계속 더워서 일본에서부터 내내 얼음주머니를 끼고 살았어. 밤에 잘 때도 얼음주머니를 베고 잤지. 가끔은 하나는 베고 하나는 겨드랑이에 끼고 자기도 했어. 열이 많아서 그런지 피부도 안 좋더라. 얼굴에 계속 뭐가 났어. 병원에 얘기해서 피부병 약도 처방받았지.

 그리고 혈압과 맥박에 문제가 있었어. 혈압이 너무 높고 맥박은 너무 빨랐던 거지. 이 병이 자율신경계를 침입해서 그럴 수도 있다더라. 일본에서부터 혈압약은 투여되었어. 맥박도 너무 빠르다고 해서 한국 병원에서부터 약을 먹었지. 일본에서는 신경안정제로 대신 했던 거 같아. 나중에 몸이 조금 회복되니 자연스럽게 혈압이나 맥박 문제는 사라지게 되었지만, 그때까지는 신경 쓰이던 문제 중에 하나였지.

엉덩이가 아픈 얘기를 빼 놓을 수 없겠다. 몇 달간 제대로 된 식사를 하지 못하니까 체중이 많이 줄었지. 거의 20㎏? 그렇게 살이 빠진 데다가 하루 종일 누워만 지내니까 엉덩이가 아프더라, 진짜로. 의사한테 얘기했더니 별 방법이 없대. 회복되어 살이 찌는 수밖에. 로호방석인가 하는 방석을 쓰는 방법이 있다는데 수십만 원이래. 그냥 살 찔 때까지 참기로 했어. 의료용품은 다 너무 비싸.

한 자세로 오래 누워있으면 욕창이 생기기 쉬운데, 그건 가족들이 도와줬지. 계속 돌려 눕히고 움직여줬어. 인터넷에 보니 욕창이 생겼다는 사람도 많더라고. 가족에게 감사할 일이지.

재활의 시작

나는 스스로가 포기를 잘 한다고 생각한다. 물리학자가 되려고 대학에 갔지만, 한 학기 동안 공부해보고 좌절한 다음 과감하게 그만뒀고, 사법고시도 몇 년 준비하다가 서울대 법대생 기준으로는 빠른 편인 20대에 그만뒀다.

반면 승수 형은 어떤 상황이건 그냥 받아들이지 않고, 원하는 것이 있으면 어떻게든 이뤄내는 편이다. 대학 다닐 때는 사법시험 공부하고 연극도 하는 바쁜 사람인데도, 술도 열심히 마시고, 노는 것도 열심히 놀고, 세상이 돌아가는 방식을 바꾸는 데에도 관심을 가지고 노력했다. 승수 형의 성격은, 재활 과정에서도 그대로 드러났다.

재활 치료 이야기를 해 볼까요?

재활 얘기를 하려면 다시 일본 병원에 있던 때로 돌아가야 되겠다. 맨 처음에는 운동치료만 했어. 2월 중순이 지나서 운동치료사가 ICU로 와서

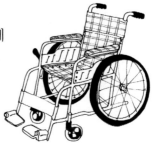

하루 45분씩 마사지와 스트레칭을 해줬어. 호흡근을 자극하려고 가슴 쪽 마사지를 해 주었고, 무릎을 굽혔다 폈다 해 주었어. 나는 움직일 수가 없으니. 계속 똑같은 자세로 누워있는데, 한 번은 반 정도 돌려 누운 상태에서 창문 열고 바깥공기를 쐬어 주었어. 그날 꽤 기분이 좋았어.

운동 치료사가 매일 오기 시작한 후 1, 2주쯤 있다가 작업치료 해주는 분이 오셨다. 손으로 작업을 할 수 있게 해주는 분. 어깨와 팔 마사지, 손가락이랑 팔 스트레칭을 해줬어. 작업치료도 45분. 간호사가 운동 치료사는 대운동을, 작업 치료사는 소운동을 돕는다고 했어. 작업치료도 처음에는 마사지 중심이었고 어느 근육을 써야 어떻게 움직이는지 설명해주면서 하나하나 이미지 트레이닝 시키더라. 귀도 뚫고 예쁘장하게 생긴 남자 작업치료사였는데, 조곤조곤 말도 잘 해 주었어.

재활 치료사가 오기 전에도 2월 중순경 휠체어에 처음 태우고는, 그다음부터는 하루에 한 번 정도씩 휠체어를 태워서 병원을 돌아다니게 했어. 세 명 이상의 사람들이 내 몸뚱어리 전체를 들어 휠체어에 앉혔지. 휠체어에 앉아서 두 층인가 위에 있는 휴게실에 가는 게 기분이 좋았어. 넓은 공간에 그림이 벽면 가득 있었어. 그 그림들 속의 풍경이 내가 보는 바깥세상의 전부였지.

2월 말 정도부터는 서너 명이 달려들어 휠체어에 날 태워서,

간호사 한 명이 휠체어를 밀고 재활치료실로 데려가서 틸트 테이블에 눕히고 기계를 세웠어. 틸트 테이블은 경사 침대라고도 부르는데, 쉽게 말하면 판 위에 나를 눕히고 묶은 후에 그 판을 세우는 거지. 그걸 해서 평형감각을 찾아야 하고, 어지럽지 않게 적응해야 한다고 하더라. 오래 누워 있었기 때문에 보행을 위한 전제인 거지. 처음에는 한 50~60° 정도만 기울여도 힘들었다. 그냥 가만히 묶여 있는 것인데도 땀이 엄청나게 흘렀어.

이 병의 증상은 천차만별인데, 앞에서 잠깐 언급했듯이 혈압이 높아지고 맥박이 빨라지는 증상이 왔었다. 재활 운동 중에는 특히 맥박을 계속 재면서 어느 이상이면 각도를 내리게 했어. 맥박이 150 이상이면 내리고 내리고. 계속 맥박이나 산소포화도를 주시하면서 틸트 테이블의 각도를 조절했지.

맥박이 그렇게까지 빨라지는 원인은 모른다더라. 일본의 담당 의사도 몰랐고. 한국에서도 막연히 자율신경계 이상 가능성이 있다고 했을 뿐 정확히는 원인을 몰랐지. 시간이 지나자, 차츰 맥박이나 혈압도 안정화되긴 했지만 일본에 있을 때는 그저 무서웠지. 잘 모르겠지만 내 생각으로는 심폐기능과 관련이 있지 않을까 해. 근력이 약해서 피의 순환 같은 걸 도와주지 못하니까 심장이 힘들어 한 것이 아닐까? 일본 재활치료실 안에는 틸트 테이블뿐만 아니라 다른 기구도 많았는데 한 거는 틸트 테이블밖에 없었어. 아마도 다른 것을 시킬 상황이 되지 않았겠지.

3월 초가 되어서는 틸트 테이블에 세워 놓고 무릎을 굽혔다 폈다 하는 운동을 시켰어. 다리에 조금이나마 힘이 들어가게 된 거지. 그리고는 앉는 연습을 시켰어. 내가 스스로 앉는 것은 아니고, 일으켜 앉혀 놓으면 넘어지지 않고 버티기였지. 그 상태에서 거울 보고 제일 바른 자세로 앉아봐라 이런 거를 시키더라.

그때 전신 거울을 통해서 내 몸을 처음 봤는데, 정말 비참했다. 샤워도 못하고 계속 침대 위에 누워만 있었으니까. 거울 속에 나는 제대로 앉지도 못하고 말라깽이가 되어 잔뜩 웅크려서 흔들렸어. 팔다리가 너무 가늘고 사람 같지 않더라. 코와 목에 줄을 달고, 가슴과 복부 근육이 없어서 앞쪽으로 어깨가 움츠러들어 있었어. 작업 치료사가 손을 놓으면 넘어지는 상태. 그 상태로 버틸 수 있는 것이 전부였지. 일본을 떠나기 전의 상태는 그 정도였어.

한국에 돌아온 초기에는 재활치료를 바로 시작하지 못했지. 각종 검사를 하러 다시 끌려 다녔고. 이야기를 들어보니, VIP 신드롬이라는 것이 있는데, 병원에 잘 치료해야 한다고 압력을 자꾸 가하면, 병원에서 너무 많이 생각하게 되어 과잉진료가 되는 경우가 있다는 건데, 그래서 결국 VIP 환자를 더 잘 치료하지 못할 우려가 있다는 의미라더라.

내 경우도 그랬을 수도 있어. 이런저런 연줄로 아는 사람들을 통해 병원에 잘 해야 한다는 이야기를 적지 않게 했을 테고, 기다려야 호전되는 병인데 일단 조금이라도 빨리 변화를 보이려고 애쓴 것이 아닌가 싶어. 또 종합병원 의사들이 치료비를 높이려고 불필요한 검사를 시킨 것일 수도 있고. 물론 의학적 판단으로 필요하다고 생각되어서 그 많은 검사들을 한 것일 수도 있을 테고. 하여튼 결과적으로 각종 검사 결과, 모두 필요 없는 것으로 밝혀졌지. 뭐 다른 이상은 없다는 거니까, 다행이기도 한 거고.

한국으로 돌아와서 바로 재활 치료를 못하고 누워만 있으니까, 몸 상태가 다시 조금 나빠졌었다. 그러다가 운동치료사가 병실로 왔는데 신경과에 있는 동안에는 15분밖에 못했어. 그게 정해진 시간이라더라. 그 15분을 하루 종일 기다렸지. 팔과 다리 스트레칭을 하고 몸을 돌리고, 일으켜 세우고, 앉혀서 버티게 하고. 그런 것을 했지. 일본에서 한 시간 30분씩 하다가 15분을 하니까 답답하더라. 틸트 테이블에서 다리 운동까지 했었는데 한 3주간 그런 본격적인 운동을 못했지. 아마 근육이 더 빠졌을 거야.

신경과에 있을 때는 그렇게 15분씩 했고, 3월 말인가 4월 초쯤 재활과로 옮기면서 본격적으로 다시 재활운동을 시작했어. 일본에서 하던 것처럼 틸트 테이블 단계로 돌아가서 시작했다. 재활과로 옮기기 전에 열흘 이상 신경과에 있었어. 검사가 다 끝난 후에도 재활과에 자리가 나지 않아서 못 옮겼어. 운동을 못 하게 되던 당시에는 그 시간이 상당히 아까웠지. 운동을 못 하니 일본에 있을 때보다 몸 상태가 계속 안 좋아지는 것 같은 느낌도 들고, 불안하고.

재활과에 가니까 하루 2회 운동치료가 가능하다고 하더라. 다시 다리 근육 운동도 하고. 틸트 테이블에 서는 운동을 했지. 걷는 운동 전에 서 있어도 몸이 괜찮은지부터 체크한다고 하더라. 너무 누워있다가 서면 저혈압이 올 수 있어서, 처음 틸트 테이블을 하면서 혈압 체크를 계속 했고. 그때도 호흡보조기를 끼고 있어서 그 기계를 옆에 달고 운동치료실로 내려갔었어. 내가 누워 있는 침대와 호흡 보조기만으로도 승강기가 꽉 찼다.

그리고 재활과로 옮긴 초반에는 재활치료의 일종으로 연하 치료를 했어. 앞에서 잠깐 얘기한 목 넘김 연습이지. 연하 치료도 일본에서 시작했는데, 내가 계속 물 마시고 싶다고 했더니 연하 치료를 시작하자고 했지. 이비인후과 의사와 연하전문 치료사들이 와서 운동법을 가르쳐주고 갔다. 나한테도 가르쳐줬지만 담당 간호사에게도 알려 줬어.

그 이후에는 하루에 최소 두 번씩 양치를 하면서 담당 간호사와 연하 재활을 했지. 얼굴 운동, 얼음으로 입 안 마사지하기, 침 삼키는 연습, 이 닦기 연습. 당시에 침 삼키는 연습을 하다가 침이 폐로 들어가기도 했었어. 그럼 바로 석션을 해야 했고. 밤에도 침 삼키는 연습도 혼자서 하곤 했어.

한국 와서도 재활과로 넘어가자마자 연하 치료하는 방에 가서 연습했는데 치료 내용은 일본에서와 유사했어. 첫날 하고 나니까 연하 치료 선생님이 연하 치료를 받지 않아도 될 정도다 했고, 주말을 보내고 검사를 하니까 밥을 먹어도 되는 것으로 결과가 나왔어. 신경과에 있는 동안에는 연하 체크를 못 한다고 해서 꽤나 늦어졌지. 종합병원에서 왜 그렇게 협업이 힘든지…. 재활과에 옮기자마자 검사를 받고 싶었는데, 그것도 며칠을 대기하다가 결국 주말 넘기고 나서야 하게 된 거지.

한국에서는 작업 치료사가 연하 치료도 담당하더라. 일본에서는 별도의 치료사가 있었고 이비인후과 의사가 가끔 와서 변화 상황을 체크했어. 이비인후과 의사가 와서 체크하는 날은 더 잘하려고 노력했는데, 꼭 그때는 평소보다 안 되더라. 빨리 물을 마시고 싶었는데.

일본에서 마지막으로 검사했을 때에는, 원활한 연하를 위해서는 목 앞근육과 뒷근육 둘 다 잘 움직여야 하는데 아직은 뒷근육만 된다는 식의 결과를 들었던 거 같아.

연하 검사 후에 시험에 통과한 다음에는 연하 치료는 하지 않고 작업 치료하고 운동 치료만 했어.

걷는 연습은 언제부터 했어요?

정확히는 기억이 안 나는데, 밥 먹기 시작하고 점차 시작했던 거 같아. 틸트 테이블에 서는 게 좀 안정화되자 근육 운동하고 걷는 연습이 많아졌지. 처음에는 전혀 걷지 못했어. 누워서 엉덩이 들어올리기부터 연습했어. 이 운동은 진짜 오랫동안 계속하는 거 같아. 물론, 이것도 처음에는 전혀 못 했어. 오랜 시간 침대에 누워만 있어서 근육이 다 빠졌던 거지.

처음에는 그거 하고. 스탠딩 프레임이라고 하는데, 그걸 이용해서 서 있는 연습을 했지. 틸트 테이블하고 다르게 이거는 일단 일으켜 세운 다음에 엉덩이 부분을 받쳐서 서서 버티게 하는 기구야. 앞에 컴퓨터가 연결되어 있어서 게임도 할 수 있어. 내가 몸을 움직이면 그에 따라서 토끼가 움직이고, 모니터상의 사과를 먹는 거다. 몸통을 사방팔방으로 움직여서 사과를 따는 거야. 갈수록 사과도 많아지고 저항도 세지고 그랬어.

헬스장 사이클 비슷한 사이클도 했어. 다리 근력을 키우려고 한 거지. 또 앉는 연습, 앉아서 버티기 등등의 연습도 계속 했어. 혼자서 자리에 앉아 있게 되는 데까지도 한참 걸렸다. 침대 머리 부분을 올려서 침대를 'ㄴ'자 모양으로 만들면, 앉은 자세 비슷하게 되기는 했는데, 거기에 등을 기대지 않고 혼자 앉아 있는 것은 쉽지 않았어. 또 다리를 침대 밑으로 내리고 걸터앉아 있는 것은 그나마 금방 됐는데 양반다리를 하고 앉는 데에는 시간이 더 걸렸다.

그러다가 운동치료 두 번 중에 한 번은 로봇 치료를 하게 되었어. 재활을 위한 보행용 로봇을 가지고 재활 치료를 하는 것인데, 다행히 국산 로봇이 상용화되지 않고 시험 단계 중이어서 싸게 할 수 있었어. 우리나라에 총 네 군데에만 국산 로봇이 보급되어 있다고 하더라.

로봇 치료라는 건, 로봇 치료실에 가서 엉덩이, 다리에 기계를 장착하고 몸통을 기둥에 매달아서 로봇의 보조로 트레드밀을 걷는 거야. 매일 한 시간씩 했지. 일반적인 운동치료는 삼십 분인데 이건 한 시간이라 왠지 남는 장사 같은 기분? 별도 로봇 치료실이 있고 치료실 내에 로봇이 한 대뿐이라서 환경도 좋은 편이었고. 중간에 비가 오는 날 비가 새는 황당한 사건이 있기도 했지만.

전담치료사가 붙어서 얘기도 많이 하고. 처음에는 이 로봇 치료라는 것도 꽤나 힘들었어. 당시에는 한 시간을 걷고 운동하는 게 정말 오래간만의 일이었으니까. 로봇 치료를 받고 와서는 매일 낮잠을 잔 걸로 기억해. 다행히 국립재활원에도 같은 로봇이 있어서 국립재활원으로 옮긴 후에도 계속 로봇 치료를 할 수가 있었어. 치료 횟수와 시간은 달랐지만 로봇 치료가 나한테 도움이 된다고 생각해서 계속하게 된 게 다행이라는 생각이 들었어. 혼자 제대로 서 있을 수도 없었지만, 몸이 걷는 것을 기억하도록 하는 것은 큰 도움이었다고 생각해.

걸음걸이를 비교해서 평가해야 하는데, 처음에는 아예 혼자서는 서지도 못했으니 평가를 할 수가 없어서 비디오를 찍었어. 몇 주마다 한 번씩? 처음에는 제자리에서 다리를 올리는 정도에 불과했는데, 나중에는 다리를 들어서 앞으로 조금 내디딜 수 있게 되고 걸음 비슷하게 걷게 됐더라. 다리도 굵어지고. 국립재활원에서도 12회 했는데, 전후 평가한 후 비교해보니 많이 좋아져서 8월 말까지 하고 더 이상은 하지 않고 있어.

보행 로봇 없이도 계속 걷는 연습을 했지. 보행 로봇 치료를 받을 때에도 운동치료사와 함께. 처음에는 허벅지 힘이 약하니까 무릎에 '니 스태빌라이저(knee-stabilizer)'를 둘러매어 무릎을 고정하고 엉덩이의 움직임으로만 걸었어. 그야말로 로봇처럼. 그렇게 한두 달 하다가 내 무릎을 써서 걷게 되었지.

니 스태빌라이저를 떼고 나서는 '백니(back knee)'가 문제였어.

'혼자 제대로 서있을 수도 없지만,
몸이 걷는 것을 기억하도록 하는 것은
큰 도움이라고 생각해.'

보통 사람은 무릎이 약간 굽은 채로 걷는데, 나는 근력이 약해서 무릎이 완전히 펴지고 오히려 뒤쪽으로까지 밀리는 거야. 그렇게 계속 걸으면 무릎인대가 나간다더라구.

운동치료사가 없는 휴일에는 우리 형이나 환이 형, 경균이 같이 문병 온 친구들 도움으로 연습했어. 혼자서는 너무나 위험해서 늘 힘센 누군가 필요했지. 정말이지 주변 사람의 도움이 없으면 뭐 하나 할 수 없는 병이야. 다리에 힘이 없어서 몇 번이고 주저앉았는데, 운동치료사가 내 무게를 받아내느라 진짜 고생했어. 감사하고 또 감사하다. 정성을 다해 도와 준 치료사들이 많았어.

[누나의 일기]

2013년 7월 9일 화요일
걷는 게 여유로워졌다고(혼자서도 걷는다). 하지만 아직 양 발의 박자가 맞지 않는다. 왼발은 바로 가는데 오른발은 돌아가는 느낌. 발끝(발가락)을 미는 느낌이 부족한 듯.

[누나의 일기]

2013년 7월 11일 목요일

김○○ 선생님이 재활치료를 해 줬고, 걷기부터 했는데, back knee 가 안 나오려면 왼발은 천천히, 오른발은 빨리, 왼다리 무릎이 구부러 진 상태에서 오른다리가 나가면 될 것 같다고 이야기하고 신경 쓰다 가 승수가 주저앉았다. 발가락이 꺾인 듯하다고 해서 확인했는데 이 상은 없었고. 다시 걷기→계단→자전거의 순으로 했다.

계단에서는 왼발이 먼저 내려오면 오른다리가 구부러지면서 지탱 하는 힘이 부족해서인지 왼쪽 다리가 쿵 하고 내려온다(무릎에 무리 가 갈 것 같다).

오른쪽 허벅지의 근육을 키워야겠다. 그런데 이것만 연습하면 무리 가 가니까 옳지 않다고 했고. 자전거 타기는 왼발은 돌리는데 오른발 은 밀기만 한다는 느낌이다. 오른발이 당기는 힘이 부족하다는 것? 왼손 또한 박자를 맞추지 못하고 돌리지 못하는 느낌이다.

보행운동 외에도 복근 운동, 어깨 운동 등 전신의 운동을 계 속했고, 작업치료도 계속했어. 자료를 보고 여기저기서 들은 바에 따르면, 이 병은 상지, 즉 팔이 먼저 좋아지는 경우가 많은데, 나는 팔이 늦는 경우였어. 종합병원에 있을 때는 팔 운동으로 '암 슬링(arm sling)', '암 스케이트(arm skate)' 이런 거를 하고, FES라고 패드를 붙이고 전기로 팔 근육에 자극을 줘서 신경 자극과 비슷하게 해서 팔의 근력이 없어지지 않게 하는 치료를 받았어. 당시에는 오른팔을 조금 쓸 수가 있었지만 손은 아직 잘 움직이지 못해서 물건을 잡을 수가 없고 해서, 뭘 잡고 할 수가 없었어.

작업치료는 지금도 하고 있고 앞으로도 오랜 시간 동안 해야 할 거 같아.

[누나의 일기]

2013년 8월 5일 월요일

현두 선생님과의 물리치료에서 투수가 와인드업하는 듯한 팔놀림을 했다. 새로 좋아진 곳 있냐고 했더니 "손목?"이라고 했고 손목을 움직이는 근육은 팔꿈치에 있으니까 손으로 내려오려면 시간이 좀 있어야 한다고 했다. 승수가 힘이 빨리 안 생긴다고 하니까 기존의 힘이 약해서 그렇다고 했다. 기존 힘이 10이면 1 늘어나고, 100이면 10 늘어난다고.

**# 앞에서 신경과와 재활과에서의 치료가 다르다고 한 것 같
은데, 분위기는 어때요?**

흠. 분위기가 좀 달라. 신경과는 좀 암울하달까. 신경과에 있
어 보니, 거기 의사들이 하는 이야기는 원인을 모르겠다, 좀 더
살펴보자, 또는 원인은 파악했다, 하지만 치료는 할 수 없으니
증상을 완화하는 약을 주겠다, 뭐 이런 식이야. 신경과에서 다
루는 병은 적극적인 해결책이 별로 없는 거 같아. 그래서인지 병
동 분위기가 암울한 거 아닐까. "재활하면 나아질 겁니다."라는
식으로 하는 경우도 있지만, 재활은 재활과의 일이라는 식으로

생각하는 거 같아.

간호사들도 대체로 우울하고 별로 친절하지 않아. 열심히 서둘러 한다는 느낌이 별로 없어. 뭐 사람마다 다른 거라서 그 중에 좋은 사람도 있었지만 말야. 신경과에 있을 때 무슨 검사 때문인가 소변줄을 잠시 막아 놨었는데 그게 하도 불편해서 풀어 달라고 하니까, 간호사가 좀 늦는다고 방광 터지냐는 식으로 말한 적도 있어. 전체적으로 보면 깔끔하고 조용하지만 우울한 것이 신경과야.

재활과는 좀 더 의욕적이야. 환자도 치료진도. 환자들끼리 대화하는 거 들어봐도 재활과는 뭘 좀 해보자 이런 거라서 조금 낫지. 불편해도 열심히 움직여서 좋아져야지 하는 마음을 기본적으로 가지고 있으니까. 간호사들도 좀 더 밝고 일반적으로 좀 더 움직이려고 하고 빨리빨리 대응하려고 하는 거 같고. 그래서인지 재활과 간호사가 평균적으로 더 예뻐 보이더라고. 재활병원도 마찬가지야. 병원마다 다르기는 하겠지만 분위기가 좋아. 운동이 필요한 분들이라고 생각해서 온 거니까 환자들이 적극적이고 훨씬 분위기 밝아.

ICU랑 비교하면 어때요?

일본 ICU랑 비교하면, 깨끗하기야 ICU가 낫지만 우울하기로는 1등이지. 사방팔방 전부 중환자이고 다 누워만 있지. 문병 온 가족들도 우울하고, 온 종일 기계 돌아가는 소리가 가득해.

 # 하여튼, 조금씩 회복이 되니까 생활이 달라졌겠네요?

뭐 잘 걷는 거야 먼 일이지만, 조금 회복되니까 사람들이 나를 휠체어에 태우기도 편해지고, 나도 병실이 답답해져서 점점 많이 나다니기 시작했지.

병원 내에 조성된 공원이나 산책로에는 하루 한 번 이상은 간 거 같아. 휠체어가 다닐 수 있는 길은 정말이지 다 가 봤던 거 같아. 휠체어를 미느라 고생한 사람들이 많지.

종합병원에 있을 때는 험난한 경사로를 내려가서 전철역 앞까지도 갔어. 사람 구경하러. 휠체어를 미느라고 환이 형이 고생했지.

편집 작업을 하던 어느 날, 승수 형이 한 무더기의 노트와 종이뭉치를 가지고 왔다. 우리 책을 입체적으로 하기 위해서 가족의 일기를 넣자고 했다. 온 가족이 그 상황을 기록하고 있었다. 재활하는 모습에 관한 그림도 있었다. 조금씩 다른 느낌, 그리고 다른 생각. 하지만 그 고통만은 생생히 느껴졌다.

재활 또 재활
그리고
계속되는 변화

국립재활원

이하는 두 번째 이후의 인터뷰 내용이다. 내용 중 처음 6개월에 관한 것은 1장으로 옮겼다. 인터뷰 내용이 짧은 경우는 인터뷰 시간의 많은 부분을 처음 6개월의 회상에 할애했기 때문이다.

두 번째 인터뷰—2013년 8월 25일, 국립재활원

난 이때만 해도 형이 몸이 어느 정도 돌아오는 시기에 맞춰 어떻게든 일에 복귀하려고 애쓰는 줄 알았다. 아마도 발병 초기의 공포와 괴로움을 보지 못했기 때문에 그렇게 생각했던 것 같다. 그런데 막상 이야기를 해 보니, 몸이 정상이 아니라는 것은 옆에서 보는 것보다 훨씬 더 두려운 일로, 설령 직업이 대형 로펌 변호사 같은 멋진 것이라 해도 눈에 들어오지 않는 듯 했다.

일은 어떻게 할 생각이에요?

일단 몸이 불편하면 확정할 수 있는 게 없어. 뭘 할 수 있는지, 또 뭘 할 수 없는지. 그러니까 아무런 계획을 세울 수가 없는 거지. 내 몸으로 뭘 할 수 있는지 확정이 되면 다시 생각해야 하겠지.

일하고 있는 사람들이 부러운 건가요?

부럽지는 않아. 너무 먼 일이라서. 지금은 단지 일상으로 복귀하면 좋겠다는 거지, 당장 일을 하고 싶다 그런 거는 아니야. 그거보다는 그냥 뭐든지 할 수 있는, 할 수 있던 일상으로 복귀하고 싶다는 마음이 강해. 장애, 불편함이 없는 그런 거. 지금은 회사로 돌아가서 뭘 하고 싶다거나, 지금까지 쌓아 올린 내 커리어가 아깝다는 생각은 들지 않아.

내가 내 몸을 가눌 수만 있으면 변호사로서의 일은 못 하더라도 다른 일을 할 수도 있지 않을까? 지금 목표는 옛날처럼 하는 게 아니라 민폐 끼치지 않고 사는 정도라고 해야 할 거야. 바라는 게 소박해졌다. 예전에 로펌에서 변호사 생활 하면서 맨날 새벽까지 일하고 지치고 하면, 남들처럼 덜 받고 덜 일하고 싶었는데, 그렇게 해서 평범하게 살고 싶었는데, 그 평범함이라는 게 엄청 어렵다는 걸 깨달았지.

지금도 평범하게 살고 싶은데 그 의미는 정반대가 된 거 같아.

예전에는 정시퇴근해서 가족과 지내고, 주말에는 여행도 다니는 뭐 이런 느긋한 삶이 평범한 삶이었는데, 지금 말하는 평범한 삶은 내 스스로 밥 먹고 화장실 가고 이 닦는 것이야. 목표는 같은 평범함인데.

지금도 겁이 많이 나요?

손이 돌아오지 않는 게 무서워. 어디까지 좋아질지 모르니까 지금도 겁나. 일반적으로는 이 병이 예후가 좋은 병이래. 그러니까 보통 환자들의 10~15%만 빼고는 일상생활에 지장이 없을 정도로 회복이 된다고 하던데, 나는 10~15% 정도에 들 만큼 중증으로 걸렸거든. 처음에 의사들은 나쁘다, 어렵다, 중하다, 위험하다는 이야기를 주로 했지.

손이 회복되지 않으면 할 수 있는 일이 정말 적다. 옷 갈아입기, 화장실 뒤처리, 바지 올리기 등등에도 도움이 필요하고. 진짜로 일상생활을 혼자 못하게 되는 거지.

그러면 일은 재택근무 등으로 할 수는 있겠지만 할 수 있는 범위도 많이 줄 거고 잘 해 내기도 힘들겠지. 여행도 못 다니고. 먹는 것도 편하게 집을 수 있는 것에 한해서 먹을 수 있겠지. 상상을 하면 할수록 두려워.

근데 이런 두려움을 넘어서는 방법이 딱 하나 있는 게, 이게 돌아오지 않는 게 무섭다고 다른 운동을 하지 않으면 안 되니까 '이게 돌아오지 않아도 다른 걸 완벽하게 해야 조금이라도 덜 불편하게 살아간다. 무섭지만 운동하고 물리치료 받고 열심히 해야 한다.'라고 생각하는 거야.

일본 ICU 담당 의사는 이런저런 나쁜 이야기를 많이 했는데, 다행스럽게 그런 건 하나도 나타나지 않고 있어. 그 사람이 생각한 것보다는 훨씬 빨리 호전이 되고 있는 거지. 그 사람 이야기를 들었을 때는 진짜 우울하고 절망적이었는데, 그 사람 말을 믿지 않고 호전될 거라는 것을 믿고 노력하는 것 말고는 방법이 없어.

이 병, 재발은 안 해요?

이 병이 회복하다가 다시 악화되지는 않지만, 재발 가능성은 있대. 재발 확률은 2~3% 정도라고 하더라. 아예 만성인 경우를 제외하면 일반인이 걸릴 정도만큼 확률이 낮아서 재발을 걱정할 필요는 없다는데, 원인을 모르는 병이니까, 스트레스 관리하고 술, 담배 같은 거 멀리 하고 그래야지. 뭐든 무리하지 않아야 하고 감기나 설사 걸리면 즉각적으로 대응하고 쉬어야 할 거 같아.

그나마 이 병의 다행인 점은 한동안 희망을 가지고 살 수 있다는 거고, 우울한 점은 아주 많아. 발병도 순식간에 일어나고, 교통사고 당한 것처럼, 떨어져서 척추를 다친 것처럼. 마치 사고

와 같지.

게다가 이 병은 심리적으로 버티기가 어려워. 좋아질 거라고는 하는데, 너무 천천히 좋아져서 간병하는 가족이나 환자 당사자나 우울증에 걸리기 쉽다더라. 나도 계속 답답해. 한두 달 만에 보는 사람들은 그 사이 좋아진 걸 눈치 채고 이야기해 주는데, 나의 하루하루는 비슷하거든. 뭐가 변하는지 잘 몰라. 손도 한 달 전보다는 좋아지기는 했는데.

가족들이 올 때 내가 우울해하지 않게 해 주려고 늘 노력하지. 좋아질 거라고, 좋아지고 있다고.

그래도 손이 회복되고 있다니 다행인 거 같은데, 손이 어느 정도 회복되면 직장 복귀하게 되나요?

글쎄, 일도 스트레스고 체력에 부담이 되는 거니까. 손이 어느 정도 돌아와도, 몸과 마음을 추스르는 게 먼저가 아닐까. 조금 쉬고 운동도 하고 마음의 여유도 가져야겠지. 손이 돌아온다 해서 바로 직장 복귀를 할 수 있을 거 같지는 않네.

손이 돌아오면 일은 어떻게 할까, 아이는 어떻게 키울까 여러 가지 고민을 하기도 하지만, 일단은 신경 재생에만 모든 에너지를 모아야겠지. 하루라도 빨리 좋아지는 게, 그래서 일상생활로 복귀하는 게 제일 먼저야.

2013년 8월 21일 처음 내 손으로 쓴 글씨

의사들은 무섭게 이야기한다. 최악의 상황에 대해서 이야기한다. 환자들은 자신을 찾아온 운명에 한없이 약해져 있는데도, 의사들은 절망적인 이야기들을 한다. 이해하지 못할 것은 아니다. 환자에게 진실을 이야기해야 할 의무도 있고, 괜스레 책임질 말을 해서는 안 될 것이다.

환자의 입장에서, 의사의 말이 정말 중요하다. 나는 의사가 하고 간 말을 누나에게 다시 묻고, 간병인 아주머니에게 다시 물었다. 일본에 있을 때에도 모르는 단어가 끼어 이해되지 않을 때는 몇 번이고 물었다. 머릿속으로 처음부터 끝까지 다시 되새기고 혹시 행간에 다른 의미가 있는 것은 아닌지 생각했다. 따지고 보면, 의사의 그 한마디 한마디가 내 몸의 회복에 별 영향을 끼치지는 못했는데, 나는 거기서 희망을 붙잡고 싶었던 거다.

나을 수 있다는, 나아지고 있다는 희망적인 이야기를 들으면 가족에게도 전달하고 스스로도 기분이 좋아지지만 그런 이야기들은 쉽게 하늘로 날아가 버린다. 발화가 된다고 할까. 몇 번이고 되새겨도 마음에 남지 않는다. 그래서 의사가 또 다시 이야기해주기를 바란다. 기다린다.

하지만 절망적인 이야기를 들으면 그것은 가라앉는다. 마음 깊은 곳까지 가라앉았다가, 가끔씩 수면 위로 떠올라온다. 누가 일깨워

주지 않아도 그 말은 한 번씩 마음을 뒤흔든다.

손을 쓸 수 없게 될 것이라는 말, 회복할 수 없다는 말, 그 말에 며칠을 울었다. 내 인생에서 가장 많은 눈물은 폐내시경할 때 흘렸고, 가장 긴 울음은 회복될 수 없다는 그 한마디에서 시작되었다. 마음을 가라앉힐 때까지 한참이 걸렸다. 당시의 나는 걷지도 못하는 상태. 손이 회복되지 못한다고 해서, 걸음 연습까지 포기하면 영원히 걷지도 못하게 된다. 손이 움직이지 못하면 다른 곳이라도 더 좋아야 한다. 그렇게 생각해서 겨우 다시 걸음 연습을 시작했다. 어디선가 울면서도 작업치료를 했더니 조금씩 손이 좋아졌다는 글을 본 기억이 나서, 북받치는 눈물을 참고 작업 치료를 하였다.

이 병에 걸린 사람이든, 다른 병에 걸린 사람이든, 의사가 말하는 낮은 가능성에 절망할 수 있다. 나처럼 한없이 울 수도 있다. 하지만 여전히 삶은 남는다. 말이 지나도, 그 말이 담지 못하는 삶이 남는다. 고개를 들고 삶을 살아야 한다. 포기하면 그 낮은 가능성은 아예 제로가 되어 버린다.

나 자신을 돌이켜 보니 변호사들도 마찬가지가 아닌가 싶었다. 말로 먹고 사는 변호사도 늘 말조심을 해야 한다. 섣불리 말해서 헛된 기대를 심어주어서는 안될 일이다. 말한 대로 되지 않을 가능성은 늘 남아 있기 때문이다. 하지만 무조건 포기하게 하여서는 더더욱 안 된다. 의사의 말 한마디에 대한 생각은 변호사로서의 내 말 한마디에 대한 것에 이어지게 될까.

세 번째 인터뷰—2013년 9월 1일, 국립재활원

 # 그간에 뭐 좋은 일 있었어요?

오늘 처음으로 공원을 산책했어. 4·19 기념공원까지 차를 타고 가서 휠체어를 타기도 하고 조금 걷기도 했어. 만 7개월이 되었네. 7개월 동안 병원 바깥으로 나간 것 중에 제일 멀리 간 거야. 매주 조금씩 더 멀리 가고 있어. 지난주에는 병원 앞 2분 거리에 있는 식당. 그 전에는 1분 거리에 있는 식당.

처음으로 병원 바깥으로 나가본 게 우리나라로 돌아오던 3월 19일 전전날 일요일인가에 휠체어를 타고 병원 1층 문 바깥에 나갔던 거야. 간호사 하나랑 형이랑 셋이서 병원을 반 바퀴 돌고 공원이 보이는 곳에서 30분 정도 머물러 있다가 들어왔어. 새들이 날아다니고 있었지. 그날 그 광경을 보면서 무슨 생각을 했는지는 기억이 나지를 않네. 그냥 멍했던 거 같아. 바람이 좋다고 느끼며.

두 번째가 한국에 돌아온 날이고. 그때는 앰뷸런스에 실려서 공항으로 직행했지.

한국의 병원에 와서는 물리적으로 병원 건물 바깥으로는 자주 나왔는데, 주로 앞뜰이나 정원 정도였지. 휠체어를 탄 채로 바람을 쐬러. 통로로 연결되어 있는 옆 건물에도 가곤 했고.

한국에 와서 차를 타고 처음으로 병원 밖으로 나간 게 여기 국립재활원으로 옮겨 올 때. 7월 12일인데 내 발로 승용차를 타고 왔어. 그다음이 지난 주말, 그다음이 오늘. 다행히 매형 차가 SUV여서 차체가 높아. 차체가 높으니까 내가 타고 내리기가 편하고.

이 정도로 아픈 건 형 인생에 큰 일일 텐데, 깨달음을 얻거나 한 게 있어요?

이 정도로 심한 병에 걸린 단계부터는 믿음의 문제로 가는 거 같아. 좋게 볼 거냐, 나쁘게 볼 거냐, 어떻게 받아들일 거냐. 또 내 종교적 믿음을 가지고 이걸 어떻게 풀어낼 거냐.

사실 이 병에 걸린 이상 되게 불길한 기분이 드는 거는 피할 수가 없다. 10만 명 중에 1명 정도의 확률로 이 병에 걸린다는데 그 낮은 확률을 뚫고 이 병에 걸린 거라. 이런 재수 없는 상황에 빠지게 되면, 더 재수 없는 상황으로 갈 수도 있다는 불길함. 여기서 종교적인 문제가 생기는 거지. 왜 이런 병에 걸렸나. 내가 무얼 잘못했나.

처는 처음에 하느님을 원망했다더라. 나는 그렇게 하느님을 원망하지는 않았지만 늘 생각이 나기는 하더라. 내 신앙을 시험하는 것인가 하고. 여러 가지 생각이 들더라.

이전 병원이나 여기나 병원에 신부님, 수녀님께서 계셔서 가끔 뵙고 이야기하곤 해. 내가 중학교 2학년 때 세례를 받았는데 그때 교리를 가르쳐 주시던 수녀님하고 연락이 되어서, 그 수녀님께서도 몇 차례 찾아오셨어. 묵주나 성경 말씀이 써 있는 나무판 등 물질적인 선물도 많이 주시고 힘 되는 말씀도 많이 하셨어. 감사한 일이지.

병원에 계신 신부님하고도 이런저런 이야기를 하기도 했어. 나에게 하느님은 어떤 분일까. 죽음이란 어떤 걸까. 이전 병원에서 전혀 걷지 못할 때, 이런저런 책을 꽤 읽었는데 그 중에 하나가 셸리 케이건인가 하는 사람의 ≪죽음이란 무엇인가≫였어. 예전에 읽은 브라이언 와이스의 ≪나는 환생을 믿지 않았다≫인가 하던 책이랑 반대 논지였던 거 같아. 어릴 때부터 혼자 삶이니 죽음이니 많이 생각해 보았는데, 그 책들을 읽고도 잘 모르겠더라. 다시 각자 본인의 믿음의 문제로 가는 것이 아닐까?

한 가지 확실한 건 죽음은 내 손 밖에 있는 일이라는 것. 어느 날 그냥 닥칠 수 있다는 것. 그리고 죽음 후의 나는 지금의 나는 아닐 거라는 것. 그 셸리 케이건의 말대로 영영 끝이든 내 종교의 가르침대로 새로운 시작이든 간에 말이지.

사실 영생으로 간다고 해도 그렇게 단순하게 "좋구나." 하고 말할 수는 없지 않을까. 지금 나는 무수한 관계 속에 있고, 그 속에서 살아있음을 느끼는 건데. 그 관계에서 벗어나서 저 편에 가 있으면 어떤 걸까.

결국은 '잘 모르겠다'로 돌아오고 말았어. 지금 현재에 집중해서 할 수 있는 걸 하는 수밖에. 불교에서 말하는 독화살의 비유 같은 걸까.

사후 세계 얘기를 하니까 떠오르는 영화가 있어. 옛날에 로빈 윌리엄스 나오는 영화 중에 〈천국보다 아름다운〉인가 하는 거야. 마누라하고 자기 둘 다 각자 죽었는데, 남편은 천국에 있고 부인은 지옥에 있는 거야. 부인이 자살을 했나 그랬어. 스토리는 남편이 부인을 지옥에서 천국으로 데려오는 건데, 거기서 보여주는 천국과 지옥의 모습이 흥미로웠던 기억이 나.

천국은 천사들이 날아다니고 그런 데가 아니라, 그 사람이 살면서 가장 행복했던 순간, 가장 가고 싶은 장소 그런 데인 거야. 주인공은 그림 속 호숫가에서 살고 싶어 했는데, 죽어서 거기서 사는 거지. 지옥은 그 여자가 가장 싫어하는 순간을 사는 거야. 가장 싫어하던 장소에서 매일 사는 거야. 남편과 애들이 먼저 죽고 혼자 집에 있는 그 순간을 매일 사는 거지. 오래 전에 본 영화라 정확히 기억하는지는 모르겠지만.

내가 만약 영화에서 상정하는 지옥에 간다면, 그 순간이 아마 콧줄을 통해 음식이 들어가고 소변줄로 오줌 빼내고 가래를 빼내려고 폐내시경을 기관 절개한 이 목의 구멍으로 집어넣어서 몸속을 기계가 돌아다니는 느낌을 견디며 계속 눈물 흘리던 그 순간이 될 거다. 보통사람이 평생 경험하지 않아도 좋은 상황인데, 난 되게 길었어. 너무 길었어. 이 병에 걸려도 보통은 이렇게 길지 않은데 난 정말 길었어.

선친께서 담도암에 걸려 돌아가시기 몇 달 전, "보통 통증이라는 게 밀려왔다가 밀려가는 주기가 있는데, 이건 그냥 계속 아파. 좀 쉴 때가 있으면 좋겠다."라고 하셨었다. 그렇게 말씀하시면서도, 온몸으로 통증을 맞서며 돌아가시기 전날까지 계속 버틸 수 있을 거라고 믿으셨다. 나는 당신을 이해하기가 어려웠다. 물리학도였던 선친께서는 통계와 데이터의 힘을 알고 있었고, 담도암 수술 후 재발 시 어떤 확률이 있는지 아시는데도 병원에서 주는 진통제도 거부하며 끝까지 병과 싸웠다.

승수 형 이야기를 듣고 보니, 사람은 희망이 있는 한 굉장한 고통을 참을 수 있고, 그 희망은 의지력으로 만드는 것이 아닐까 하는 생각이 들었다. 그 의지가 어떤 쪽으로 향했나와는 무관하게.

형이 뭐라도 희망적인 생각을 하도록, 또 그 사이 좋아진 점을 떠올리도록 하고 싶었다. 그런데 이야기를 해보니, 몸이 조금씩이라도 회복되지 않는 이상 즐거운 일을 찾기는 참으로 힘들었다. 좋은 추억이나 기억들은 다 저편에 있는 것 같았다. 아마도 불편함이 너무 커서 다른 모든 생각을 계속 밀어내는 모양이었다.

네 번째 인터뷰—2013년 9월 15일, 국립재활원

 # 현재 바라는 게 있다면?

일본 생활로 돌아가고 싶다. 지난 몇 달간이 모두 꿈인 것처럼 오려내어, 그날 아침으로 돌아가서, 잠에서 깨었을 때 몸이 가벼웠다면 어땠을까.

일본에서 마지막 한 달만 남겨 놓고 있었어. 각종 약속에 송별회들이 엄청 많이 잡혀 있었어. 내가 좋아하던 조깅클럽 환송회도 있고. 서울에서 놀러 오기로 한 친구들도 있었고.

지금 와서 돌이켜 보면 일본에서의 생활은 좋았다. 그때는 좀 따분하다고 느끼기도 했지만. 맛있는 것도 먹고, 혼자 사는 즐거움을 누렸달까. 먹고 싶을 때 먹고 싶은 거 먹고, 하고 싶을 때 하고 싶은 거 하고. 차 마시고 쇼핑하고 슈퍼에 다니면서 혼자 쇼핑하는 것도 쏠쏠한 재미였지. 주말에 전철 1일권을 끊어서 본전을 뽑겠다는 마음으로 여기저기 다니고. 교토에 가서 단풍 구경을 하고 나라에 가서 사슴구경을 하고. 나처럼 혼자 온 여행객들과 대화하기도 하고. 또 일본인 친구들의 단골집에 같이 가서 한 잔 하기도 하고. 즐거웠다. 그전 1년 동안의 미국생활도 즐거웠다. 지금 생각하면 모든 게 즐거웠지. 그래, 그날 아침으로 돌아가서 일어났는데 아무 일도 없었으면 좋겠다. 그날 너무 많은 게 달라졌어.

물론 그때 귀국 시기가 얼마 남지 않아서 마음도 급하고 신경 쓸 게 많기도 했지. 한 달 내에 일본어 공부를 더 바짝 해서 일본어 실력도 늘려야 했고 사람들하고도 친해져서 내 인맥도 좀 잘 만들어야 했고. 거기 오사카에 내가 머물던 로펌도 내 클라이언트가 되도록 하고 싶었지. 각종 학회나 세미나에 참석하고 했던 것도 영업적 측면 때문인 것도 있고. 뭐 그런 스트레스 요인도 있었지만, 다시 리셋할 수 있다면 그때로 돌아가서 그때 세웠던 계획대로 했으면 좋겠다. 사무실 책상 위 달력에 써 있던 대로.

음… 그렇게 희망차고 씩씩하지는 않군요.

손이 돌아오지 않으니 갈수록 불안해.

3월 초쯤에는 아침에 일어나면 매일 아침 어딘가 몸이 더 움직였어. 그때는 진짜 힘들었지만 그래도 희망이 있었어. 형이랑 누나가 맨날 좋은 이야기 해주고, 나도 다 잘 될 거야, 좋아지겠지 하는 희망이 있었지. 매일 아침 일어나면 전날보다 조금씩 더 움직이니까.

요새는 매일매일 아침에 일어나면 손을 보는데 손은 그냥 어제와 똑같은 것 같고. 물론 매일 전체적인 운동능력은 조금씩 좋아지지. 걷기 같은 거. 근데 이건 당연한 거고, 운동하면 근력이야 좋아지니까. 일상으로 복귀하려면 손이 회복되어야 하는데, 별 차도가 느껴지지 않으니. 손이 돌아오지 않는 게 너무 무서워. 처도 너무 무섭다고 제발 그 얘기만은 하지 말라고 하더라. 근데 막상 그 얘기를 빼면 딱히 할 말도 없네.

일본에 누워있을 때 장애가 남을 수 있다고 들었을 때나 환각을 보고 했던 때는 막연히 불안했는데, 이제 구체적인 불안감이 드는 거지. 머릿속으로 그려 보거든. 손을 못 쓰게 되면 옷은 어떻게 갈아입고 화장실은 어떻게 가고 집 밖에 나갔을 때 지갑은 어떻게 꺼낼지. 점점 구체적인 불안감이 커져가는 거지.

어떻게 하면 손이 돌아와요?

현대 의학 기술로는 치료가 불가능하다고 하더라. 자연 치유를 기다리는 것밖에는 수가 없대.

신경이 돌아온 부분은 그간 근육이 약해져 있으니 재활운동으로 근육을 붙이기 위한 운동을 한다. 운동치료가 그러기 위한 거고.

손 운동은 작업치료를 하는 건데, 요새 내가 하는 작업치료는 초등학생들 퍼즐하듯 손을 써서 세밀하게 작업하는 연습을 하는 거야. 이걸 하면서 신경을 자극해서 재생되도록 유도하기도 하고, 이미 돌아온 부분이 있다면 근력이 세지게 하는 거지.

작업치료는 주로 앉아서 손을 움직이는 거라 그 시간에는 치료사나 다른 환자와 이런저런 이야기도 많이 하고 비교적 유쾌한 분위기지. 한 번은 어떤 아저씨 손에 빨간 게 묻어 있어서 손에 어쩌다가 빨간 거 묻었냐고 한 치료사가 농담을 건넸는데, 그 아저씨가 이혼서류에 지장 찍고 왔다고 하더라. 실은 나도 가끔은 내 상태가 이 모양 이 꼴이니 버려질 수도 있겠다 싶었는데, 휠체어를 타고 몸이 잘 움직이지 않는 환자가 그런 얘기를 하니까 좀 뜨악했지. 뭐, 이건 유쾌한 거랑은 관계없는 이야기이긴 하네.

작업 치료나 운동 치료를 받으면서 신기한 점이 있는데, 무의식적으로 하던 것을 모두 의식적으로 하도록 배우게 된다는 거야. 걷는 것도 그렇고. 그냥 걸었던 건데 그 메커니즘을 하나하나 배우니까. 손과 손목 움직임도 다 구별하고. 지금은 뭐, 그렇게 해서도 할 수 있는 게 별로 없긴 하지만.

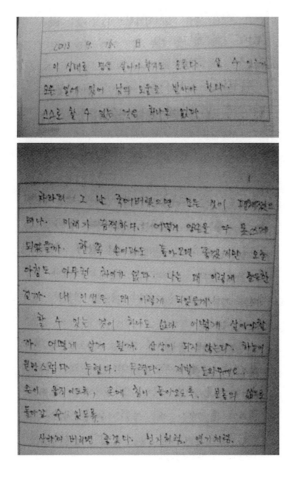

다섯 번째 인터뷰—2013년 9월 22일, 국립재활원

 # 요즘에 새로 기분 좋은 일이 있다면 어떤 거예요?

최근에는 상지로봇을 통한 치료를 시작했어. 기계의 보조로 손을 쥐었다 폈다 연습하는 건데 새로운 거라 아직은 신선한 느낌이 있어. 그것 말고도, 운동치료 시간에는 대체로 기분이 좋아. 조금씩 근육이 붙는 느낌도 나고, 예전에는 잘 되지 않던 엉덩이 들기가 조금씩 된다거나 해서 말이야.

그런데 거꾸로 작업치료 시간에는 대체로 기분이 나빠. 손의 회복이 더디니까 그 시간은 실은 잘 되지 않는 것을 확인하는 시간이지. 예전에 얘기했듯이 작업치료는 주로 손하고 팔 운동을 하는 거야. 이전 병원에 있을 때는 작업치료 시간에 별로 한 것이 없는 것 같아. 팔이고 손이고 아예 움직임이 나오지를 않아서 할 수 있던 것이 별로 없었지. 그래도 여기서는 조금은 된다. 실을 땋거나, 기구를 잡고 밀거나 찰흙을 뜯고 밀고 그런 거를 하고 있지. 농구공을 두 손으로 들어서 던져보기도 하고 콩주머니도 던져보고.

회복되는 것도 순서가 있어요?

몸통이 먼저 회복되어서, 일본에 있었을 때도 휠체어에 앉아서 몸통을 흔들 수 있게 되었지. 그다음 허벅지의 근력이 조금 돌아와서 무릎을 살짝 굽혔다 폈다 하는 게 가능해지고. 중추신경에 가까울수록 조금 더 빨리, 말초로 갈수록 더 늦게 회복된다고 해. 인터넷에 어느 중증환자가 쓴 글을 보면 20년이 지나도 손이나 발이 잘 움직이지 않는 경우도 있더라.

이전 병원 의사가 여기 오기 전에 손은 회복되지 않을 거라고 이야기했어. 보통 발병 후 6개월 정도가 대부분 회복되는 기간인데, 손이 돌아오지 않았으니 앞으로도 어려울 거라는 거지. 7월 초쯤인가, 예전처럼은 절대 못 움직이고, 예전 힘의 20~30% 정도밖에 되지 않을 거라는 식으로 말했어. 내 손으로 젓가락질도 어렵고, 타이핑도 어려울 거라고. 보조 도구의 도움을 받아야 할 수 있을 거라고 했어.

근전도라고 해서, 이 병에 걸리면 주로 하는 검사인데, 전기자극으로 근육이 어떻게 반응하는가 체크하는 검사로, 전기를 쏴서 신경이 얼마나 돌아왔는지 확인하는 거야. 병원을 옮기기 전에 손끝에 통증이 있어서 혹시 손목 신경이 눌렸는지 확인하기 위해 그 근전도 검사를 했는데, 그 결과를 보니 그렇대. 상태가 좋지 않다고 했어.

손이 돌아오지 않을 거라는 이야기를 듣고 크게 울었어. 한 이틀간은 몇 번인가 울음이 터진 거 같아. 희망을 갖고 버텨왔는데, 순간 견디기가 힘들었지. 주변에 나 때문에 고생하는 가족을 생각해서 참으려고 했는데, 참아지지가 않더라. 손을 못 쓴다고 생각하면 정말 할 수 있는 게 거의 없잖아. 손이 실생활에 있어서 정말 중요한데 아직도 잘 안 움직여. 다른 데는 대부분 움직이기 시작했는데. 아직 힘이 없기는 하지만.

 # 어쨌든 운동신경만 안 좋은 거니 심장이나 간은 괜찮은 거죠?

내장 기능이 나빠지지는 않았지. 심장이나 간도 괜찮지 않을까? 처음에야 혈압도 높고 맥박도 빠르고 했으니까 심장이 좀 고생했지만 요새야 약도 안 먹고 술도 안 마시니까. 그래도 복근이 약해서 복압이 낮아지면서 내장을 잘 받쳐주지는 못한다더라. 그래서 살이 찐 것은 아닌데, 내장이 처져서 배가 볼록 나오는 거 같아. 대변을 비교적 자주 보고 있는데, 괄약근이 약해진 건가 싶기도 하고. 요새 횟수가 줄고 있기는 해. 그 외에 자율신경계도 문제없는 거 같고.

환자에 따라서는 운동신경 말고 감각신경에 문제가 있는 경우도 있다더라. 예컨대 다리나 발에는 힘이 들어가는데, 발이 땅에 닿는 느낌이 잘 오지 않는 거지. 그러면 또 걷기가 쉽지 않대.

(실은 나중에 알게 된 것이지만, 내 감각신경 역시 온전하지 않았다. 지금도 그렇다.

1년 6개월이 지났지만 다 회복되지 않았다.)

여섯 번째 인터뷰—2013년 9월 28일, 국립재활원

 # 형, 오늘 보니까 많이 좋아진 것 같은데요?

좋아진 거는 알겠는데 어느 정도인지는 정확히 잘 모르겠다. 다행히 예전보다는 좀 더 잘 걷게 됐어. 맨 처음부터 좋아진다는 것을 알고 있는 병이라 그런지, 좋아지고 있는 것보다 안 되는 게 더 마음에 걸려. 얼마나 좋아진 것인지가 잘 안 보이기도 하고. 맨 처음에 꿈쩍도 못하고 눈만 깜빡거리고 몸무게도 20kg 이상 빠지고 의사소통도 전혀 안 되고, 각종 파이프를 몸 곳곳에 꽂아둔 상태에 비교하면 완전히 용 되었지. 밥도 혼자 대충 퍼먹기도 하고, 소변도 혼자 보고.

지금 바라는 것은 일상생활로 가서 혼자 살아가는 거지. 혼자 해낼 수 있는 정도가 되는 것. 혼자 생활을 하려면 뭐가 더 필요한가 하는 걸 계속 생각해. 내가 스스로 아침에 출근해서 일하고 돌아오는 정도만이라도 할 수 있으면 좋겠는데, 맨날 시뮬레이션 하는 거지. 머릿속으로 그림을 그려 보는 거야. 아침 출근 길부터 밤에 집에 올 때까지. 뭐가 필요하고 뭐가 모자란지.

그렇게 시뮬레이션해 보면 어떤 거 같아요?

기존에 다니던 회사에 다닌다고 할 때, 전철역에 가서 전철을 타고 내리고 인파를 헤치고 올라가서 회사에 있는 내 자리로 가는 것은 몸이 조금 더 좋아지면 가능할 것도 같다. 거기서 클라이언트와 상담하고 회의하고 기록을 보고 서면을 쓰는 것도, 보조도구를 이용하면 타이핑을 할 수는 있을 테니까, 이전보다 느려도 그런 일은 할 수 있을 거 같다.

근데 화장실에서 대변 보는 게 가능할까. 현재 내 손으로 해결하지 못해. 뒤처리를 위해서는 비데가 있어야 하고 건조까지 해야 해. 사무실에는 비데가 있으니까 할 수 있다고 치자. 출장을 가는 경우에는? 법원에 가면 어떻게 될까? 사람들이랑 이야기하고 이런 건 되겠지만 술은 마시러 못 가겠다. 화장실 문제 때문에.

그것만 문제일까? 넥타이는 맬 수 있을까? 양복 지퍼는? 팔 힘이 세지면 핸들도 돌리고 운전을 할 수 있게 될 거 같은데 차 문

을 못 열 거 같다. 악력이 모자라서. 지난번에 집에 가보니 현관
문을 못 열었어. 방문은 여는데. 운전을 할 수 있으면 무슨 소용
이 있을까? 차 문을 못 열면 아무 소용없지. 집 안에서 혼자 생
활할 수 있어도 현관문을 못 열면 무슨 소용일까. 혼자 화장실
에 갈 수 없으면 상담하고 서면을 작성할 수 있다고 해도 출근
이 될까?

길면 2년까지 말초신경이 회복되기는 한다고 하더라. 그러니까
좀 더 회복이 되기는 할 텐데, 얼마나 되냐가 관건이지. 그런 점
에서 약간 희망고문 같은 병이야, 이 병은. 뜬금없는 소리인데,
우리 책 제목 《백만분의 일》 어때? 10만분의 1 정도의 확률로
이 병에 걸리고, 그 안에서도 10% 정도로 중증이니까. 말하고
보니까 나 진짜 재수가 없구나.

 # 그냥 불편한 거라고 생각하고, 받아들일 수는 없을까요?

노력은 해야 되겠지. 근데 그 불편한 게 심리적으로 너무 커.
텔레비전에서 여행가는 거를 보면, 나 여행은 갈 수 있을까, 평
생 못가는 거 아닐까 하고, 못하는 거만 보이거든. 가능한 한 혼
자 할 수 있는 걸 생각해 보려고 하는데, 쉽지 않아. 실제로 별
로 없으니까.

내 과거 생활을 시뮬레이션해 보면, 예전처럼 다급하게 뭔가

서면을 작성하고 밤 12시까지 일하고 그런 게 가능할까 생각하게 되고. 애 생각도 많이 난다. 내 손으로 들어볼 수 있을까. 안 아볼 수 있을까. 사람들의 도움을 받아서 불편한 상태로 살 수는 있을 것 같은데, 과연 즐겁게 살 수 있을까. 내 밥벌이를 할 수 있을까.

농담 삼아 장애가 남으면 국회의원이 되어야겠다는 이야기를 한 적이 있어. 아주 바쁘게 일하지 않아도 되고 월급도 나오잖아. 국회의원 비서관, 보좌관같이 항상 옆에서 도와주는 사람도 있으니까, 그중에 한 명은 간병인으로 해서 화장실 뒤처리를 맡겨야겠다고.

옆에서 도와주는 사람 이야기가 나왔으니 말인데, 가족들 모두에게 미안하지만 특히 형한테 아주 미안해. 내 옆에 있느라고 자기 인생에서 진짜 중요한 시간을 포기해야 했으니까.

여행도 못가고 운동도 못하면 뭔 재미로 살까. 새로운 즐거움을 찾아야겠지?

 # 뭔가 긍정적으로 생각할 수도 있을 거 같은데요?

하필이면 나한테 100만분의 1의 불운이 오다니 생각할 때마다, 이 병에 걸릴 확률은 100만분의 1이지만, 교통사고 같이 다른 큰 사고를 당해서 비슷하거나 더 큰 장애가 남을 확률이 더 크니까, 그 확률을 피하고 이쪽으로 온 게 다행이라고 생각하려고 노력은 하지. 다시 말해서 교통사고를 당해서 목뼈가 다치고 그로 인해서 하반신 마비가 될 확률이 더 큰데, 그건 피한 거니까. 물론 앞으로 내 인생에 그런 사고가 없다고 장담은 못 하겠지만.

의사도 기다리자 기다리자 하니까, 희망을 갖고 좀 더 기다리고 노력해야 되겠지.

그래도 하지는 꽤나 회복됐잖아요?
팔과 다리 중에 뭐가 더 중요할까? 그러니까 상지랑 하지 중에 어디가 회복이 되는 게 더 나을까?

다리!
왜?

더 크니까.
나보다 두 달 정도 먼저 길랑 바레 증후군에 걸려서 이 병원에 계시던 분이 있는데, 내가 그 분을 길랑 바레 선배님이라고 불러. 그 분은, 상지가 다 돌아왔는데 다리가 아직 덜 돌아와서 잘 못 걸으시거든. 보면서 생각하지. 나처럼 어느 정도 걸을 수는 있지만 손을 잘 쓸 수 없는 사람하고, 어느 쪽이 좋은 건가. 뭐 그렇다고 내가 선택할 수 있는 것도 아니지만서도.

손과 손목이 진짜 중요한 거 같아. 손목부터가 문제야. 이 병에 걸린 사람 중에 아주 심한 사람은 발목 이하나 손목 이하가 잘 돌아오지 않는다고 하니까.

여기가 뇌졸중 병동이라 뇌졸중하고 비교도 많이 해. 뇌졸중 환자 중에 편마비 환자가 꽤나 많거든. 한쪽 팔하고 한쪽 다리를 못 쓰는 거랑 나처럼 두 손 다 못 쓰는 거랑. 자꾸 이런 식으로 비교하게 돼. 두 손을 다 못 쓰는 것은 너무나 불편하니까.

최근에 손으로 새로 하게 된 것은 없어요? 손이 나아진 점이요.

최근에 손으로 단추 채우는 법을 작업치료 시간에 배웠어. 배웠다는 게 맞는 표현인지 모르겠네. 어쨌든 요즘은 환자복 단추를 몇 개 채우는데, 아래쪽 단추는 채울 수 있어. 오래 걸리기는 해도. 손목이 이전보다 힘이 생겨서 단추를 채울 수 있게 된 거 같아.

가끔 엄지손가락을 보면, "어, 이게 되네."라고 할 때가 있어. 물론 아직 멀었지. 그래도 조금씩 좋아지고 있다고 믿는 거야. 믿고서 보다 보면 왠지 조금씩 좋아지는 것 같기는 해. 좋아지는 병이라고는 하는데, 좋아진다는 게 확 좋아지는 건지 1㎜씩 좋아지는 건지 모르니까 진짜 답답하지.

주말에 집에는 좀 가요?

되도록 가려고 해. 간병인 아주머니가 일주일 중에 24시간 쉬는데, 그걸 형하고 옥수동 멤버인 환이 형하고 중학교 친구들이 메꾸는 걸 4, 5개월 해왔어. 그때는 내가 병원에서 벗어나는 걸 상상도 못 했으니까. 보통 간병인 아주머니가 가면 형이 와서 친구들 올 때까지 있고, 친구들이 토요일 밤을 병원에서 보내주고, 일요일 오전에 형이 와서 또 반나절, 그다음에 환이 형이 와서 또 반나절. 이런 식이야.

친구들이 대부분 결혼했으니 어려울 텐데 토요일 밤을 병원에서 보내주니 고맙지. 회사 다니느라 다들 힘들게 한 주를 지냈을 텐데, 주말 중에 하룻밤을 병원 간이침대에서 자는 게 쉽지 않을 거야. 아니 잘 자지도 못했지.

처음에는 둘씩 왔어. 내가 전혀 못 움직이고 수시로 체위 바꾸고 해야 하니까 혼자서는 벅찼던 모양이야. 둘이 교대로 자거나 이야기하면서 같이 밤을 새거나 하더라. 그래도 요새는 좀 마음 편하게 오는 거 같아. 예전에 '코프 어시스턴트'(cough assistant)인가 뭔가 하는 기계까지 써 가면서 밤을 보냈다면, 요새는 세수시키고 아침 밥 먹게 세팅해주는 정도만 하고 있으니까.

처음에는 대변도 침대에서 봐서 친구들이 변기를 비워주고 뒤 처리도 해 주기도 했지. 지금은 비데를 쓰고 물기만 닦아주고 있 고. 어쨌든 추석 때 집에 다녀왔고, 이번 주말에도 집으로 가려 고 해. 친구들한테 오지 않아도 된다고 연락을 했지.

친구들이 이 정도니까 가족들 고생이야 말로는 다 못하지. 재 미난 얘기가 있는데, 포털사이트 다음에 길랑 바레 증후군 카페 가 있어. 작은누나가 그 카페 가입하려고 보니 형이 이미 가입해 있더라는 거야. 형이랑 누나는 거기 있는 모든 사람들 이야기를 보고 나한테 기운을 주려고 노력해 온 거야. 거기 보면 "환자가 우울하게 될 수 있으니 긍정적인 생각을 하게 해주세요."라고 많 이 써 있거든. 그런데, 그저께인가 그 카페에 들어가서 게시된 글들을 보다 보니까 처 이름으로 쓴 글이 있더라.

 # 뭐라고 썼어요?

뭐, 길게 쓴 거는 아니고 어떤 사람이 써놓은 거에 답글로 질 문을 했더라고. 그 사람이 동명이인이 아니라 아내 같았어. 6월 달쯤에 올린 거 같아. 게시글에 써 있는 분의 상태가 우리 남편 이랑 비슷한 것 같다고. 지금은 어떻게 되었느냐고.

가정을 꾸리고 아이가 생기니 모든 게 복잡해졌어. 이제 더 이상 내 삶이 나 혼자의 문제가 아니더라고. 법무관 생활을 하면서, 그때 나는 한 달에 법무관 월급 백몇십만 원이면 충분히 잘 살 수 있을 거 같았거든. 애가 없거나 다 컸으면 이렇게 저렇게 살 텐데, 애가 막 태어나서 뒹굴뒹굴 하고 있으니….

고민해도 해결되는 건 없으니까, 고민하지 말자 고민하지 말자 그러고 있어. 일단은 내가 좋아져야 하지 뭐.

 # 요새 독감 예방주사 맞던데, 형도 맞아야 되는 거 아니에요?

백신이라는 게 사실 바이러스를 일부 주입하는 거잖아. 이 병은 외부에서 침입한 바이러스에 대한 면역체계의 이상 반응 같은 거고. 그래서 그런 거 맞고 이 병에 걸리는 경우도 있어. 독감 예방주사의 부작용으로 길랑 바레 증후군이 있는 거지. 그러니, 나는 앞으로 평생 그런 백신을 맞지 않는 게 상책이야. 바이러스의 침입을 아예 차단하는 게 재발방지에 필요한 거지. 나도 의학적으로는 정확히 모르는 거지만서도.

일곱 번째 인터뷰—2013년 10월 6일, 승수 형 집

대학시절 이후 처음으로 옥수동에 있는 승수 형 집에 갔다. 지하주차장이 없는 오래된 아파트로, 승수 형이 여기서 자라 세상으로 나간 다음, 다시 아파서 돌아왔구나 싶었다. 주말에만 집에 들어온다는데, 그래도 확실히 집에 있는 승수 형은 병원에 있는 승수 형보다 여유 있고 편안해 보였다.

잘 지냈어요?

특별한 일은, 일본 간호사가 왔다 간 거지. 두 번째인데, 5월에 이전 병원에 있을 때 한 번 왔었어.

아, 그래요? 뭐라고 해요?

그때보다 많이 좋아졌다는 얘기를 하지. 그때는 못 걸었는데, 이번에는 같이 산책도 하고. 여기 와서는 내가 손에다가 라켓을 묶어서 탁구를 치거든. 예전에는 휠체어에 앉아서 쳤는데, 추석 이후로 서서 치기 시작했어. 그것도 구경시키고. 운전 시뮬레이션 기계가 있어서 가상 운전 연습도 하는데 그것도 보고, 형이랑 수영시간에 수영하는 것 보고.

탁구를 계속 쳐왔군요. 좀 나아졌나 봐요?

처음에는 라켓을 손에 묶었는데도 라켓과 내 팔이 무거워서 올라가지가 않더라. 또 팔이 올라가더라도 손목이 처지고 젖혀져서 잘 치지 못하곤 했는데, 매주 조금씩 좋아지고 있어. 탁구 칠 때 내가 좋아지는 걸 많이 느껴. 일주일에 두 번씩 치는데 매주 치는 시간도 길어지고 이제 백핸드도 치고 그러거든. 서서 치는 것도 이제 무게 중심을 오른발, 왼발로 옮기고.

여기 국립재활원의 장점이 다양한 무료 활동이 있다는 거야. 탁구 같은 것도 사회 복귀를 위한 복지서비스 일환으로 수업이 있는 거고. 탁구 말고도, 수영, 한 달에 한 번 파크골프도 있어. 파크골프는 해 본 적이 없지만 간이골프 같은 거래. 음악활동도 있는데 의사가 나한테 적합하지 않다고 하더라. 어르신들이 많이 하는 거라 재미없을 거래. 하여간 여기서 할 수 있는 건 다 하고 있는데 공짜기도 하고 재미도 있어.

그나저나 일본 간호사가 왔다니 신기하네요. 형을 보러 한국에 두 번이나 왔다는 거죠?

응. 지난 번이나 이번이나 일주일쯤 시간을 내어서 왔어.

간호사가 여기까지 오다니 무슨 사연이라도 있어요?

이번에 온 간호사가 실은 재일교포 3세인데, 아마 일본 병원에서 간호사 일하는 게 그렇게 쉽지 않았던 모양이야. 여전히 한국 국적을 가지고 있고 문화적인 차이도 있었나 보지. 또 본인도 한참 몸이 아프고 해서 쉬다가 복귀했는데, 그때 내가 ICU에 있었다는 거야. 그때 부모님이 일본어를 못 하셔서 이모저모 불편했는데 박 간호사가 오고 나서 의사소통에 큰 도움을 받았어. 근데 거꾸로 박 간호사 본인은 자기 역할이 있어서 좋았다는 거야. 그게 그만 둘까 생각했던 간호사 일을 다시 할 수 있게 된 계기였대. 당시에는 박 간호사도 몸이 썩 좋지 않아서 낮 근무만 했는데, 가능한 한 나를 많이 담당했어.

일본 ICU는 간호사가 2교대로 일하더라. 낮 당번이 오전 8시부터 오후 4시까지 일하고 퇴근하면 밤 당번이 3시쯤 출근해서 업무 인수인계 받고 다음 날 아침 9시까지. 밤에는 약을 투여해서 재우니까 밤 당번은 그다지 바쁘진 않을 거다. 재우기 전후로 이것저것 준비하고, 재운 이후에도 두세 시간마다 와서 기본적인 사항을 체크하고. 자는 동안 약을 많이 투여하더라.

낮 시간 동안은 환자 한 명당 간호사 한 명, 또 그 간호사 두 명당 고참 간호사 한 명, 즉 환자 둘에 간호사 셋이 배치돼. 예컨대 내가 대변을 보면 내 몸뚱어리를 움직이며 그걸 처리하는 걸 혼자 못 하거든. 보조 인력이 필요한 거지. 그래서 세 명인가 봐.

야간에는 간호사 한 명이 환자 두 명을 담당하고.

ICU에는 인력이 많네요?

우리나라는 어떤지 잘 모르겠네. 어쨌든 일본 간호사가 우리나라 간호사보다 업무가 더 힘들고 돈도 많이 받는 거 같아. 남자 간호사 비율도 높고.

또 우리나라처럼 간병인 제도가 없으니. 궂은일도 많이 하고. 맡은 일만으로도 힘들었을 건데, 박 간호사는 정해진 거 이상으로 더 많이 해 줬어.

자기한테도 흔한 일은 아니었던 모양이네요.

우리 가족들이 친근하게 느껴진대. 진짜 모든 식구들이 한 번씩 일본에 왔으니, 모든 가족들을 다 봤잖아.

이번에 돌아가서는 연습용 젓가락을 보내겠대. 일본에 이런 장애인용 보조젓가락 같은 게 훨씬 많아서 두 종류 보내겠다고 연락이 왔어.

이런 걸 보면 일본이 선진국이군요?

어디서 들은 얘긴데, 우리는 재활치료 선생님이 힘을 쓰는 경우가 많고, 일본은 기구로 대체하는 경우가 많대. 또 우리는 어떻게든 환자 스스로 하는 쪽으로 하려고 한다더라.

그건 그렇고, 사회 생활하는 거 시뮬레이션 할 때 할 수 있는 거 늘어나지 않았어요?

글쎄. 구체적으로 상정하면 할수록 안 되는 게 많이 보여. 아침에 출근할 때 전철에서 어떻게 지갑을 꺼내고, 전철이 흔들리거나 사람이 많을 때 손으로 고리를 잡아야 하는데 그게 될까. 또 마을버스는 계단이 높은데 그걸 어떻게 올라가서 타나. 지금은 계단을 올라갈 때 계단 옆에 있는 손잡이에 의지해서 올라가는데, 전철역에 손잡이 밑에 걸인이 앉아 있으면 어떻게 올라갈까. 회사에 가서도 회의 같은 거 할 때 어떻게 받아 적어야 하나. 혼자 사무실에서 타이핑한다면 보조도구를 써서 좀 느리게 치면 되는데, 클라이언트랑 회의하는 경우라면 회의실에서 어떻게 받아 치나.

회사 입장에서 나를 계속 쓸까 이런 생각도 하고.

8월에 물어봤을 때는 회사나 일하는 것에 대해서는 생각을 거의 하지 않는다고 했었잖아요?

그랬지. 몸 상태가 조금 나아지면서 생각이 많아졌어.

걸음이 좀 좋아졌어. 걷지 못하면 집에 못 왔겠지. 우리 집은 오래된 아파트라 엘리베이터 앞까지 경사로, 그러니까 휠체어가 다닐 수 있는 길이 없어. 몇 개의 계단을 올라가지 못하면 엘리베이터를 탈 수가 없어. 집에 오고 싶어서 계단 오르는 연습을 많이 했어. 그러다 보니 완벽하진 않아도 걸어서 계단에 오르고, 집에도 올 수 있게 되었어. 연습하면 걷는 건 점점 좋아질 거니까, 어느 정도까지는 생활이 가능하지 않을까 하는 희망도 생겼고.

손도 아주 미묘하게 좋아지고 있고. 힘이 조금 세졌어. 운동의 범위가 얼마나 넓어졌는지는 모르겠어. 그래도 좋아지고 있으니까 더 힘이 좋아지거나 운동기능이 좋아질 수 있다는 희망을 가지고 있다.

그래서인지 일을 한다는 생각도 하게 되고. 만약 재택근무가 가능하다고 치면 손만 괜찮으면 다 할 수 있는데, 아직은 어렵고. 다만 일단 집에 오고 나니까 심리적으로는 어디든 갈 수 있다는 것이 위안이 된다고나 할까. 좀 있으면 운전도 할 수 있을 것 같고.

실은 이런 생각을 해도 별 소용도 없지. 이 병을 앓고 보니 내가 듣고 생각한 거랑 실제의 진행이 워낙 달라서 아무리 생각을 해도 들어맞지는 않더라. 확실한 것은 뜻하지도 않게 굉장히 불편한 것이 있다는 것. 이를테면 차 문을 열거나 열쇠를 돌려서 시동 거는 것도 못 하고. 옷은 다 갈아입을 수 있는데, 양말을 못 신어. 외출을 혼자 하려면 양말을 신고 운동화도 신고 해야하는데, 아직 다 안 되니까 슬리퍼를 신는 수밖에 없는데 슬리퍼 종류를 신으면 넘어질 가능성이 있어서 위험해.

 # 역시나 불편한 게 많군요?

불편한 거 많다니까. 우리 집이 평지에 있는 아파트고, 내가 운전할 수 있도록 약간 개조된 차가 있고 주차공간 있는 사무실 있고, 또 사무실 화장실에 비데가 있고 타이핑 보조기구가 있다면 사무실 생활은 할 수 있지 않을까 하는데, 그것뿐이겠지. 다른 생활은 어렵지.

물론 그렇게 다 갖춰도 또 소소한 불편함은 많이 있겠지. 사무실 문은 어떻게 열고, 집 열쇠는 어떻게 돌리고, 혼자 살게 된다면 밥 해먹고 하는 것 등등. 혼자 사는 건 어렵지 않을까. 모르겠어. 시도해보면 어떻게 될지.

그간 많은 사람을 만났다. 환자, 의사, 물리치료사 등등. 물론 깊이, 그리고 오래 얘기한 사람은 몇 명 안 되지만. 어떤 남자환자 이야기를 해 줄까?

재활과에서 만났는데, 소아 류머티스를 어릴 때 심하게 앓고 지금까지 앓고 있대. 관절이 뒤틀리는 증상인데 희귀한 병이래. 그래서 어릴 때 여러 의사들이 와서 보고 가기도 했다더라. 중3 때부터는 걸을 수 없었고, 고등학교는 자퇴했어. 힘들었겠지. 그런데 그 사람은 그렇게 우울해하지도 않고 병실에서 컴퓨터로 작업하고 전화로 업무처리도 하고 하더라. 나이도 1976년생이라 나랑 비슷하지. 5월쯤이던가, 6월 초쯤인가에 만난 거 같아.

그 무렵 나는 오른팔만 움직이고 보조기 착용하고 사람들 도움받아서 겨우 걷는 연습하고 그럴 때였어. 혼자서는 걷는 연습을 못해서 저녁에는 책만 읽었어. 그때는 책장을 넘길 수 있는 게 진짜 다행이라고 생각했어. 그 사람이 내가 책 읽는 모습이 인상적이라며 와서 말을 걸었지. 서로 이야기나 하자고. 그 사람은 손가락 세 개 정도가 잘 움직인다고 하더라. 그걸로 할 수 있는 게 뭘까 해서 컴퓨터를 공부했대. 그래서 그 손가락 세 개로 일한다더라. 한때는 잘 되서 게임 회사까지 차렸다가 사업이 잘되지 않았지만 지금도 계속 일하고 있더라. 아파트에 살면서 가끔 친구들 초대해서 음식도 대접한대. 전동휠체어를 타고 다니는데, 엘리베이터를 타고 전철을 탈 수도 있고 사는 데 불편하지 않다고 하더라고.

또 나한테 서울시 장애인 택시도 알려 줬다. 오래 기다려야 하지만 그나마 그 제도가 생기고 나서 많이 이용한대. 술 마시고 택시를 타기도 하고. 또 힘들 때는 종교에 의지하라는 이야기도 해주고. 당시는 내 손이 돌아오지 않을 수 있다는 이야기를 듣기 전이라 난 다 회복될 거라는 마음이 있어서 좀 딴 세상 얘기 같이 들었었는데.

그 아저씨는 계속 아픈 건가요?

중학교 때부터 계속 아픈 거지. 그러니까 계속 장애가 있는 거지. 통증으로 따지면 가끔 아팠다가 나아졌다가 그런 거라더라. 아플 때는 몹시 아파서 꿈쩍도 못 한대. 근데 그것도 자가면역질환의 일종이래. 류머티스 관절염도.

그런데 손가락 세 개로 다 하는 거래요? 식사 준비나 업무를? 대단하네요.

응. 혼자 샤워도 하고 화장실도 가고 다 한대. 아픈 생활의 내공이 쌓인 걸까? 본인 말로는 할 수 있는 걸 하는 거래. 할 수 있는 경우의 수가 줄어들기 때문에 그걸 열심히 하는 거래. 예쁜 여자친구도 몇 번이나 문병을 와서 오래 같이 있다가 가곤 했는데, 어떻게 만났는지 물어보고 싶었지만 물어볼 수가 없었어. 왠지 부럽더라고.

형은 아직 어디까지 할 수 있는지 모르죠?

모르지. 모르겠어. 그러니 거꾸로 희망을 가지고 열심히 하는 거기도 하고. 다행히 아직은 조금씩 나아지는 것 같고. 그 분을 보고는 여러 가지 생각을 하게 되었지.

집에 와 보니 집이 좋지 않아요?

좋지. 근데 운동을 안 한다는 단점이 있어. 처음 집에 왔을 때는 눈물이 났어. 집은 그대론데 나만 이 모양 이 꼴인 것 같아서. 집이 좋아. 신발 신는 게 고된 일인데, 집에서는 신발 안 신어도 되고. 또 조용해서 좋아. 병원은 사람들이 다 모여 있으니 밤에도 시끄럽고 잘 때도 코 골고. 아침에도 일정한 시간에 억지로 일어나야 되고. 여기선 혼자 조용히 잔다.

내장은 깨끗해졌겠어요?

그렇겠지. 근데 일본에서 서울 돌아왔을 때 간 수치가 높다고 하더라. 약물 때문이지. 폐렴이 생기지 않도록 방어적으로 항생제를 맞기도 했거든. 지금은 괜찮아졌지만.

그럼 약은 지금 전혀 안 먹어요?

오메가3가 신경 재생에 좋다는 이야기가 있어서 먹고 있고, 비타민도 먹어.

참, 손이 좋아진 걸 제일 잘 느낄 때가 얼굴 긁을 때야. 전에는 잘 안 긁어졌는데 요새는 꽤 잘 긁어져. 손목이 안 꼬꾸라지고 좀 버텨주는 거지.

긁는 게 중요하군요?

응, 못 긁으면 되게 짜증 나. 전신마비로 누워있을 때 "형, 눈썹 좀 긁어줘."라고 무수히 말했던 것 같아. 자다가 깨서는 몸이 가려워서 괴로웠지. 그때는 세수도 못 했으니까. 간호사가 얼굴을 물티슈로 문지르곤 했어. 최근에 내 몸을 내 손으로 닦게 되면서 오랜만에 내 손으로 엉덩이를 긁을 수 있게 되었지. 근데 아직도 엉덩이가 바지 먹은 거는 못 뺀다. 손 끝 힘이 약해서. 곳곳에 암초야. 아직 동그란 모양으로 된 문 손잡이는 잘 못 열어. 악력으로 해야 하거든.

여덟 번째 인터뷰―2013년 10월 13일, 승수 형 집

 # 그 사이에 좀 나아진 게 있어요?

손가락. 조금 더 주먹이 쥐어지는 느낌이 들어. 특히 왼손이. 오른손도 세 번째 손가락이 좀 더 나아진 거 같고. 처음에는 자고 일어나면 손가락이 하나씩 하나씩 돌아올 줄 알았는데, 실상은 그게 아니고 운동해서 근육 만드는 거 비슷하게 아주 미세하게 힘이 더 세지는 거 같아. 예전에는 포도를 못 먹었거든. 처음에는 뜯어줘도 집을 수가 없어서 못 먹었는데, 지금은 뜯어 먹는다. 예전에는 네 번째 손가락만 움직여서 네 번째와 세 번째 사이에 끼워서 먹었고, 서너 달 전부터는 엄지하고 검지가 서로 닿아서 엄지하고 검지로 집어먹고, 몇 주 전부터는 포도를 뜯어 먹을 수 있게 되었어.

정상인까지는 정말 멀었지만 아주 조금씩은 변화하고 있는 거지. 또 예전에는 차문을 못 연다고 했는데, 이번 주에는 이렇게 저렇게 하다보면 차문을 열 수는 있게 되었어. 시간이 좀 걸리지만. 아주 미세하게 조금씩 조금씩 좋아져.

손에 대해서 긍정적인 이야기한 게 처음인 것 같아요.

매일 좋아지는 걸 느끼는 것은 아니고 일주일 단위로 보면 좋아지는 걸 느끼기도 하는데, 금요일 아침에 일어나니까 손가락이 좋아진 거야. 기분이 좋았어. 아침에 일어나면 제일 먼저 손을 주무르거든. 보통 사람은 잘 때 전신을 다 움직이는데, 난 그게 안 되니 자고 나면 몸이 굳더라고. 지금은 거의 다 움직이지만, 그래도 요새도 일어나면 손가락들이 굳어 있어. 그래서 매일 아침이면 손을 주무르면서 나아졌나 보는데 이렇게 조금이라도 나아지면 기분이 좋아.

경축!

이게 아직 완전치 않지만, 그립이 나오면 혼자 할 수 있는 게 많아져. 운동도 할 수 있어. 아령을 집을 수 있으니까. 그다음은 손가락 하나하나를 움직여야 되는데, 그게 안 돼. 기본적으로 엄지 따로 둘째 따로, 3, 4, 5번 같이 이렇게 따로 움직이는 게 그립이 가능해진 다음의 목표고, 그다음에 힘이 더 붙으면 음료수 캔도 딸 수 있게 되겠지.

독수리 타법으로 타이핑도 가능하지 않을까요?

지금도 어느 정도는 가능하지 않을까. 어떻게 어떻게 한다면 말이야. 효율성의 문제지. 꼭 해야 하면 하겠지. 터치패드를 가지고 인터넷도 하니까. 그래도 아직 멀었어. 아직 양말도 못 신거든. 화장실 뒤처리도 어떻게 할지 모르겠고. 조금씩은 다 좋아지고 있어. 근데 속도가 중요하지. 어느 시점 이후에는 좋아지지 않는다는 거니까. 그 전까지 좋아져야 하니까. 그런 생각을 하면 답답한 거지. 그 전에 빨리 다 좋아져야 되는데. 바라는 거에 비했을 때 한참 모자라지.

아기한테 장애인 아빠가 되는 것도 싫고, 아기랑 할 수 없는 게 많은 것도 싫고.

그래도 재발확률도 낮고 나아지고 있지 않아요?

확률은 아무 문제가 안 돼. 이 병에 걸릴 그 낮은 확률도 내 것이 되는 순간 그냥 전부인 거야. 아무리 낮은 확률이라도 두려워. 암 발병이나 교통사고 확률이 더 높을 수 있지만 어쨌든 조심하고 살아야지. 원래 불행은 몰아서 오는 법이라고, 병원에 있으면 그런 거 많이 봐. 한번 아팠던 사람인데 실수로 낙상으로 또 다쳐서 와서 수술하고 그런 경우 많더라. 특히 마비가 있는 환자의 경우 넘어지더라도 손으로 짚을 수 없으니 얼굴까지 다치고.

나도 한번 걷다가 넘어졌다. 아침에 화장실에 가고 싶은데 혼자는 못 가니까 간병인 아주머니를 찾는데, 안 계시더라. 내가 평소보다 너무 일찍 일어난 거지. 아마 나 깨기 전에 아침 식사를 하러 가셨을 거라고 생각하고 슬리퍼를 신고 찾아 갔는데, 저기 저 방에 분명히 아주머니가 있을 것 같은데, 몇 미터 두고 슬리퍼 코가 걸려서 넘어졌어. 무릎하고 팔꿈치를 부딪혔는데 다행히 무릎에 조금 멍이 들고 큰 부상은 없었어.

근데 최근에 병원에서 보니까 어떤 할머니가 넘어져서 골반이 나가고, 어떤 할아버지는 욕실 의자에 앉혀놓고 보호자가 잠깐 자리를 비운 사이에 앞으로 고꾸라져서 서울대병원에 뇌수술하러 갔다더라. 최근에는 환자가 간병 중인 자기 부인을 깨웠는데, 그 부인이 일어나다가 어지럼증을 일으켜서 넘어져서는 팔목이 부러졌다더라.

그런 거지. 조금씩 좋아지고 있지만, 의사나 치료사들이 나한테 경고하는 게 진짜 많아. 관절염이 생길 거다, 걸음걸이가 예전보다 나빠져서 허리디스크가 올 수 있다, 폐가 약해져서 나이 들면 폐렴이 더 잘 걸릴 수 있다 등등…. 나쁜 일들은 몰아서 오기 때문에.

나는 넘어지면 손을 짚을 수 있으니까 덜 아프겠지만 여전히 위험해. 넘어지면 혼자 일어나지도 못하고. 재발이건 다른 병이건 조심하는 수밖에 없어. 담배는 완전히 끊고 술은 한두 잔 이상 하지 못하고 평생 운동을 계속하고.

그렇게 살면 다른 면으로는 건강해지겠군요?

그런가. 그래, 어쩌면 아프기 전보다 더 오래 살지도 몰라. 어떻게 보면 몸이 나한테 경고를 준 걸 수도 있어. 그렇게 술 마시고 그렇게 스트레스받고 살면 죽는다는 그런 경고. 이 병은 치사율이 높은 병은 아냐. 대응을 잘못해서 죽을 수는 있지만. 적절한 병원이 없거나 인공호흡을 해야 하는데 시기를 놓치거나 잘못하거나 하는 경우. 그런 점에서 보면 하늘에서 죽지 않으면서 가장 고통스러운 병 가운데 하나로 경고를 주는 걸 수도 있지. 전신이 안 움직이지만 의식이 있어서 진짜 고통스럽거든.

마비 가운데 가장 흔한 게 뇌졸중인데. 일반적으로는 그 사람들은 그렇게까지 고통스럽지는 않다고 하더라. 일단 어느 정도는 움직이고, 또 뇌기능이 떨어져서 자신의 상황을 정확히 인지하지 못하는 경우도 있고. 물론 뇌졸중 환자들도 잘 못 움직이는 것 때문에 진짜 힘들어하고 괴로워하는 것도 많이 봤지. 처음에야 길랑 바레가 더 힘들 수 있어도 회복하는 거 생각하면 뇌졸중이 더 무서울 수도 있고.

하여튼 이 병의 경우는 못 움직이는 것의 불편함을 여실히 느끼면서 머릿속으로는 다 할 수 있을 것 같으니 몸에 갇힌 수인이 되는 거지.

그런 측면에서 사후세계에 대해서 생각했어. 귀신 자체가 사유할 수 있는 존재라면, 뇌졸중 환자나 뇌를 다친 환자의 경우에는 발병이나 사고 전의, 그러니까 인지가 떨어지기 전의 수준으로 사유를 할까, 아니면 사고 후의 사유를 할까. 뇌라는 게 영혼과 어떤 관계일까. 나는 사후 세계에도 걷지 못하고 누워 있는 것은 아닐까.

일본에 있을 때 가장 많이 한 말이 '무섭다'였어. ICU의 담당 의사가 "우리가 널 완벽하게 컨트롤하니 더 나빠지지 않는다."라고 했지만 여전히 무서웠어. 뭐가 무섭냐고 하면, "자는 게, 밤이, 미래가 무섭다."라고 이야기 많이 했지.

별별 생각을 많이 했겠네요?

할 수 있는 게 없으면 생각을 많이 하게 되지. 또 그러다 보면 실천할 수 없으니 생각하는 게 무의미하다고 느껴져서 그냥 시계만 보기도 했지. 아무 생각도 안 하고. 일본에 있을 때 형이 밥 먹으러 가면 돌아올 때까지 그 30분 동안 간호사를 몇 번 불러서 석션을 해야 하나, 그런 생각을 하곤 했지. 요새도 꿈꾸는 게 좋아. 야한 꿈도 꾸고. 요새는 야한 꿈을 많이 꿔.

얼마 전 자율신경계 검사를 했어. 자율신경계에 이상이 오는 사람들도 있다고 하던데, 난 걸리고 나서 혈압이랑 맥박이 안 좋았어. 일본 병원에서는 원래 혈압이 높았냐고 물어보던데. 하여튼 단시간 내에 안정화되지 않아서 혈압약이랑 맥박약을 먹기도 했어. 지금은 다행히 둘 다 거의 정상화되었어. 이전 병원에서 확인할 때, 자율신경계 검사도 했는데 그 결과도 이상 없다고 나왔고. 그 병원 담당 의사가 와서 아침에 발기되냐고 물어봐서 가끔 된다고 하니 그렇다면 자율신경계는 이상 없을 것 같다고 하더라.

복잡한 거는, 신경과 근육. 이놈들이 복잡해. 뭔가 수치로 파악할 수도 없고. 엄지만 해도 좌우상하, 손목도 사방팔방. 하나만 잘 안 되어도 못하는 게 확 생긴다. 아무렇지도 않게 하던 것들이….

요새 걷는 건 어때요?

요새는 트레드밀을 하고 있는데, 내 보행 연습은 맨 처음에는 서는 것부터 시작했어. 그것도 근력이 약하니까 무릎을 쫙 펴서 뼈끼리 고정되는 것, 소위 로킹 시스템(locking system)을 이용해서 서 있다가, 발목 보조기를 차고 엉덩이 근육을 이용해서 걸었어. 무릎을 굽히지 못하도록 무릎에도 보조기를 했고.

나같이 마비가 있었던 환자들은 처음에는 엉덩이 들어올리기 연습을 하게 하더라. 엉덩이 근육이 걷는 데에 가장 중요한가봐. 물론 엉덩이 들어올리기는 복근이랑 허벅지 근육 형성에도 도움을 주는 거 같고. 그다음에 로봇보행치료를 몇 달 정도 했고 계속 운동치료를 하다 보니 조금씩 독립 보행이 가능해지고 균형감각이 잡혔지. 그러다가 지난달부터 그냥 트레드밀 걷는 거 시작한 거야. 한 3, 4주 되었지.

이전 병원에 한 병실에 계시던 최인석 님과 그 사모님이 여기로 나보다 먼저 오셔서 나한테 이런저런 도움을 주셨는데 그중에 하나가 트레드밀이 있다는 걸 알려주신 거야. 혼자 하는 건 아니고 전담 치료사가 옆에서 도와줘. 다른 기구로 오른쪽 다리 운동도 미리 하고. 오른쪽 다리가 지금 왼쪽 다리보다 힘이 약해서 오른쪽 다리만 더 운동하고 있어.

나는 매일매일 나를 관찰하니까 대체로는 변화를 잘 모르는데, 치료사들은 며칠마다 한 번씩 보니까 더 잘 아는 거 같아. 보폭이 넓어졌다, 걸음이 빨라졌다 등등 이야기해 주더라고. 그렇게 듣고 보면 나아지는 게 나도 느껴지기도 해. 더 심한 경사로를 올라갈 수 있고, 좀 더 긴 거리나, 시간을 걸을 수 있다거나. 그렇게 조금씩 나아지는 거 같아. 오히려 나보다 주위 사람들이 더 잘 느끼는 것 같기는 하지만.

요새 조금씩 계단을 올라가기는 하지만 아직 내려가지는 못하는데, 근력의 문제가 아니고, 발목의 유연성 문제라고 하더라고. 오래 계속 누워있으면 발목이 떨어진 상태로 굳어버려 잘 못 들게 돼. 하수족(foot drop)이라고 하더라. 발목을 들어 올리는 신경이 잘 돌아오지 않아서 못 걷거나 보조기가 필요해지는 경우도 있다고 해. 난 일부는 신경이 돌아와서 조금 들리는 것은 같은데, 아직 완전하지는 않아. 발목이 아예 안 되는 건 아니라서 오르막길은 올라가는데, 쪼그려 앉을 때 발뒤꿈치가 땅에 닿지를 않아. 어느 각도 이하로 낮은 의자에 앉으면 못 일어나고. 계단 내려갈 때도 어려워. 이제 버티는 발의 근력도 꽤 올라갔을 것 같은데, 발목 유연성이 충분하지 않아서 발이 땅에 오래 닿아 있지를 못해. 그래서 충분히 몸을 지탱하지 못해서 계단을 오를 수는 있어도 내려오기가 어려운 거지.

계단을 올라가는 것보다 내려가는 게 더 어렵다는 게 좀 황당하기는 하지. 열심히 노력해서 많이 풀렸는데, 그래도 아직 굳었다. 신경이 덜 돌아온 건지도 모르지만.

이 병원에 다른 길랑 바레 환자가 있는데, 나보다 늦게 발병해서 내가 길랑 바레 후배라고 하거든. 걔한테 발목을 유연하게 해놓으라고 충고를 하곤 하지.

아홉 번째 인터뷰―2013년 10월 19일, 국립재활원

 # 먹는 건 어떻게 발전하고 있어요?

근육을 키워야 한다는 생각 때문에 항상 집에서 가져다주는 단백질 보강을 위한 반찬을 먹고 있지. 엄마랑 누나랑 고생이지 뭐. 계속 음식을 해다 주셔야 되니까.

팔을 움직일 수 있게 된 다음에는, '유니버설 커프(universal cuff)'라고 하는 보조기를 손바닥에 끼우고 그 보조기의 구멍에 숟가락 포크, 그러니까 숟가락 끝에 포크도 달린 걸 끼워서 먹을 수 있었어. 손을 못 쓰니까 그렇게 도구를 쓰는 거지. 의료보조기 만드는 회사를 하는 친구가 가져다줘서 그걸 이용해서 떠먹게 된 거지. 재욱이라는 친구인데 그 친구한테도 신세를 많이 졌지. 그때가 6월쯤이었나.

그랬다가 그다음에 손이 약간 쥐어져서, 다음 단계로 폭신한 플라스틱 재질의 원통형 홀더를 가져와서 그걸로 먹었어. 설명하기가 어려운데, 그게 파이프 모양인데 중간에 구멍이 뚫려서 거기에 숟가락 포

크를 끼워서 쓰게 하는 거지. 그립이 잘 되지 않는 사람도 쥘 수 있게 숟가락이나 포크 손잡이를 키우는 거라고 보면 돼. 글씨 쓸 때도 펜이 얇으니까 그런 거에 끼워서 두껍게 해서 잡기 편하게 하는 거고.

그걸 하다가 요새는 그냥 숟가락으로 먹어. 한 2주 된 거 같아. 조그만 숟가락은 되는데 큰 거는 아직이라 엄지랑 검지 사이에 끼워서 써. 숟가락을 그렇게 써서 밥을 먹고, 원통 홀더에 숟가락 포크를 끼워서 반찬을 집을 수 있게 되어서 그걸로 반찬을 먹는데, 최근 일본에서 박 간호사가 재활 젓가락을 보내왔지. 이 재활 젓가락이란 놈은 젓가락 모양의 집게라고 생각하면 될 것 같아. 젓가락을 왼손으로 쥐고, 오른손에는 숟가락을 손가락 사이에 끼워서 양손으로 먹어. 아주 약한 힘에도 움직이는 집게라 쓰기가 편해.

진짜 보통사람들이 쓰는 젓가락을 쓰려면 손가락이 개별적으로 움직이고 손가락이 버티는 힘이 있어야 하는데 그건 진짜 먼 이야기야. 그래도 혼자 밥 떠먹고 반찬을 집어먹는 게 기분 좋은 일이야. 일본에서 온 그 재활 젓가락 참 좋아. 포크로 과일을 먹을 때는 혼자 보조 도구 없이도 가능해. 그나마 먹는 문제는 조금 좋아진 거지.

머릿속으로 시뮬레이션할 때, 회사에 다니면 점심을 먹으러 가서 어떻게 하지 생각했는데, 저 젓가락만 있으면 어떻게 되지 않을까 싶어. 두 손으로 하면, 큰 불편함 없이 먹을 수 있지 않을까. 문제는, 손목에 힘이 없어서 쉽게 지친다는 거지. 한 번에 식사를 하는 게 아니라 지쳐서 잠시 쉬었다가 먹어야 할 수도 있어.

밥 먹는 속도가 느려요?

그렇지도 않아. 요새는 그래도 허기 질 때도 있어서. 그럴 때는 정신없이 먹어.

예전에는 밥을 먹을 때가 되었으니 억지로 먹는 경우가 많았어. 살도 찌우고 근육도 키워야 하니까 배가 별로 고프지 않아도 먹는 거지. 초반에는 일주일에 1~2kg씩 파바박 늘더라. 근육이 적으니까 그런지.

요새는 인풋-아웃풋이 균형을 이뤘다고나 할까. 쌀밥은 덜 먹고 운동은 더 하고 해서 그런지 몸무게가 두 달 이상 75kg쯤을 유지하고 있어. 주말에 집에 가면 아무래도 운동량도 적고 잘 먹고 하니까 좀 늘었다가 금요일이나 토요일쯤 되면 다시 75kg 정도로 회복해.

먹는 음식은 어때요?

보통사람과 똑같아. 못 먹는 건 없으니까. 그래도 처음에 몇 달 만에 제대로 된 음식을 먹을 때는 자극적인 건 못 먹었지. 매운 거나 아이스크림처럼 차가운 거 먹으면 바로 설사했고. 그리고 먹는 문제이기는 하지만, 사실은 다른 몸 상태와 관련 있는 건데, 나가서 먹을 수 있게 된 거지. 처음에 병원밥만 먹었던 게 나갈 수 없기 때문이었지, 뭐. 그러다가 휠체어 타고, 이제는 걸어 나가서 밥을 사 먹을 수가 있어. 가끔은 조금 걸어 나가서 먹기도 하는 거지. 또 차를 타고 나가서 가까이 있는 식당에 가서 사먹기도 하고. 차를 타고 나가서 2층에 있는 식당까지 가서 밥을 먹은 적도 있어.

맨 처음에 휠체어를 타고 갈 때나 걸어갈 때는 1층 식당에만 갔고 턱이 거의 없는 식당을 갔지. 턱 넘는 게 쉽지가 않더라고. 그러다가 지금은 2층에 가서도 먹을 수 있게 되었고. 하지만 계단 내려오는 게 좀 위험해서 조심히 걸어 내려와.

계단 옆에 있는 난간이나 봉을 잡을 수 있어요?

완벽하게 잡지는 못하는데, 체중을 실을 수 있는 정도는 돼. 정확히는 밀거나 기대는 거지 뭐.

처음에 걷는 연습할 때 사족보행보조기(워커, walker)는 못 썼다고 하지 않았어요? 잡을 수가 없어서.

그랬지. 일단 손으로 잡고 지탱하는 워커는 아예 시도조차 하지 못했고, 한때는 팔꿈치에 끼워서 지탱하는 워커를 좀 쓰다가 그냥 그거 없이 하는 편이 낫다고 해서 빼고 했지. 치료사 선생님의 힘을 믿고. 치료사 선생님이 넘어지는 나를 몇 번이나 잡아 줬어.

계단도 올라가는 정도니까 장족의 발전이네요?

응. 뭐, 계속 발전은 하고 있지. 그런데 발전하는 게 목표가 아니라 일상생활을 하는 게 목표니까 문제지. 예전으로 최대한 돌아가는 거.

어제는 처음으로 뛰는 연습도 했어. '게이트(gait)' 벨트라고 두꺼운 허리띠를 허리에 채우고 뛰어봐라 하고 시키더라고. 앞으로 달려나간 건 아니고 제자리 뛰기 하듯이 발을 높이, 빨리 들어 올리는 연습이었지. 그거 할 때도 발을 디디는 게 불안하더라. 하여튼 발목이 문제야.

새로운 게 조금씩은 있네요?

근력은 돌아오지. 관건은 신경이 돌아오느냐지. 혹자는 처음 상태에 비추어 이 시간에 이 정도면 빠른 거라고 이야기하는데, 바라는 건 더 빠른 거니까. 상태가 처음에 너무 안 좋았기 때문에.

한식, 양식, 일식 중에서 어떤 게 먹기 제일 편해요?

비슷하다. 다 불편해. 지난주에는 짜장면을 먹는데 포크로 먹었어. 아무 보조기구 없이 포크를 쓰니까 좀 편하기는 하지. 맨 처음 손으로 집어먹은 게 방울토마토인데, 중지랑 약지 사이에 끼워서 먹다가 이제는 엄지랑 검지로 집어 먹어.

이제 먹는 건 큰 문제가 아니군요?

싸는 게 제일 큰 문제야. 처음에는 작은 일은 소변줄 끼워놓고 해결하고 있었지. 대변은 이동식 변기를 썼어. 며칠간은 기저귀를 썼지만. 일본에 있을 때 쓰던 이동식 변기는 고무로 된 거였어. 바람을 넣어서 해수욕장 튜브처럼 되는 건데, 푹신푹신하고 그다지 차갑지도 않았어. 일본에 있을 때는 허리 밑으로 이동식 변기를 넣는 게 좋았어. 허리 밑에 뭐가 들어와서 허리를 들어 올리고 펴주는 느낌. 그러니까 변을 보고 간호사가 치우러 올 때까지 약간 스트레칭하는 느낌이었어.

변도, 이 병에 걸린 사람 중에 되게 오랫동안 자기 의지대로 못 보는 경우가 있고, 마비가 약하게 와서 사지 다 움직이는데도 변만 조절이 안 되는 사람도 있다더라. 다행히 나는 발병 하고 열흘 정도 만에 대변은 잘 조절하게 된 거 같아. 초반 며칠은 아예 변을 못 봤어. 맨 처음에는 좌약을 넣어서 봤고 그다음부터는 내 힘으로.

뒤처리는 일본에서는 간호사들이 와서 해 주고. 걔들은 매뉴얼 같은 게 있더라고. 변 처리 어떻게 하는가 하는 것도 말이지. 일단 변기 자체에 비닐을 씌우고 일을 보게 한 후에 용변 후 세척용 물통을 가지고 와서 물을 흘려서 닦고 물티슈로 또 닦고 종이 티슈로 정리? 뭐 이 정도였던 거 같아. 재미난 것은 그 물통에 진짜로 '항문 세척용'이라고 써 있는 거야. 그 용도의 기구가 따로 있다는 거지.

내가 한국 병원에 처음 와서 변을 어떻게 처리하는지 간호사한테 가장 먼저 물어봤는데, 그 대답은 "보호자가 알아서 해라."였어. 기저귀를 쓰든가, 이동식 변기를 사서 쓰든가. 재활과에 오니까 이동식 변기가 구비되어 있기는 한 거 같은데, 맨 처음 신경과에서 그런 식으로 이야기하더라. 그 말투가 잊혀지지가 않아.

여기로 옮겨 와서 처음에는 조금씩 걸어서 화장실에 소변 보러 갔는데, 손에 힘이 없으니 바지를 못 내려서 누가 따라와서 내려줬어. 여기는 비데가 있어서 그나마 좀 좋더라. 이전 병원에서도 막판에는 장애인 화장실을 이용해서 두 명 정도 따라와서 앉혀주면 처리하곤 했는데, 여기서는 비데가 있어서 좀 더 깨끗하고 쉽게 처리할 수 있게 되었어. 소변 볼 때 바지를 내리는 게 쉽지 않아. 너무 많이 내리면 내 몸에 튀는 경우가 있고 너무 조금 내리면 옷에 묻는데, 늘 하던 사람들은 잘하지만 가끔 식구들이나 친구들이 와서 하면 실수하는 경우도 있었지. 그러다가 차츰 혼자 소변 보게 되고.

혹시 대변도 혼자 처리하게 되면 혼자 여행갈 수 있겠지? 여기 비데는 건조 기능이 없어. 다행히 집에는 건조 기능이 있어서 혼자 처리 가능하고. 집에서는 좀 더 어려운 게 벗는 건데, 집에서는 운동복을 입고 있잖아? 환자복은 숙 되는데 운동복은 시간이 걸려.

자는 건 잘 자죠?

잘 자지. 피곤하니까. 잘 못 잔다고 해봐야 자다가 한두 번 깨서 누가 코 고는구나 하는 거지. 또 자세 못 바꾸면 욕창 같은 게 생기니까 바꿔달라고 해야 되고. 그리고 몸에 살이나 근육이 없으면 같은 자세로 오래 있는 게 아파. 그래서 더 왔다 갔다 체위 변경이 필요하지.

어쨌든 자는 건 좀 좋아졌으니까, 이제 남은 포인트는 입는 건가요?

입고 싸는 거지. 입는 게 어렵더라구. 환자복은 벗을 수는 있는데, 환자복 말고 와이셔츠 단추를 잠그고 열 수 있을까 잘 모르겠다. 양복바지는 지퍼 올렸다 내렸다 하는 게 될까. 점퍼 지퍼 올리는 게 어렵더라구. 한 손으로 잡고 다른 한 손으로 올려야 하는데 잡는 게 어려워. 손에 힘이 약하다 보니까. 그리고 이제 운동복하고 반소매 티는 입을 수 있는데, 그것만 입고 살 수 있는 게 아니라서 문제지.

지난주 혼자 양말을 신어봤는데 5분 이상 걸렸어. 이번 주도 몇 번 해봤는데, 발목 양말을 왼쪽 하나 신는 데에 2~3분 걸리더라. 이번 주말에 시간 되면 오른쪽도 신어봐야지. 양말 신는 연습을 새로 혼자 하는 거야.

2주 전만 해도 환자복 단추 중에 위에 있는 건 안 된다고 했잖아요?

이제 되긴 되는데 손목이 지쳐서 한 번에 못 해. 하나 하고 쉬었다가 해야 해. 누워서 하면 좀 쉽고. 손목이 빨리 좋아지면 좋을 텐데, 빨리 안 좋아지네.

[누나의 일기]

2013년 10월 17일 월요일

오늘은 오른손 엄지가 조금 더 좋아졌다고 이야기했다. 요즘은 단추 풀고 단추 잠그고 신발 벗고 다 혼자서 한다. 어제는 탁구 치면서 몸의 중심이 한쪽으로도 갔다고 좋아한다. (후략)

\# 나 1월에 아기 태어나면 애 키워야 하는데 왠지 좀 비슷할 것 같아요.

비슷해, 비슷해. 애기들 잼잼한다고 하잖아. 손바닥 쥐락펴락 하는 거. 이후에 손가락 신경이 조금씩 분화된대. 나 같은 환자의 발전 과정하고 비슷한 거지.

다른 점도 있어. 아기는 혼자 일어서고 그다음에 걷게 되는데, 나 같은 경우는 걸을 수는 있는데 혼자 일어서지는 못하니까. 사람이 걷는 게 일어서는 것보다 힘이 덜 든다더라고.

\# 발전하는 것 보니까, 몇 주 있으면 글씨 쓰는 거나 타이핑 하는 거 이야기할 것 같은데요?

인터넷에 보면 어느 소방관이 쓴 수기가 있는데 그 사람의 회복 과정이 나랑 좀 비슷한 거 같아. 등산은 가는데 김밥을 못 집어먹었다더라구. 보통 손이 먼저 회복되는데 나처럼 손이 더 더딘 거지. 1년 6개월 만에 소방관으로 복직했대. 그 사람의 수기에 따르면, 동료들이 많이 도와줘서 복귀했다는 거야.

나는 주로 혼자 하는 일이라 어떨까. 지난주에 회사 친구들이 왔는데 내 마음이 싸하더라. 돌아갈 수 있을까. 회사로 복귀할 수 있을까. 의사가 와서 그러던데 어제, 내가 손가락 둘째마디까지는 움직이는 거 같은데, 첫마디가 안 움직이는 거 같대. 하여튼 그 소방관의 수기를 보면서 나도 저때 정도에는 사회로 돌아갈 수 있으려나 그런 생각을 하고 있지. 비슷해 나랑. 속도나 진행 방향 그런 것들이.

그런 글들을 보면 재미난 게, 뒤로 갈수록 이야기가 별로 없어. 나아질수록 할 말이 없는 거지. 처음에는 걱정되고 안 되는 게 많아서 자세하고.

다음 주에는 운전연습한다. 도로주행. 이전에는 트럭 개조해서 컴퓨터로 시뮬레이션 하는 거 타서 운전 연습했는데. 그거 맨 처음에는 되게 못해서 사고 내고 하다가 요새는 좀 나아져서 이제 다음 주부터는 밖에 나가는 실전 연습하는 거지.

형, 운전 원래 잘하잖아요?

그랬지. 근데 지금은 손에 힘이 없으니까. 처음에는 왼손을 아예 쓰지 못해서 깜박이 위치를 바꾸도록 차량 개조하는 게 좋겠다는 이런 이야기도 있었는데, 이제는 "그냥 하시면 되겠군요." 그러더라. 파워 핸들 같은 것도 이야기했는데, 왼손 좀 쓰니까 이제는 그냥 할 수 있을 것 같아. 그래서 이제 다음 주부터 진짜 차를 몰고 도로에 나간다.

열 번째 인터뷰―2013년 10월 27일, 승수 형 집

오늘은 앉아 있네요?

누워 있는 게 싫어. 가능하면 앉아 있거나 서 있으려고 해.

그간 어땠어요? 좀 달라졌어요?

이제 눈에 띄게 좋아지는 게 없는 거 같아. 손이 조금씩 세지고, 다리가 조금씩 세지고 해도. 그래도 제자리 점핑, 제자리 달리기 같은 거는 좀 더 잘하게 되었어.

일주일 내내 운전 연습한 게 이번 주에는 이야깃거리랄까. 하루 한 시간 30분이나 두 시간 했는데, 아무 무리 없이 개조 없이 운전이 가능하다. 그러니까 이제 나는 차만 있으면 어디든 갈 수 있어.

운전할 수 있다는 게 첫날은 되게 기분 좋더라. 얘기했지? 도로주행 전에 시뮬레이션했는데, 그때는 왼손을 거의 못 써서 깜빡이도 오른손으로 하니까 사고 내고 했다고. 또 시뮬레이션용 차가 핸들이 빡빡하기도 해서 운전이 잘 안 되기도 하고. 그러다가 어느 순간, 왼팔이 들리고 왼손 그립 조금 나오니까 이제 왼손으로 해야 할 일은 다 왼손으로 해.

사실 처음 나갈 때 좀 쫄았지. 시뮬레이션하고 다르게 이건 사고가 나면 인명이 다치니까. 근데 아무렇지 않게 운전이 되니까. 둘째 날부터는 기분도 좋고 마음도 편해지더라. 오랜만에 달려본다, 경치도 시원하다…. 그런데 사흘째 되니까 '운전할 때는 안 아픈 사람 같은데.'라는 생각이 들면서, 서글퍼지더라구. 여기저기 다니다 보니까 옛날에 여기서 뭐했었는데 하고 말이지. 일산까지 갔다 왔는데 여기서 연수원 다니고 술 마시고 난리 부렸는데, 그런 생각 들면서 서글퍼지더라.

지난주 일요일부터는 주말에 한 번씩 산책을 나가는데, 지난주에는 서래마을에 갔어. 반포에 사는 중현이 형 집에 호영이 차를 놓고 호영이랑 셋이 걸어서 서래마을에 다녀왔는데, 여기를 걸어왔구나 하면서 기분이 좋았어. 그런데 서글프게, 앞으로는 마음 편하게 혼자 여기 오지도 못하고 술도 못 마시겠지 하는 생각도 들더라.

어제 밤에는 호영이랑 가로수길에 갔어. 사람들 많은 데에 가서 걷는 게 연습이 되기도 하거든. 사람들 부딪혀도 버티고, 지나가는 사람들 피하기도 하고 그런 거. 그리고 사람 구경도 하려고. 걸으면서, 참 요새 애들 짧은 치마를 한겨울까지 입는구나 하고 생각했어. 그리고 나도 사람들이랑 어울려서 큰 소리로 웃으면서 놀고 싶다 그런 생각이 들더라.

어제는 순천에서 신흥길을 돌려 그 아파트 (번지)를 걸었
다. 또 그 후에는 서래마을도 걸었다. 쉽게 있는 곳을
걸으니 내가 살아있는 것이 실감났다. 걸을 수 있게
된 것이 참으로 다행이라고 생각했다.

오늘은 처음으로 운전을 했다. 한 시간 반. 나도
세상 위로 나아갈 수 있다. 어디든 이동할 수 있을
것 같다. 차를 갖고 싶다. 이번 주 내내 한 시간
이상 운전할 수 있으니, 내일부터는 또 새로운 곳에
가게 될 것이다.

시간이 흐른다. 손의 발견은 매우 느리다. 그래도
아주 조금씩 좋아지고 있다. 아직 시간은 많다.
좀 더 많이 좋아질 것이다. 오늘도 할 수 있는 것을
하자. 힘내자. 잘 자고 잘 먹고 많이 움직이자.

어쨌든 운전할 수 있게 되었으니까 그건 좋은 거다?

어디든 갈 수 있다는 자신감은 생겼으니. 좋은 거지, 좋은 거다. 그리고 그걸 해보면서 적응이란 것도 좀 알게 되었고. 시동걸려고 열쇠를 돌리는 거 처음에는 안 됐는데 어떻게 하다 보니되더라. 보통사람들이 하는 거랑은 다르지만. 헤드라이트를 돌려서 켜는 것도 하다 보니 요령이 생겨서 되더라고.

예전에 운전을 좋아하진 않았지만, 가끔 신날 때가 있었어. 좋아하는 걸 할 수 있게 되면 기분 좋다가도 서글퍼지는 그런 이중적인 감정이 들어. 묘한 아이러니지. 이전만큼 잘 할 수는 없으니까. 작업치료 시간에 치료사가 맨날 물어보는 게 하고 싶은게 있냐는 건데, 하고 싶은 걸로 연습하면 더 즐겁게 효율적으로 된다고.

치료실에서 가끔 농구를 해. 농구를 예전에는 전혀 못했는데, 이제는 드리블하고 나서 1.5m 높이 골대에 던져 넣을 수 있어. 물론 코앞에서. 그리고 드리블이라야 제 자리에서 몇 번 튀기는거지만. 이렇게 조금이라도 나아지는 게 참 좋지만, 한편으로는 이전에는 점프를 해서 넣었는데, 언제나 되려나 하는 생각이 동시에 든다는 거지.

 # 요령 생기는 거하고 신경이나 근력 돌아오는 거하고 엄격하게 구별하는 거 같은데, 뭐 이유가 있어요?

보기도 그렇고 느낌도 그렇고. 내 손이 좋아지지 않을 거라고 의사가 말했을 때 내가 의사한테 물어본 게, 그럼 나 젓가락질이랑 글씨 쓰는 것은 못 하게 되느냐였어. 의사는 '기능적'으로는 할 수 있을 거라고 하더라. 그리고는 하는 얘기가, 내 손으로 그냥은 글씨를 못 써도 펜홀더를 잡고 쓸 정도로 되어 기능적으로 가능하게 될 거라는 거였어. 젓가락질도 보조기를 이용해서 같은 효과를 낼 수 있다고 하고. 그러니까 운동능력이 향상되어 가능하게 되는 것과 기능적으로 가능하게 되는 건 차이가 있는 거지.

아직 아파트 현관문을 못 열거든, 손의 쥐는 힘이 약하고 문은 너무 무거워서. 근데 도구를 쓴다면 가능하지 않을까? 기능적으로는 문을 열 수 있는 몸 상태라고 할 수도 있는 거지. 물론 신경이 돌아온다 해도 끝이 아냐. 근육도 키워야 하니까.

왼손 두 손가락이 움직이기 시작했어. 왼손으로 재활 젓가락을 써서 그런가 싶어. 왼손이 잼잼하는 게 조금 되면서 두 번째랑 세 번째 손가락이 네 번째, 다섯 번째랑 따로 움직이기 시작했어. 신경의 분화가 조금 일어난 걸까. 그래서 피아노를 치거나 해서 손가락을 따로따로 쓰면 도움이 되지 않을까 하는 생각이 들어.

이 병도 치유가 자연회복밖에 없으니 젊은 사람일수록 비교적 빨리 회복된대. 60대쯤 되면 아무래도 회복이 더디지.

그렇군요. 오늘 이야기의 테마는 '좋아하던 걸 하면 좋지 만 서글프다' 같네요?

좋아하는 걸 하다 보면 그걸 했던 시절이 떠올라. 운전을 하면, 운전해서 라스베이거스 가고 그랜드캐니언 가고 했던 추억이 떠오른다. 농구를 하면, 유학 전에는 매주 농구를 즐겨 했었는데, 그런 거.

이제 새로운 취미 찾아야 하나? 바둑 이런 거?

할 수 있는 걸 해야겠지. 어떻게 해도 예전과 똑같은 삶을 살 수는 없을 거니까.

바둑 같은 건 아니고, 내가 할 수 있는 운동을 찾아서 해야 할 거야. 이 병이 운동을 계속 해야 하는 병이라. 또 신경도 자극을 줘야 회복되는 거라서. 피아노도 치고. 각종 손 작업도 생각해 보고. 내 상태에서 할 수 있는 즐거운 운동을 해야겠지.

일단 혼자 옷 갈아입는 게 되면 수영이 좋을 것 같기는 해. 물속에 들어가면 혼자 수영할 수 있을 것 같은데, 아직 혼자서는 물속으로 들어가거나 나오는 게 안 돼. 혼자 쪼그려 앉는 게 안 되고, 수영장에서 올라올 수가 없어서 말이지. 지금까지 늘 형이 도와줘서 같이 다닐 수 있는 거야. 그러고 보면 혼자 할 수 있는 게 걷는 것뿐이네. 걷는 것도 실은 혼자 하는 건 위험하지, 뭐. 다른 사람과 늘 함께 다녀. 옆에서 잡아주고 그런 건 아니지만 어쨌든 불안하니까.

수영장에 처음 갔을 때 수영강사가 수영을 해본 적 있냐고 묻는데, 대답하기가 곤란하더라. 평생을 통틀어 해본 적이 있냐는 건가, 아니면 최근에 해본 적 있냐는 건가 해서. 보통 그 사람들이 물을 때는 아픈 다음에 해본 적 있냐는 질문이었어. 아프기 전에는 당연히 해본 적 있었지. 근데 아픈 다음에는 완전 새로운 인생이니까 그렇게 물어보나 봐. '아프고 나서'라는 말은 빼고 그저 수영해 본 적 있냐고.

탁구도 좋아. 탁구 전문가한테 탁구를 배우는 것은 처음이라 재미있게 배우고 있어. 아직도 붕대로 손에 라켓을 묶어서 치고 있지만.

모르겠다. 이번 겨울은 치료에 집중해야 할 것 같은데. 겨울에는 잘 움직일 수가 없어. 눈도 오니까 길도 미끄럽고 옷도 많이 입어야 하고. 내년 1월까지 많이 좋아지면 좋겠다. 봄부터는 계속 노력하고 치료도 해야겠지만 내 삶도 찾아가면 좋지 않을까. 하지만 아직은 모르는 일이지. 한 손만이라도 완전히 좋아지면,

모든 움직임을 할 수 있으면 좀 될 것도 같은데…. 한 손으로 사는 사람도 많은데, 그것도 되게 어렵겠지? 그래도 한 손이라도 좋아지면 좋겠다.

 # 처음 이야기할 때보다는 답이 많이 구체적이네요?

응. 구체적으로 할 수 있는 게 생겼으니까. 할 수 있는 게 조금 생기면서, 못 하는 게 뭔지 구체적으로 되고, 또 해야 하는 게 뭔지 구체적으로 되면서 시도를 해보게 된 거 같아. 멍하게 간병인 아주머니가 해주기를 기다리는 게 아니라, "시간이 걸리더라도 내가 할 테니 건드리지 마라." 이렇게 되어 가고 있어.

지난주에 서래마을을 걷고 나서, 걷는 게 얼마나 다행인가 생각했어. 서래마을이 언덕배기잖아. 휠체어로는 절대 못 가는 거지. 사람들을 만나고, 음식점에 가서 뭐 먹을 수 있게 되려나. 중현이 형이 무슨 붕어빵 같은 거 파는 집 앞에서 "여기 맛있다. 들어가 볼래?" 그런 얘기를 하는데 '나 이런 거 먹으러 올 수 있구나.' 하는 생각이 들더라구. 만약 두 팔이 자유롭다고 해도, 휠체어라면 거기 단팥빵 먹으러 가자고 못 했을 거야.

아, 그리고 다다음주에는 부천으로 옮길 예정이야.

열한 번째 인터뷰―2013년 11월 3일, 승수 형 집

 # 지난주에는 뭐 재미있는 것 있었어요?

어제 노래방에 갔어. 진짜 오래간만이지. 그런데 목소리가 잘 안 나오더라. 장시간 이야기할 일도 없고 해서 목을 안 써서 그런가. 한 곡 부르니까 목이 쉴 거 같더라고. 그래도 조금씩 부르니 적응이 되는데, 고음에서 나오는 목소리가 내 목소리 아닌 것 같고. 숨도 차고.

 # 노래를 오래 안 불러서 그런 거 아닐까요?

모르겠다. 목에 구멍 뚫고 기관절개를 해서 그런 건지, 몇 달간 말을 못해서 그런 건지.

 # 병원은 언제 옮겨요?

바로 내일. 이번 주에는 마음이 싱숭생숭했어. 새로운 병원은 어떨까. 지금 병원이 정든 것도 있지만, 지긋지긋한 점도 있고. 생활패턴이나 사람들이나. 변하는 게 좋은 것 같기도 하고, 또 좀 걱정이 되기도 하는데. 치료사들이 바뀌면서 새로운 운동을 하는 것도 의미가 있을 것 같아. 일단 기본 방향이 정해지면 운동도 비슷한 것을 반복하거든. 새로운 걸 해보는 것도 좋지 않을까. 무엇보다 손 치료에 집중하는 곳으로 가는 거야. 걷는 거는 혼자 할 수도 있고.

제자리 뛰기 하는 건 잘 돼요?

일주일 만에 팍팍 늘고 그러지는 않아. 근력이라는 게 빨리 좋아지지는 않나봐. 더 빨리 좋아지면 좋겠는데, 빨리 안 좋아져. 오랜만에 보는 친구들이 항상 전에 봤을 때보다 참 좋아졌다 이야기하는데, 난 언제나 이대로였던 것 같고. 손도 조금씩 좋아지는 건 같은데 잘 모르겠어. 이번 주도 우울한 주였어. 늘 우울하지만.

국립재활원에서 최장기간 내 주치의였던, 열심히 해줬던 이혜선 선생한테 이메일을 보냈어. 퇴원한다고. 착한 분이라 그런지 그날 바로 답장을 줬는데 더디지만 더 좋아질 거다, 열심히 해라, 뭐 그런 취지였어.

이번 주는 뭐가 우울한데요?

눈에 띄는 변화가 있으면 기분이 좋아지기도 하지. 늘 우울해. 환자는 다 그래. 환자들 표정을 보면 다 우울해. 재활과는 그나마 낫지. 다른 과는 더 심해.

그래도 이제 아픈 데는 없는 거죠?

웅. 그나마 다행이지. 통증은 처음부터 별로 없었지. 그런데 치료 목적의 행위들이 통증을 수반하지. 피 뽑는 것도 아프고, 물리치료도 가끔은 아프고. 목에 이거, 파이버스코프 폐내시경할 때는 진짜 괴롭고. 이 병에 걸려서 통증이 있는 경우도 있다고 하고, 마비가 풀리면서 통증이 수반되는 경우가 있다고 하는데, 가장 아픈 건 마음이지.

특히 대체로 낫는 병이고 주변 사람들도 다들 나을 것을 바라고 기대하고 있는데, 뜻대로 빠르게 진전되지 않으니까 갑갑하고 더 우울해. 낫기를 바라는 사람들한테 "안 낫고 있어요."라고 말할 수도 없고, 그런 게 힘든 것 같아. 점점 말이 없어지고 대화할 것도 없고. 할 말도 없어지고.

뭔가 고시생이랑 비슷하네요?

그렇지. 걔들도 일상이 반복적이고 스스로는 실력이 나아진 것도 잘 모르고, 한참 있어야 알게 되니까. 벌써 9개월이나 지났다. 많이 지났어. 엄청나게 긴 시간이야. 재수했다 생각하고 1년 버렸다고 생각하는데, 1년이 지나고 나서 멀쩡해져야 그냥 1년을 버리는 건데….

장애등급 3급이 나왔어. 스스로 일상생활을 할 수 없는 손의 근력. 목욕, 탈의 등이 어려우니까. 2년 후 재심사 받아야 돼. 3등급이 나오니까 서글프긴 서글프지. 난 공식적으로 꽤 중중 장애인이구나, 그런 거. 뭔가, 음, 이건 하여튼 불안한 거야, 계속. 얼마나 좋아질지, 좋아지면 언제쯤 좋아질지.

처의 머릿속에는 나의 상황이 들어있을까? 그러니까 내가 장애인으로 평생 살아야 한다는 걸 생각해 봤을까? 왠지 막연히 좋아질 거라고 생각하는 건 아닐까? 애기도 너무 어리고 해서, 애기랑 셋이 살 수 있을까? 혼자 이 둘을 어떻게 보살피나, 뭐 그런 저런 생각인 거지.

요즘 생각에, 막 좋지 않을 때는, 살고 싶다 살고 싶다 생각했는데, 목숨을 지키는 문제가 아니라, 세상을 살아가는 것 자체가 더 복잡하고 어렵더라구. 혼자 병하고 싸우는 게 아니라 기존 관계 속에서 풀어나가야 하는 것이라서. 세상 속으로 돌아간다는 게 어려운 문제인 거지.

이런 병에 한 번 걸리면 오랜 못 산대. 일단 심장이 한번 지나치게 무리를 해서 이상이 올 수 있고, 폐도 약해졌고. 그러니까 뭐 하여튼 정상 기대수명, 원래 살기로 되어 있던 수명에 못 미친다는 거지. 마비가 되면 거의 원래 기대수명의 40~50%밖에 못 산다는 사람도 있더라구. 오래 사는 것보다 건강하게 사는 게 더 중요하다는 마음으로 살아야지. 하고 싶은 걸 하고 살아야 할 텐데, 그게 되냐. 생계유지에는 돈이 필요한 거고. 애기도 키워야 되고. 더욱이 마땅히 하고 싶은 게 뭔지도 모르겠고.

거 참 우울한데요?

손가락은 하나씩 조금씩 움직이는데, 내 생활에 큰 영향을 미치지 못하는 정도야. 왼손 손가락이 하나씩 개별적으로 움직이고 있어. 어디까지 돌아오는지는 알 수 없지만, 신경이 돌아오는 도중에 있는 것 같아. 전에도 얘기한 적 있는 것 같은데, 척수부상보다는 이 병이 회복 가능성이 있어. 주어진 시간 내에 얼마나 돌아오는가가 관건인 거지. 회복 가능한 시간을 보통은 1년 6개월 정도로 보고, 길게는 2년, 짧게는 1년 정도로 봐. 조금은 좋아졌는데, 이 속도로 좋아져서 얼마나 다 좋아지겠냐 이런 거지.

집에 돌아오면 겨울옷 입는 것도 불편하고, 지퍼 채우는 것, 그런 것들이 불편해. 아직까지도 비데가 없으면 곤란하고. 횡단보도 건너다가 신호가 끝나면 곤란해. 빨리 지나갈 수가 없으니까. 씻는 것도 어렵다. 샤워하고 혼자 옷 갈아입는 게. 지퍼를 올릴 수 있으면 새로운 세상이 올 텐데. 병원복 단추까지는 할 수 있지만.

지금 이 상태라면 어떻게 될 거 같아. 부모님이나 형이 도와주고, 아기를 보지 않고 돈도 벌지 않고. 그건 가능하다. 그런데 원래 위치로 돌아가면, 아기도 봐야 할 거고, 돈 모아서 집도 마련해야 하고. 뭐, 하면 어느 정도야 하겠지. 타이핑도 어떻게든 되고 출퇴근 되고 점심도 어떻게든 먹겠지. 그런데 불편할 거야. 많이 불편할지도 몰라. 얼마나 불편하냐가 문제다.

부천예은병원

열두 번째 인터뷰—2013년 11월 10일, 승수 형 집

새로 간 병원은 좋아요?

아무래도 국립재활원보다는 작고 갑갑해. 밖으로 많이 나돌고 있어. 나름 번화가의 한가운데에 있어서 밖에 나와서 운동해. 많이 걸으려고 하는데, 날이 추워지니까 나다니기가 쉽지 않아서 병원 안팎에서 운동하고 있어.

거기 운동기구는 잘 되어 있어요?

거기는 척수 환자가 많아. 척수 손상을 입은 환자. 하반신 마비 환자들. 휠체어 타고 다니는 사람들. 국립재활원에서는 내가 있던 곳이 뇌신경병동이라 뇌졸중을 앓고 계신 어르신이 많았고. 여기는 척수 환자들이 많아서 걸어 다니는 사람들이 그렇게 많지 않아. 분위기가 되게 달라. 국립재활원에서는 제자리 뛰기도 하고 달리는 연습을 했는데, 여기서도 뛰는 연습을 하니까

다 쳐다보더라. 병실에 함께 계신 분들도 휠체어 타는 분들이고. 밤에는 사람들끼리 휠체어를 타고 배드민턴을 쳐. 다행히 환자들이 그렇게 어둡지는 않더라.

여기 오니까 자세 같은 걸 교정하려고 해. 걷는 자세나 서 있는 자세가 안 좋다고 그러면서. 쓰지 않는 근육들이 있으니까 그 근육을 써야 된다는 거야. 골반을 써서 엉덩이를 앞으로 집어넣어야 한다고 그러면서. 그러다 보니 운동량은 좀 적어졌어. 그래서 좀 불안하기도 해서 혼자 운동을 많이 하려고 하고 있어. 지내보다가 정 마음에 안 들면 병원을 바꿔야지.

여기도 길랑 바레 환자가 두 명 있는데, 셋 중에 내가 상태가 제일 좋다고 하더라. 운동을 열심히 하지 않은 건지, 신경이 돌아오지 않은 건지 이유야 알 수 없지. 이 병은 사람마다 달라서 일반론으로는 접근이 불가능하다니까. 한 명은 그 가족으로부터 얘기를 들었는데, 열심히 운동을 못 했대. 한 번은 열심히 하다가 오히려 아프기도 해서, 그 후로는 운동을 많이 하라는 게 오히려 스트레스를 줄까 걱정하고 계신다더라.

사실 운동하는 게 마냥 좋지만은 않거든. 몸도 불편한데 억지로 움직이고 싶나. 누워서 쉬고 싶지. 또 의사들은 이 병에 걸리면 근피로가 쉽게 온다고 그래. 근육에 쉽게 피로가 오는데도 무리해서 운동하면 역효과가 온다고도 하고. 달콤한 유혹이야.

의사도 그랬으니 시키는 것만 하자는 생각이 들거든.

지금까지 대략 10명 정도의 환자를 직접 보고, 다양한 수기를 봤는데, 그래도 열심히 하는 게 낫다는 게 내 결론이야. 근육이 커지고 더 빨리 움직이게 되는 거 같아. 열심히 하는 사람들이 빨리 회복되는 게 아닌가 그런 생각이 들어. 그래서 나는 열심히 하려고 하고, 억지로라도 열심히 하는 편이라고 생각해. 물론 피곤하면 쉬어야지. 무리는 금물!

정말 운동하는 거, 번거롭고 귀찮거든. 예컨대 처음에 혼자 못 걸을 때는 누군가한테 계속 도와달라고 부탁해야 하는데. 미안하기도 하고. 그래도 계속 하니까 발병 5개월 만에 조금 걸을 수 있었고, 지금 어느 정도 안전하게 걸으니까 자세 교정도 할 수 있는 거고. 국립재활원 치료사가 맨날 하는 말이 힘들 때부터 운동효과가 있다, 조금만 더 해라, 그거였어.

그러니까 주변 사람이 피곤한 병이야. 이 병원에 있는 길랑 바레 환자는 어머니랑 같이 있는데, 어머니 무릎 연골이 나갔대. 휠체어에 태우고 내리고 하는데, 연로하신 여성이 성인 남자 몸을 움직이는 게 만만치 않았던 거지.

 # 운동하면 근육이 당기고 아프고 그래요?

근육통 생기고 아프고 그러지. 방금 얘기했지만 너무 하면 근피로가 있고 역효과가 있대. 그 역효과가 어떤 건지 정확히는 잘 모르겠어. 무리하는 기준도 뭔지 몰라서 물어봤는데, 다음날 아침에 일어났을 때 아프고 운동하기 싫으면 무리한 거래. 할 때는 힘들지만 하고 나서 상쾌하면 좋은 거고.

병원에 공용 컴퓨터가 두 개 있는데, 키보드 치는 연습을 시작했어. 마우스질도 하고. 일기를 컴퓨터 메모장에 쓰고 있어. 가까운 컴퓨터에 MS워드나 아래아한글이 없더라고.

그런데 마우스를 클릭하면 좌우클릭이 같이 돼. 두 번째랑 세 번째 손가락이 같이 움직이는 거지. 이 병에 걸리면 많이 듣는 단어가 '보상 작용'이야. 내가 하고 싶은 동작이 있는데 원래 그 일을 해야 할 근육이 그 일을 적절히 못하면 주변 근육이 도와주는 거. 팔을 들어서 물건을 잡고 싶은데 그게 안 되니까 어깨를 들어서 물건을 잡는 거지. 그런 보상 작용인지 모르겠지만, 하다 보니까 마우스 클릭이 되기는 하더라구. 자꾸 좌우를 같이 누르지만.

척수환자용 마우스 같은 것도 있어. 국립재활원 안에 재활연구소라는 데가 있는데, 국립재활원에 있을 때 거기 찾아가 봤거든. 어떻게든 살아가야 하니까 보조기구에 대해서 알아야겠더라고. 컴퓨터 관련 설비와 화장실 뒤처리 문제를 상의했는데, '켄싱턴 볼 마우스'를 추천해 주더라.

특이하게 생긴 마우스야. 여러 가지 종류가 있는데, 가운데에 큰 볼이 있어서 그걸로 방향을 움직이고 버튼도 커서 손가락이 아니고 손등이나 손 전체를 이용할 수도 있어. 버튼 개수도 많고 설정도 편하고. 그리고 타이핑하는 것도 손가락에 끼워서 독수리타법을 안정적으로 할 수 있는 걸 추천받았어. 실은 이전 병원에서도 한 번 써보기는 했었지. 재활연구소에서 다소 저렴하게 구입할 수 있다고 해서 하나 맞춰서 가지고 있을까 했는데 사지 않기를 잘했다 싶어. 지금 독수리타법은 내 손으로도 되니까.

 # 새로 간 병원에서는 자주 밖에 나간다고 했죠? 바깥에 나가보는 건 잘 돼요?

시도를 해보고 있는 거지. 점점 더 세상 사는 걸 시도한다고 할까. 쇼핑몰도 가보고, 은행에 가서 업무도 보고. 지금 있는 병원은 전철역에서 나오면 바로 보이는 주상복합 건물에 있어. 주변에 은행, 술집, 밥집, 백화점, 마트, 룸살롱, 안마방까지 다 있는 사거리 한가운데에 있어. 좀 멀리 가면 공원도 있고. 일상생활을 해보고 있지. 전철역도 가까운데, 전철 타는 연습도 하려고. 장애인 교통카드가 나왔는데, 동반 1인까지 전철이 공짜야. 계단 오르내리는 연습과 더불어 할 수 있으니 괜찮은 거 같아. 목표는 올 겨울까지만 병원에 있고, 봄에는 바깥 생활을 해보는 거다.

아쉬운 점이 있는데, 넘어지는 연습을 못 한다는 거야. 외국에는 그런 시설이 있는 데도 있다더라구. 풍경처럼 천정에 장애물이 매달려 늘어져 있고 그걸 피해서 걸어가고 또 넘어지면 일어나는 연습하고 그런 거. 우리나라에서는 넘어지면 다 사고야. 수영장에서 넘어지는 연습을 몇 번 했었지. 내가 서 있으면 형이 밀어서 넘어뜨리는 거야. 잘 넘어지는 게 중요하거든. 아직 못하는 게 땅바닥에서 바로 일어나는 거. 주변 사물 짚고야 겨우 일어설 수 있는 단계. 그래도 매일매일 우울한 건 비슷해.

그래도 뭐 재미있는 일 없었어요?

어제 밤에 동네에 사는 연식이, 호영이, 연식이 처하고 노래방에 갔어. 밤 12시 30분까지 노래를 불렀어. 맨날 밤 10시에 자는데. 저녁 먹고 쉬었다가 운동 삼아 산책 간다고 형이랑 옥수역까지 걸어갔다가 올라왔어. 옥수역 근처에서 혹시 얼굴이나 볼까 전화했더니 술 마시고 있대. 산책 마치고 집에서 샤워하는데 전화가 와서 술 다 마시고 노래방 간다고 불러내길래 밤 10시 30분쯤 형이랑 나갔지.

두 시간 노래 부르고, 노래 부르면서 애들이 요상한 포즈도 취하고 재미있었어. 애들은 한 잔 걸치고 와서 그런지 옛날 노래도 부르고.

어떻게 보면 평범한 백수의 삶과 비슷하군요?

이렇게 열심히 운동하는 백수가 있나? 뭐 있을지도 모르겠구만.

인터뷰와 관계없이 형이 있는 병실에 찾아가서 같이 산책하고 근처에서 밥을 먹었다. 시내 번화가에 있는 민간 병원이라 그런지, 국립재활원에 비하면 좁고 어두웠다. 서울 시내에 있는 대형 로펌이나 미국에 있는 로스쿨, 또는 오사카에 있는 법률사무소에서 근사한 커리어를 성공적으로 쌓아가다가, 중환자들에게 둘러싸여 손가락 움직이는 연습에 집중하려면 참 우울하겠구나 싶었다.

열세 번째 인터뷰—2013년 11월 24일, 승수 형 집

발병 후 열 달이 지난 뒤 승수 형의 마음이 조금 편해지는 것이 느껴졌다. 가장 큰 이유는 승수 형의 밥줄인 타이핑이 가능해질 거라는 확신과 전체적으로 정상에 가까워진 생활 방식 때문으로 보인다. 거꾸로 생각해보면 아픈 상태를 거부

하겠다는 승수 형의 의지가 그동안의 우울함과 스트레스를 가중시킨 것이 아닌가 하는 생각도 해본다. 의지력은 끝없이 성실하게 운동과 재활을 하도록 채찍질하는 요인이기도 하지만, 동시에 스스로의 상태를 절대로 받아들이지 못하도록 한 마음의 짐이었을지도.

컴퓨터 쓰는 건 어때요?

타이핑 연습을 하는데, 조금씩 조금씩 빨라져. 타이핑할 때 왼손이 더 바쁘더라. 해보니까 최소한 오른손 두 개, 왼손은 세 손가락이 필요해, 좀 빨리 하려면. 마우스도 계속 쓰고 있고. 마우스는 이제 켄싱턴 볼마우스가 군이 없어도 가능하게 된 것 같아. 근데 아직도 어깨를 쓴다. 단순히 손가락만 움직이는 게 아니라, 팔 전체를 당겼다 밀었다 하는 느낌. 이런 게 보상 작용이지. 손이 잘 안 움직이니까. 제대로 된 근육을 써야 해.

타이핑도 인터넷 검색 정도는 무리 없이 할 수 있어. 근데 손가락이 따로 놀지 않으니까 오타가 무지하게 나. 옆에 있는 버튼도 같이 눌러서. 그래서 이제 손가락이 하나하나 따로따로 노는 걸 훈련해야 하는 거고.

어쨌든 좋아지는 면이 있네요?

컴퓨터 쓰는 건 조금씩 나아지고 있고, 몸 전체적으로 보면 조금씩 자세가 좋아진달까 그런 건 있는데 새로운 건 잘 안 생겨. 거꾸로 새로운 거를 찾아서 시도해 봐야 한다. 그래서 러닝머신을 걷는 연습하다가 뛸 수 있을까 하고 양쪽 손잡이를 잡고 뛰어보기도 하고. 해보니까, 제자리 뛰기는 가능한데, 앞으로 달리는 것은 어렵더라고.

옆에 손잡이를 잡으면 할 수 있어서 뛰는 걸 시도하고 있어. 그 자세가 썩 좋지 않다고 어느 치료사가 주의를 주기도 했지만. 진짜로 뛸 수 있으면 기분 좋을 거 같아. 운동장을 뛰면 느낌이 어떨까. 그리고 뛰면 모든 운동이 다 되니까. 30분 정도 열심히 뛰면 그걸로 하루 운동량 끝인데. 지금 그게 안 되니까.

여기 운동치료사한테 하고 싶다고 말한 게, 윗몸 일으키기, 달리기, 땅바닥에서 일어나기 세 개였어. 여기 치료사들은 일단 스톱하고 자세 만들고 가자는 생각인 거 같아. 갑갑한데, 막 근육을 키우고 싶은데, 골반을 써라, 발목을 써라 그런 거 한다.

국립재활원 때는 근력이 너무 없어서 일단 근력을 키우는 게 목표였는데, 그때는 파바박 좋아지는 게 눈에 띄었는데 이제 갑갑하네. 이 병이

갑갑한 병이야. 자기 몸을 자기 맘대로 못하는 게 갑갑한 거야. 할 수 있을 거 같은데, 아무렇지도 않게 했던 거라 될 거 같은데, 해보면 턱도 없이 안 되니까 갑갑해. 여하튼 여기 치료사들을 믿고 따라 가고 있어. 걷는 운동은 혼자서 하면 되는 거니까.

뛰는 건 시간 지나면 되는 거예요?

그렇다더라. 지금 물리치료사 중에 팀장이 하는 말이, 신경이 아직 재생이 되고 있기 때문에, 근육 운동에 너무 힘을 빼면 신경 쪽으로 에너지가 덜 갈 수도 있으니 지금 너무 근육 운동을 하는 거는 적절하지 않대. 뛰는 건 나중에 조금만 훈련하면 저절로 될 거래.

국립재활원에 있을 때는, 근육은 죽어라고 하면 커지지만 신경은 어쩔 수 없으니 일단 근육 운동을 열심히 하자는 식이었던 거 같은데. 예전에는 팔굽혀펴기를 배를 땅에 대거나 무릎을 대고 계속했어. 지금은 균형 맞추고 자세 잡고 이런 거 많이 하니까 발전이 눈에 안 띄어. 그립이 돼서 혼자서 신발을 신게 되면, 근육 운동은 혼자서 헬스장 가서 해도 될 거 같기도 하고.

양말 신는 건 어때요?

발목까지만 오는 짧은 양말은 신을 수 있어. 근데 발목 양말

중에서도 탄성이 센 거는 잘 안 돼. 힘들어. 양말에 발을 넣기 위해서 벌리는 게 힘들더라고. 지금 바라는 게, 계단 내려가는 거하고 지퍼 올리는 거야. 두 개가 빨리 되면, 다른 옷도 입고 다른 데도 가고 할 텐데. 이동성이 생기잖아. 양복 입고 가는 데도 갈 수 있게 될 거야.

운동하다가 다치거나 하지는 않아요?
치료시간에 격하게 움직이는 거는 하지 않아. 바른 자세로 선 다음에 밀거나 당기거나 해서 자세 유지하고 버티거나 하는 거 정도지. 격렬한 운동은 하지 않아. 늘 조심조심 하는 거 같아. 내가 계단 못 내려가는 거랑 비슷해. 내려갈 수는 있을 거 같은데, 내려가는 건 한번 실족하면 크게 다치니까 연습을 잘 못해.
그리고 한 발로 서 있는 게 잘 안 돼. 한 발로 서는 것도 체중을 의식적으로 이동해서야 비로소 조금 되지. 한 발로 균형 잡는 게 중요해. 생각해 보면 달리는 거나 계단 내려가는 건 한 발로 버티는 일의 연속이잖아.
국립재활원에 있을 때는 치료시간에 이런저런 근력 연습을 주로 하느라고 계단 연습은 주로 혼자서 했는데, 여기서는 치료사들이 봐주고는 계단 올라가는 자세를 바꾸라고 하더라. 자세가 좋지 않대. 누나랑 연구해 본 결과, 보통은 뒷발 종아리 힘으로 밀면서 그 탄력으로 올라가는 건데, 나는 계단에 올려놓은 앞발 허벅지 힘으로만 올라갔던 거야. 그걸 발견하니까 기분도 좋고 재미있었어. 그래서 조금 연습 중이야. 누나랑 간병인 아주머니의 피드백을 받아가면서. 막상 그렇게 해 보니, "아, 힘이 덜 드는구나." 하는 느낌이 있어.

맨 처음에 걸음 연습할 때 난 엉덩이 빼고 걸었는데 아무도 그렇게 걷지 않더라. 그게 잘못된 자세라는 거지. 그것도 치료사들이나 가족들로부터 주의를 받고 나서 의식적으로 고쳐서 걷게 되었어. 고쳐 놓으면 나중에는 그냥 그렇게 하게 되지 않을까.

처음에 침 삼키는 거 배울 때도 의식적으로 식도랑 기도를 구별했는데, 계속 하다보니까 언젠가부터 자연스럽게 돼. 지금은 식도랑 기도랑 구별하라고 해도 못할 걸. 그냥 되는 거지. 걷는 것도 그렇게 되지 않을까. 언젠가 나도 모르게 좋은 자세로 굳어지지 않을까. 지금도 조금씩은 좋아지고 있고.

아직 병원 생활은 그다지…?

사람들 만나는 게 기분이 좋아. 병원 진짜 갑갑하거든. 여기 부천이 멀어서 사람들이 잘 못 오니까, 사람들 만나고 하는 게 더 좋아졌어. 국립재활원 있을 때부터 그랬지만, 누가 찾아오면 걸으면서 이야기하자고 해서, 바깥으로 나가서 산책하면서 이야기하고. 친구들 오면 같이 상점가를 걸으면서 이야기하지.

병원에서 하는 건 운동하고 쉬고 먹고, 운동하고 쉬고 먹고 자는 것. 운동할 수 있는 게 많아질수록 책도 안 보게 되네. 예전에는 체력도 안 되고 기능도 안 되고, 뭐 지금도 기능은 약하지만서도. 지금은 조금 더 체력이 나아져서 할 수 있는 운동이 좀 늘었지. 이전에는 로봇 보행치료 한 시간짜리 하고 나오면 너무 힘들어서 점심 먹을 때까지 한 시간쯤 잤어. 일어나서 밥 먹고 쉬다가 3시나 되어서 기운 차리고 이때부터 슬금슬금 운동했지.

요새도 점심 때 자기는 해. 그래도 예전보다 더 오래 운동하고 덜 자는 거지. 되도록이면 계속 운동하니까 병원에 있는 사람들하고 친해지기도 어렵더라. 이 병원에는 휠체어 타고 다니는 사람도 많아서 어울리기도 쉽지 않고. 국립재활원에서는 내가 있는 병동에 편마비 환자가 많았지만 인지가 좀 부족할 뿐 정상 근력인 사람도 많았거든. 근데 이 병원에서는 내가 가장 빠른 속도로 러닝머신 걷는 사람 중에 하나고, 가장 양호하게 걷는 사람 중 하나야.

척수 환자나 다리 다친 사람들한테는 "저 자식은 멀쩡해 보이는데 왜 여기 있지?" 하는 의문이 생길 수 있지. 실제로 그런 질문을 꽤 받기도 하고. 혼자 세수하고 화장실 가고 머리도 감으니까 얼핏 보기에는 멀쩡해 보이기도 하지. 그 사람들의 관심은 걷는 데에 있으니까 손이 잘 안 될 거라고는 생각하지 않는 거야.

그렇다고 내가 "손이 안 움직여요."라고 광고하고 다닐 수도 없고. 쓸쓸한 면이 있지.

전철에서도 마찬가지야. 나도 걷기 어렵고 손잡이를 잡는 게 힘든 장애인이라 장애인 보호석에 앉고 싶은데 내가 앉아 있으면 눈치를 주더라. 한 번은 간병인 아주머니가 그런 분위기를 감지했는지, "이 사람 환자예요." 하고 선제적으로 말하기도 했어.

여전히 비데가 필요해요?

닿긴 닿는데, 비데가 없으면 안 돼. 손 힘이 약해서. 요새는 보통 물로 씻고 손으로 물기를 닦는다. 건조기를 쓰지 않게 되었어. 꽤 중요한 변화지. 화장실을 바깥에서 갈 수 있다는 가능성이 생긴 것. 이 상태로라면 좀만 더 좋아지면 물티슈 같은 걸로는 처리되지 않을까 해. 사회생활 하는 데 한 단계 가까워지고 있는 거 같아서 마음이 편해. 손 힘이 조금 더 세지면 여행을 갈 수 있지 않을까. 여기 병원에는 비데가 없어서 여전히 간병인 아주머니의 도움이 필요하기는 하지만.

이제 그것보다 지퍼 등 의복에 관심이 더 가는 거지. 머리 감을 때 느껴지는 게, 손아귀 힘을 가늠할 수는 없지만, 뭔가 좀 더 잘 감을 수 있다. 팔을 만세하며 드는 것도 많이 연습하고 있어. 팔의 운동 범위를 넓히는 거지. 수영도 도움되는 거 같고.

열네 번째 인터뷰—2013년 12월 15일, 승수 형 집

3주 만에 봐서 그런지 많이 좋아 보이네요. 지퍼 잠그는 거나 양말 신는 건 좀 더 잘 돼요?

지퍼에 따라 되기도 하고 안 되기도 하고 그래. 언젠가는 되겠지 하고 기다리고 있어. 윗도리 지퍼는 양손이 다른 일을 해야 하는데, 오른손 힘이 약해서 옷이 헐거우면 안 되더라고. 지퍼 손잡이가 작아도 어렵고. 바지 지퍼는 지금 입은 거는 되는데 딴 거는 안 해봤어. 양말은 발목양말만 신는데, 이제 1분도 안 걸려. 그래봐야 일반인보다야 많이 걸리는 거지만.

형이 나름 제일 큰 걸림돌 중 하나로 양말 신기 꼽았던 거 기억해요?

그러게. 혼자 양말하고 신발 신는 게 어려운 거였는데. 이제 신발 끈도 맬 수는 있는데 헐렁해. 손가락 힘이 약해서. 그렇다고 다니다가 벗겨질 정도는 아니고 신고 벗기가 편한 정도. 바지도 꽉 끼지 않으면 될 거 같아. 외출할 때, 운동복 말고 다른 바지로 시도해보려구.

밖으로는 좀 나갔어요?

사람들 오면 산책하고 눈도 좀 밟고 그랬어. 길 미끄러우면 조심해야 하지만, 피할 수 없지. 적극적으로 해야 해. 그래서 미끄러운 상황에서도 흔들리지 않고 걷는 연습을 해야 균형을 잡는 미세한 근육들도 좋아진대. 한 발로 서는 것도 하고. 이 병원에서 요새 자세 잡고 균형 잡는 연습도 많이 해. 이제 전철 계단처럼 규격화된 계단은 옆에 있는 손잡이를 잡지 않고 내려갈 수 있어. 밖에 있으면 사람들이 아픈 줄 잘 몰라. 병원에서도 "저 사람, 왜 병원에 있지? 잘 걷는데…" 하는 분위기고.

나도 이제 내 손으로 할 수 있는 게 조금씩 생겨. 그래서 간병인 아주머니 그만 두시라고 했고.

간병인 아주머니도 그만 두시고, 이 정도면 재활 훈련 마무리 단계인 거예요?

손을 잘 못 쓰니까 마무리 단계까지는 아니고. 아직 계속 하는 단계야. 손이 이러니까 씻고 밥 먹고 하는 게 걱정되기도 해. 쉽지 않거든. 그리고 나 낮잠 자면 누가 깨워서 운동 보내고, 밥이랑 반찬 챙겨 주고 하나 싶기는 한데. 이제 혼자 해야 하니까 부지런해져야 되겠지.

혼자 씻고 머리감는 건 가능해요?

샴푸 짜고 양손으로 머리에 바르면서 똑바로 서 있는 거는 가능. 샤워하고 수건으로 닦을 때 한 발로 서 있는 경우가 있는데 그런 게 좀 힘들어. 좀 위험하기도 하고. 아무래도 조심조심해야 되겠지.

예전 의사들의 이야기에 비춰보면 지금 나는 퇴원을 해도 무방한 시점일 수도 있어. 가족들 도움을 받으면 집에 있을 수 있거든. 조금이라도 빨리 효율적으로 좋아지고 싶으니까 병원에 있는 거지. 혼자 계속 이어폰 꽂고 음악 들으면서 여기서 운동해야 하지 않을까. 간병인 아줌마가 없으니까 책도 더 많이 읽고 음악도 더 많이 듣고 그렇게 되지 않을까. 정 안 되면 인터넷을 신청하면 되지 않을까. 머릿속으로 혼자 버티는 법을 생각하고 있어. 큰누나가 여태까지처럼 거의 매일 올 거니까 적응할 수 있을 거야.

타이핑하는 건 좀 어때요?

많이 좋아졌어. 연습하고 있어, 예전보다 많이. 아프기 전보다 느리겠지만, 많이 느리진 않은 거 같아. 근데 타이핑하는 손모양이 예쁘지는 않아. 움직일 수 있는 손가락으로만 타이핑을 하니까, 보통 사람처럼 타이핑하는 모양이 나오지 않는 거지. 지금

신경이 상박 위쪽까지는 회복되고, 상박 아랫부분은 된 것도 있고 안 된 것도 있고 그런 상황이 아닌가 싶어. 손바닥 이런 데는 안 됐다고 봐야 될 듯해. 그게 돼야 완성단계라고 할 수 있겠지. 손바닥 자체가 펴졌다가 오므려졌다가 하는 운동이 돼야 완성인 거 같아. 손가락도 아직 멀었고.

지금도 손가락 끝에서부터 둘째마디까지가 많이 움직이고 첫째 마디는 잘 안 돼. 타이핑도 손이 섬세하게 움직여야 하는데, 억지로 타이핑을 연습하니까 잘 되는 손가락만 많이 쓰게 돼. 그래서 하나하나 한글 타자연습에서 요구하는 대로 손가락 쓰는 연습을 하고 있어. 이게 타이핑 훈련이기도 하지만 손가락 재활이기도 하거든. 그래서 조금 늦어져도 정확하게 하자, 하고 있어.

일상생활 동작 치료할 때 보면, 한 손으로 잡고 칼질하는 것도 안 되더라. 손목 힘이랑 손 힘이 부족해서 그런 것 같아. 양손으로 잡고 톱질을 했다니까.

\# 그렇군요. 뛰는 건 좀 어때요?

제자리 뛰기도 되고, 뛰는 것처럼 성큼성큼 할 수 있는데, 걷는 것보다 빠르지가 않네. 뛰는 게 뛰는 게 아닌 거지. 차라리 빨리 걷는 게 더 안정적이야. 뛰는 것처럼 보이는 것을 하는데,

뛰면 허벅지에 부담이 많이 가. 착지할 때 허벅지에 부담이 가는 거 같아. 위에서 온몸이 떨어지는 걸 한 발로 버텨야 하니 어려워. 좀 불안하지. 주저앉을까 봐. 한참을 더 걸어야 될 거 같아. 더 빨리 걷고 경사로도 많이 걷고 해서 허벅지에 힘이 붙어야 하지 않을까? 허벅지 근력이야 나아지겠지 싶은 거지, 뭐. 조금씩 나아지고 있으니까.

그럼, 오래 걷는 건 어때요?

한 시간 넘으면 힘들어. 주위에서 일으켜 세워줘서 보조기 끼우고 겨우 걷고 할 때부터 한 시간씩 걷고 해서, 체력은 같은 병 걸린 사람 대비 좋은 편이라고 생각해. 점점 빨리 걸어서 그런가, 그래도 한 시간 넘으면 지금도 힘들어. 물론 예전하고 달리 한 시간을 쉬지 않고 걸을 수는 있게 되었지.

근력도 계속 써서 지구력도 키워야 하는데, 어깨, 팔, 손가락은 지구력이 되게 약해. 엄지를 치켜세울 수 있게 됐는데, 엄지손가락으로 안경 렌즈를 닦고 나면 안 되더라. 한 10분 기다리니까 다시 되더라고. 지구력이 심하게 약한 거지.

맨손으로 단출하게 걸어 다니는 건 멀쩡해 보이는데, 인간이 수행하는 작업들을 생각해 보면, 뭘 들고 계단을 오르내리거나, 제자리에 서서 팔 들고 하는 게 많잖아? 그런 게 어려워. 얼핏 보기에는 기본적인 거는 혼자 할 수 있는데, 필요한 작업들을 수행하기에는 힘이 많이 약한 거지. 책 한 권을 들고 보는 거 정도는 할 수 있기는 한데. 악력도 문제야. 조금씩 나아지고 있기는 한데, 굉장히 미미해.

지금 내 몸 상태는 재활병원 취지에 딱 맞는 상태라고 할까. 사회복귀의 전 단계지. 좀 더 나아지면 요가를 하려고 해. 지금 중요한 게 자세 잡는 거랑 균형 잡는 거야. 전에 국립재활원에 있을 때는 죽어라고 근력 운동을 해서 중구난방으로 근력이 좋아졌어. 그러다 보니 지금은 좌우 균형, 앞뒤 균형 이런 게 맞지 않더라고. 근력은 꽤 좋은데 그 근력을 잘 발휘하지 못하는 경우도 있는, 좀 이상한 그런 상태다. 서 있는 자세부터 걷는 법, 앉는 법 그런 걸 교정하고 있어. 그러다 보니, 걷는 건 좀 더 보통사람처럼 걷게 된 것도 같고. 앞으로도 균형 잡기나 한 발로 서 있기 등을 하게 될 거고.

전기침 치료를 받고 있는데, 이게 되게 아프다. 의사도 나처럼 손에 감각이 있는 사람에게는 권하지 않는대. 손에 바늘 꽂아서 전기를 흘리는 거거든. 전기로 손등에 있는 미세한 근육을 자극하는 거지. FES로 큰 근육들은 자극을 줄 수 있지만 손등에 있는 것처럼 작은 근육은 이 방법을 써야 한대. 아파도 한다. 이 병도 회복 한계 시점이 길어야 1년 6개월에서 2년이니까 되도록 빨리 신경이 회복되는 성과를 내도록. 아픈 걸 감수하고 한 번 했더니 꾸준히 해야 한다고 하더라.

그래도 오늘은 뭔가 분위기가 엄청나게 밝은데요?

타이핑이 좋아지니까 마음이 많이 놓였어. 지금보다 더 좋아지겠지 싶기도 하고. 타이핑이 지금 정도 좋아지니까 더하면 더 좋아질 거라고 생각되고 그러니까 마음이 놓였어. 쉽게 피곤하고 효율성이 떨어지겠지만 이제 일을 못 하는 건 아닌 거지. 화장실 가고 넥타이 메고 하는 건 시간이 오래 걸릴 뿐 아예 안 되는 건 아니니까. 계단도 손잡이 잡지 않고 내려가니까. 다급했던 마음이 조금 나아졌어. 살 수 있겠구나 하고. 그래도 타이핑 말고 작업 치료 시간에 손 운동할 때만큼은 아직도 답답하고 그래. 이것저것 해보라고 하는데 잘 안 되니까.

예전에 켄싱턴 볼 마우스랑 손가락에 끼우는 타이핑 보조기구 알아봤었는데, 이제 타이핑을 할 수 있으니 다 필요 없어. 처음 일주일, 이주일은 비슷했는데, 계속 하다 보니 점점 빨라지고 또 손가락 하나만 더 움직여도 타이핑이 확 좋아지니까 더 좋아질 거란 생각을 하는 거지. 손 운동을 보면, 타이핑 다음이 피아노인 거 같아. 더 세고 깊게 눌러야 하니까. 조금씩 조금씩 손가락이 따로 움직이는 건 타이핑 연습 덕분인 거 같기도 하고.

어제는 환이 형이랑 중현이 형이랑 만났어. 5개월 전만 해도 보조기차고 허리에 게이트 벨트 차고 겨우 걷는 연습을 했는데, 우리가 2층 커피숍에서 차를 마시고 있다고 이야기했어. 진짜 그때는 걸을 수 있을까 했었는데.

열다섯 번째 인터뷰—2014년 1월 5일, 승수 형 집

승수 형이 아프고 한 해가 지났다. 그동안 걸을 수 있게 되고, 먹고 입을 수 있게 되고, 컴퓨터도 쓸 수 있게 되었으니 이제 형에게 지난 1년은 '힘들었던 과거' 정도로 기억될 것이고, 앞으로 어떻게 할지 계획을 세우고 있을 것이라고 생각했다. 그런데 이야기해 보니 몸이 완벽하게 정상으로 돌아오지 않는 한, '힘들었던 1년'은 앞으로도 계속 진행될 것이고, 계획은 언제나 불안감과 막연함 속에서 조심스럽게 생각할 수밖에 없다는 것을 알았다. 모든 것이 가능했던 몸을 기억하는 사람에게 꼭 필요한 최소한의 것만 가능하게 되었다는 것은 충분하지 않은 것 같았다.

새해가 밝았어요. 새해를 맞아 지난 1년을 돌아보면 어떤 것 같아요?

인생에서 없는 시간이지. 나한테만 없는 거 같아. 작년만 생각하면 그런가 보다 하지만, 유학까지 하면 2년 6개월 비거든. 정말 힘든 1년이었고, 벌써 1년이 지났나 싶어.

지난 1년은 기억하고 싶지 않은, 그래, 없는 거지 뭐. 초반 몇 개월은 지옥 같았고, 5월, 6월 이때부터는 본격적으로 재활을 하면서 고3 때 같은 느낌이 들고. 고3 때 1년을 기억해 보면 아무것도 없었거든. 그냥 공부하느라 힘들고 괴로웠어. 최근 6개월도 그런 느낌이야. 매일 열심히 살았는데 기억나는 건 없고.

초반 몇 달은 지금 생각해도 눈물이 날 것 같아. 그때를 떠올리면 주위 사람들이 힘들었던 것도 같이 기억나서. 20년 전 음악 들으면 그 음악 들었을 때가 떠오르잖아. 이거 유행할 때 누구랑 데이트했는데 그런 거. 초반 몇 달 생각나면, 마음이 힘들어져. 아기 맨 처음 태어났을 때 사진을 보면 '와, 예쁘다' 이런 생각이 처음 드는 게 아니라 "그때 애기를 못 봤는데, 나는 누워서 뭐하고 있었지?" 하고 회상하게 되고 그래서 그때가 떠오르면 기분이 몹시 우울해져.

최근에 영화 〈변호인〉을 봤는데, 거기에 고문당하는 장면 나오더라. 그런데 고문당하는 거랑 내가 전신마비로 누워 있을 때랑 비슷하다는 느낌이 드는 거야. 주도적으로 아무것도 못하고, 자기 의지대로 움직일 수 없고, 누워만 있으면서 천장만 바라보고, 누군가 와서 "너는 장애인이 될 거야." 그렇게 이야기하는 거 듣고. 뭐, 고문하고 아주 상관관계가 있는 건 아닐 수도 있는데, 그 장면에서 감정이입이 되더라구.

듣다 보니 뭔가 한이 느껴지는데요?

많은 사람한테 피해를 주고 나도 힘들고 그랬으니까. 그 사이에 아기는 훌쩍 컸다. 정말이지, 훌쩍 컸다. 이제 10개월이 넘었지. 잡고 서고, 기대서 걷기도 하고. 다양한 움직임을 해. 안아준다고 하면 거부도 하고. 맨 처음에 진짜 쪼꼬맸는데.

올해는 어떤 계획을 세웠어요?

아직도 계획을 할 수 있는 상황은 아니야. 목표를 세울 수는 있지 않을까 싶지만. 계속 조금씩 나아지고 있고, 손도 조금씩 힘이 세지고 있고. 더 나아질 수 있다, 그런 희망을 가지고 있어서 이렇게 나아지면 목표를 달성할 수도 있지 않을까 하는 거지. 가장 힘든 게 작년 내내 지금이 마지막인가, 더 좋아지지 않으면 어떻게 할까였거든. 지금은 그건 벗어나서 조금씩 더 좋아질 것 같다는 생각을 가질 수 있게 되었어. 올해 내에 뭔가 일을 할 수 있지 않을까.

왜 좋아진다고 생각하게 됐어요?

지금까지 좋아졌으니까. 이 정도까지 회복될 줄 알았으면 그때 그렇게 힘들어하지 않았을 수 있어. 걱정하고 힘들어 했지만, 내 몸이 대견해. 열심히 회복해서 지금까지 쉬지 않고 회복했고 지금도 회복하고 있고. 이제는 기능적으로 쉽게 좋아지지는 않아. 새로 안 되는 게 막 되지는 않는 거지. 그런데 조금씩 힘이 세지는 게 느껴져.

'어제는 못했지만, 오늘은 단추를 채울 수 있어.' 그런 건 없는데, 생활 속에서 나도 모르게 늘 두 손으로 하던 거를 어느 순간 한 손으로 하고. 힘이 조금씩 세지면서 생각하지 못했던 변화가 생활 속에서 느껴져. 양말 신는 것도 이제 큰 문제가 아냐.

이제 혼자 힘으로 먹고 살 수 있지 않을까 싶고, 사회생활은 모르겠는데, 일상생활은 할 수 있게 된 거 같아. 혼자 화장실 가고 밥 사먹고 전철 타고. 운전도 하고 옷도 갈아입고 샤워도 하고. 병원에서도 혼자 살잖아? 혼자 살 수 있는 거야. 아주 느리지만 달릴 수 있고 바닥에서 혼자 일어날 수도 있고. 아직 윗몸 일으키기는 안 되지만.

3주 만에 변화가 많네요?

조금씩 좋아지는 게 쌓이는 거 같아. 손이 얼마나 좋아지냐가 문제인데, 예전보다 힘은 좋아졌거든. 손 모양이나 운동 범위가 바뀌지는 않았지만. 자동차 문도 편하게는 아니라도 열 수는 있고, 남들과 같은 방식은 아니지만 어쨌든 시동도 혼자 걸고. 맨 처음에 국립재활원에서 혼자 운전했을 때는 시동도 혼자 못 걸고 라이트 켜는 거 못 돌리고 그랬거든. 이제 다 할 수 있게 됐지.

신기한 게, 익숙한 걸 하다 보면 몸이 기억하더라고. 그러니까 몸이 예전에 하던 걸 할 수 있게 되면 자연스럽게 예전 방식으로 하는 거지. 예컨대 차를 탈 때, 최근에 계속 차 문을 활짝 열고 일단 엉덩이를 넣어서 좌석에 앉은 후에 두 다리를 한 번에 차 안으로 집어넣었거든. 예전에는 차 문을 열고 한 발 들어가고 앉으면서 나머지 발이 자연스럽게 들어갔지. 다른 사람들도 다 그렇게 하고. 근데 한 다리로 지탱이 되지 않고 위험하니까 일단 앉고 다리를 차 안으로 넣는 거지.

그런데, 최근에 내 차를 운전하는데 예전처럼 자연스럽게 타게 되는 거야. 내 몸이 그만한 근력이 되기도 한 거고, 10년을 몰았으니 내 차에 타던 느낌을 몸이 기억하는 거지. 내 차를 몰 때가 가장 정상인 것처럼 느껴지는 순간이야. 그러고 보면 사람이라는 게 신기해.

타이핑은 어때요?

200타 정도 나오는 거 같아. 기복이 있지만 잘 못해도 150타 이상은 칠 수 있지 않을까 싶어. 한글타자연습을 하면 150타가 목표로 설정되어 있어서 그 기준을 넘어야 다음 단계로 가거든. 그 기준은 무리 없이 통과하는 거 같아.

근데 지구력이 약해. 3~10분 정도 하면 근육이 지쳐서 굳어. 다른 것도 마찬가지일 거야. 운동능력이라는 게 아직 부족한 거지. 특히 지구력이 상당히 약한 거야. 전철에서 한 시간 서 있는 거 힘들 거라고 물리치료사들이 말하더라구. 기능적인 문제보다는 체력적인 문제가 많이 남아 있어. 그래도 단순히 근육의 문제라면 회복 가능성, 발전 가능성이 있는 거니까.

수영도 비슷한 것 같아. 평생 수영을 가장 많이 한 게 2013년, 작년이야. 처음 할 때는 휠체어를 타고 가서 형이 옷 갈아 입혀주고 물에 넣어 주고 그랬는데, 지금은 혼자 가서 수영하고 올 수 있게 되었어. 힘이 세져서 수영복을 입을 수 입게 됐어. 물론 아직도 물에 젖어 있으면 힘들어. 몸에 달라붙은 수영복 벗기기가. 처음에는 5미터, 10미터 가는 게 진짜 힘들었어. 계속 수영장에 가니까 심폐지구력도 늘었겠지만, 그보다는 수영 스킬이 늘어난 덕분에 이제 한 시간씩 수영도 하게 됐어. 물론 계속 중간 중간에 쉬어야 하지만.

신경하고 근력이 돌아오면 손가락도 예전 습관처럼 움직일지도 몰라. 그럼 진짜 거의 다 나은 거지. 아직 넷째, 새끼손가락이 따로 잘 움직이지 않아서 새끼로 칠 거 넷째로 치는 경우가 많아. 이게 나중에는 잘 될지는 모르겠어. 막상 할 수 있게 되기 전까지는 모두 먼 미래의 일 같거든. 땅바닥에서 일어나는 것도 위험해 보여서 시도도 해보지 않았는데 어느 날 치료사가 한 번 해보라는 거야. 그래서 했더니 되더라고. 신기하지. 한 번 되어서 조금씩 더 자주 하다 보면 잘 할 수 있게 되고 그런 거 같아.

찜질방도 갔다 오고 영화관도 갔다 오고, 행동반경이 넓어졌구나 싶어.

이제 일상생활은 그냥 무리 없이 하는군요?

보통 사람보다 시간이 많이 걸리지만 뭐, 할 수 있는 건 많아졌어. 특히 옷 갈아입는 게 시간이 많이 걸려. 물론 아직도 할 일이 많겠지. 넥타이 메고 이런 건 시도도 안 해 봤는데.

좀 다른 얘기기는 한데, 이 병에 걸린 사람을 대하는 사람들이 지금 현재 단계에서 이야기하는데 그게 싫어. 많은 사람들이 그렇게 말해. 예를 들어 바지 단추 채우는 게 어렵다고 하면, 고무줄 바지도 있다고 하는데 그런 게 싫은 거지. 현재가 마지막이라는 느낌이 들어서. 특히 치료사들이 그렇게 반응하는 것은 정말 싫다. 뭘 "하고 싶어요." 그러면 내가 기대하는 건 "아, 그럼 이 운동을 해봅시다."거든. "아, 이 보조기구로 해결 가능해요."는 싫다는 거지. 계단 내려가고 싶다고 하면 난 내 발로 걸어서 계단을 내려가고 싶은 거야. 젓가락질하고 싶다고 하면 "포크로 하면 되지."라고 답변하는 것도 마찬가지야. 두고두고 생각해 온 거야.

그럼 이제 병원에서 퇴원해도 되는 것 아니에요?

체계적인 운동을 하는 데에는 아무래도 병원이 좋아. 혼자서는 그만큼 운동을 못해. 주말에 집에 와 보면 낮잠도 길게 자고. 병원에서는 치료사들이 있으니까 혼자 할 수 없는 운동도 할 수 있는 점도 있고. 아무래도 전문가니까 자세도 잘 잡아주고, 안 쓰던 근육도 쓰도록 해주고, 손 운동도 하고. 손에 전기침 놓는 건 의사가 해 주는 거야. 이 병은 회복시간에 제한이 있기 때문에, 가능한 한 짧은 시간에 많은 회복을 해야 하는 거라서 병원에 있는 게 낫다고 생각해.

요새 신경 쓰는 건 어떤 거예요?

계속 중점을 두는 게 달라지는 거 같아. 지금은 바지 입는 거하고 젓가락질이 가장 신경 쓰이는 거고. 그런데 사실은, 젓가락질을 하기까지 수많은 단계가 있을지 몰라. 조금씩 조금씩 나아져서 그 사이 잘 못 느낀 기능적인 변화가 있을 수 있어. 손도 맨날 나아졌으면 좋겠다고 막연하게 생각했는데, 이제는 몇 번째 손가락이 어떻게 됐으면 좋겠다고 구체적으로 생각해. 젓가락질도 안 된다, 조금 된다, 재활젓가락 쓸 수 있다 등등 수많은 단계가 있는 게 아닐까 싶어.

재활이라는 건 정말 단계 단계를 밟아 나가는 거고, 살면서 조금씩 회복되는 것 같아. 제일 어려운 질문이, 가끔 처가 하는 건데, "다 나았어?" 이거야. 어떻게 대답을 해야 할지 모르겠어. 이제는 정말 완쾌가 뭔지도 모르겠고. 살면서 계속 조금씩 나아지는 거 같아.

 # 계획은 아니라도 목표는 잡을 수 있다고 했잖아요. 현재 잡아 놓은 목표는 있어요?

목표는 있어. 2월 말 정도에 퇴원할 수 있지 않을까. 목표는 있지만, 그에 따라서 계획을 세울 수는 없지. 목표 달성이 가능한지는 그때 가봐야 아니까.

늦은 봄 정도에는 사회에 복귀하려는데, 이것도 목표지 계획은 아니야. 계획은 하늘이 세우는 거 같아. 준비는 조금씩 하고 있어. 회사로 복귀하는 문제도 생각하고 있고. 회사에서 일할 수 있는 몸 상태가 안 된다면 대학에 가는 것도 생각하고 있어.

주위에도 물어보고 있고.

젓가락질이 거의 마지막 단계가 아닌가 싶어. 타이핑보다 어렵 거든. 젓가락질을 할 수 있게 되면 빈손으로 돌아다닐 수 있지 않을까. 젓가락질을 할 때쯤 되면 사회복귀가 어느 정도 가능한 시점이 아닐까. 그때쯤 되면 아주 딱 붙는 바지는 아니라도, 바지도 입고. 지금은 지퍼만 내리고 소변 보는 게 어려워. 단추도 풀고 아예 바지를 다 내려야 해. 그게 힘든 작업이야.

요즘 생각하는 건, 내가 LA 사는 여자애였으면 사회복귀가 더 빠르지 않았을까 하는 거야. 바지 대신 치마 입고, 운전해서 다니고, 계단도 많지 않고. 젓가락질 할 필요도 없고. 여자라면 여자로서 내가 모르는 어려움이 있으려나? 지금 화두인 젓가락과 바지는 일상생활에서 사회생활로 가는 데 가장 필요한 거야. 이전에는 '누구의 도움도 없이 혼자 살 수 있을까'가 가장 걱정이었는데, 이제 '돈을 벌 수 있을까'로 바뀌었어.

열여섯 번째 인터뷰—2014년 2월 9일, 승수 형 집

 # 한 달 만인데 어때요? 사회복귀 준비 완료?

못 하던 거 새로 할 수 있는 건 별로 없어. 못 하는 건 그대로 못하고, 하던 거는 좀 더 잘하게 된 정도야. 신발 끈을 예전보다는 더 꽉 빨리 매고, 걷는 거 좀 더 오래 빨리 하고. 달리기는 보통사람보다 느리지만, 예전보다 빠르고 오래할 수 있고. 젓가락질은 여전히 못하고 지퍼 다루기도 여전히 쉽지 않고.

 # 일반 젓가락은 아직 안 되는 거잖아요. 젓가락은 뭐 써요?

에디슨 젓가락이라는 재활 젓가락을 써. 손가락을 껴서 고정해 주는 링이 두 개 달려 있고, 집게처럼 두 짝이 이어져 있어. 또 돌출부가 있어서 손가락 위치를 고정해 주지. 전에 일본에서 가져온 거 다음 단계 정도인데, 12월부터 썼어. 보통은 아이들이 젓가락질을 배울 때 쓰는 거야.

 # 재활 젓가락을 쓰면 먹을 때 오래 걸려요?

아냐, 그런 건 없어. 혼자 이상한 젓가락을 가지고 젓가락질을 하고 있으니 보기 싫은 정도지. 또 휴대해야 하는 불편함이 있지. 얼마 전에 옥수동에 있는 설렁탕집에 젓가락 가져가서 연식이랑 호영이랑 밥을 먹었는데, 식당 주인이 내가 젓가락질 못해서 에디슨 젓가락 쓰는 거 보고 '다 큰 애기'라고 하더라. 내 손에 장애가 있다고는 별로 생각하지 않는 거 같더라고. 그래서 농담 삼아 아직 한국 문화에 익숙하지 않다고 했어.

여전히 사회생활하는 데 불편한 게, 젓가락질이랑 바지 지퍼야.

'사회생활에 필요한 게 뭐냐'의 결론은 바지 지퍼랑 젓가락이군요?

그렇지. 나머지 문제는 힘이 약한 건데 그건 운동해서 나아질 걸 기대하거나 당장은 어쩔 수 없으니 가능한 범위에서 살아야지 하고 포기하거나야. 회사 일 하는 데에 얼마나 힘이 필요하겠어? 젓가락질이랑 바지 지퍼만 되면 출근해서 일할 수 있을 거 같아. 이 두 개가 안 되더라도 불편하게 일할 수도 있겠지만서도. 보기 싫고 시간이 더 걸린다는 거지. 지금은 사실 뭐든지 보통사람보다 못하는 게 그렇게 많지는 않은데, 다 느려서 뭘 해도 시간이 더 걸려.

양말은 머릿속에서 사라졌어요?

발목양말 정도는 옛날의 1/10의 시간도 안 걸리는 거 같아. 예전에는 양말을 양손으로 벌려서 발을 집어넣는 게 아니라 대충 우겨넣고 발목 부분을 손으로 밀어 올렸는데, 손가락 힘이 없으니 손바닥으로 밀기도 하곤 했어. 지금은 예전보다 훨씬 빠르긴 빨라졌어. 여전히 보통사람에게는 미치지 못하겠지만.

이제 일상생활은 조금 불편한 정도군요?

응. 불편하고 늦다 정도. 사회생활도 못 한다기보다는 굉장히 늦고 불편하다 정도겠지. 아침에 출근해서 점심 먹고 저녁에 칼퇴근하는 사무직이라면, 지금 할 수도 있지 않을까. 매일 회사에 갔다 와서 운동하고 자면 몸도 계속 회복되고. 실제로 그런 직장이 존재하는지는 모르겠지만.

근데 로펌 변호사는 밖에서 두 끼 다 먹고 운동할 시간도 없을 수 있고, 체력을 소진하는 일이니 솔직히 아직 어렵지.

회사 복귀를 생각할 때 제일 걸리는 건 체력과 에너지네요?

그렇지. 타이핑이 되는 이상 일은 할 수 있는 건데, 체력과 집중력의 문제인 거 같아. 요새 하도 심심해서 병원 앞에 일본어 학원에 등록했는데, 1시간 30분이 넘으면 집중이 잘 되지 않더라구. 체력이 약한 건 사실이지. 하루에 20분 정도 트레드밀하는데 그중 2분 정도 뛴단 말이야, 그런데 2분 연속으로는 못 뛰어. 나눠서 뛰어, 1분씩. 예전에는 20분을 아무렇지도 않게 뛰었단 말이야. 그런데도 일이 힘들었다구. 그러니까 지금 체력으로는 일이 힘들 거라고 생각하는 거지.

일을 하고 싶어. 돈을 벌어야 된다, 이런 것보다 원래 생활로 돌아가고 싶어. 원래의 자리로. 그런데 참고 있는 게, 회복할 수 있는 기간에 최대한 많이 회복해 놓고 해야지 괜스레 운동 안 하고 복귀해서 체력 소진하면 장기적으로는 오히려 안 좋지 않을까 싶어서야. 섣불리 덤볐다가 운동 안 하고 일에만 매달리게 되면, 이 병 회복기간에 한계가 있는데 더 회복하지 못하고 그 한계를 지나쳐버리게 될까 두려운 거지.

이제 병원에 가면 좀 썰렁하지 않아요?

그런 사람도 있어. 퇴원할 때 되지 않았냐고 하는 사람들. 예전에도 있었지만. 이제 나도 퇴원 시기를 생각하고 있어. 가족들에게도 물어보고. 그래도 아직 모자란 점이 있어. 팔은 이제 겨우 사람 팔 같은데, 손바닥이 아직 너무 얇아. 손바닥 뺑 둘러서 있는 근육이 너무 약해. 그게 생기면 젓가락질이 되겠지. 그리고 한 번 젓가락질이 되면 많이 하게 될 거고 그렇게 하다 보면 또 근육도 생기고 더 좋아지겠지. 이게 뭐냐. 젓가락질이 돼야 근육이 붙는 거냐, 근육이 붙어야 젓가락질이 되는 거냐. 여하튼 지금은 젓가락질도 안 되고 손바닥 근육도 없어.

요새는 하도 심심해서, 지겹지 않으면서도 도움이 되는 걸 찾으려고 애쓰고 있지. 일본어 학원에 가는 것도 그런 맥락이지. 산책도 하고 글씨 쓰는 연습도 하고.

 # 다시 들어도 정말 특이한 1년이었군요.

없는 것 같으면서도 내 모든 인생에 영향을 미친 1년이지. 아직도 뭐, 회복은 멀었으니까.

열일곱 번째 인터뷰―2014년 2월 23일, 승수 형 집

 # 조금 빨리 봄이 왔네요?

봄이 왔지. 봄이 와서 본격적으로 고민을 하기 시작했어. 언제까지 병원에 있을 것인가에 대해.

 # 신경이 회복되는 것이 언제까지 가능하다고 했죠?

길면 1년 6개월에서 2년까지라고 보는 견해도 있다고는 해. 대체로 1년 6개월 이후에는 회복이 안 된다고 보고, 1년이 지나면 회복속도가 늦어진다고 하지.

 # 신경회복과 별개로, 근육이 붙고 일상에 적응하고 하는 건 요즘이 더 빠른 것 아니에요?

그런 것 같기도 하고 아닌 것 같기도 하고. 운동을 해서 근육은 10%씩 좋아진다고 하면, 그 10%라는 게 점점 커져서 복리가 쌓이듯 많이 좋아져야 하는데. 뭐 체감하는 건 별로 없네. 안 되는 건 계속 안 되고, 되는 건 좀 되고. 운전하는 것도, 기어 바꾸는 건 한 손으로 못 해. 못 하는 건 여전히 못 하고 하던 건 좀 더 자연스럽게 하는 것 같아. 최근 한 달을 보면 나는 별로 달라진 게 없다고 하는데, 매주 수영 같이 가는 호영이는 옷 갈아입는 게 무지 빨라졌다고는 하더라. 걷는 것도 좀 더 빨라지고 덜 불안해지기는 했어.

 # 전철 타고 다니는 건요?

그것도 덜 무서워졌어. 사람이 꽤 많은 경우도 있었는데, 장애인 티 안 내고 다닐 수 있게 되었어.

운동해서 땀 빼고 기분 좋고 그런 건 가능하죠?

응, 맨날 하는 게 그거지 뭐. 운동은 좀 더 할 수 있는 게 많아졌어. 병원에서도 제자리에서 팔근육 운동, 다리근육 운동 이런 것도 하지만 탁구, 배드민턴, 어설픈 줄넘기, 팔벌려뛰기를 한다든가, 보통사람이 운동으로 하는 것들을 하기도 해. 예전에는 걷는 연습하고 그랬다면, 이젠 운동치료 하면서 일반인들 운동도 흉내 낸다고 할까. 배드민턴 채를 놓치지 않게 되고 탁구 채도 떨어뜨리지 않고 붕대 없이 내 손으로 잡고 있어. 팔벌려뛰기 할 때 점프가 가능해지고. 전철에서 서 있을 때도 손잡이 잡고 서 있지.

확실한 건, 사람들이 장애인인 걸 알아채지 못해. 가만히 활동할 때는 거의 몰라. 밥 먹을 때 젓가락질 못하는 것 빼면. 근데 옷 입는 건 여전히 불편해. 넥타이 매는 것도 한 번 해 봤는데 불편하더라. 매긴 매는데 예전처럼 예쁘게, 빠르게는 안 되고. 그러니까 밥 먹을 때 젓가락질하는 거나 아주 무거운 거 드는 거 말고는 대부분 되긴 되는데 오래 걸려. 짜증나. 답답하다 그런 거. 예전보다는 빨라진 거겠지만, 매주 수영장 가는데, 같이 수영한 사람들이 먼저 옷 입고 정리하고 나가거든. 답답해.

결론은 거의 다 되기는 하는데 느리다는 거네요?

그렇지. 에디슨 젓가락 들고 식당 가는데, 사람들이 쳐다보곤 해. 지난 번 경험을 바탕으로 콘셉트를 "한국 문화에 아직 익숙하지 못해서요."로 정했어. 재미교포 같은 느낌으로? 오늘 점심을 뷔페식당에 가서 먹었는데, 거의 다 할 수는 있어. 근데 젓가락질을 못하니 초밥을 못 먹겠더라. 결국 손으로 집어먹었는데, 불편하지. 보기 싫고.

이제 돌을 막 지난 채은이는 내가 못 하는 거 다 해. 쪼그려 앉아있다가 일어나거나, 손을 쫙 펴거나 하는 거. 이거 다 내가 못 하는 거, 진짜 하고 싶은 거야. 우리 채은이 많이 컸어. 엄청나게 많이 컸어.

아기 돌도 지나고. 정말 봄이 왔군요?

봄이 왔어. 언제 퇴원할지가 요즘 가장 큰 고민이야.

퇴원은 일자리를 본격적으로 알아보거나 회사에 복귀한다는 뜻이에요?

아니. 병원이 못 견디게 지겹다고 할까, 뭔 뜻인지 나도 잘 모르겠네. 일은 아직 못할 거 같아. 제일 큰 이유가 젓가락질 못하는 것도 있지만, 체력이 약해. 남들이랑 똑같이 움직이면 노동강도가 전혀 다른 거지. 예전에 일한 거 생각해보면, 그 멀쩡할 때도 힘들었는데, 지금 얼마나 버틸 수 있을까 싶어. 혼자 얼마나 효율적으로 운동할 수 있을까도 고민이야. 퇴원해서 집으로 돌아오면 혼자 헬스장 다니고, 사람들 불러서 배드민턴 치고 그럴 건데.

열여덟 번째 인터뷰―2014년 3월 8일, 우리 집 방문

승수 형이 차를 몰고 우리 집으로 왔다. 스포티한 옷차림에 자연스런 모습에서 몸이 불편하다는 것을 쉽게 알아차리기 어려웠다. 계단 오를 때마다 숨을 헐떡거릴 만큼 뚱뚱한 사람도 회사 잘 다니고 일상생활을 하니, 승수 형도 이제 복귀가 가능할 것 같은데, 승수 형이 이전 같지 않게 몸이 약해진 스스로에게 적응하려면 시간이 더 걸릴 것 같기도 하다. 승수 형이 바라는 바는 당연히 완전한 회복이겠지만, 받아들이고 적응할 수준은 어느 정도일까.

차 몰고 우리 집까지 오니까 정말 멀쩡해 보이는데요?

운전할 때가 가장 정상인 같은 모습이야. 나도 모르게 손 힘도 조금씩 좋아진 것 같아. 운전하는 것도 조금씩 편해지고. 조금씩 기술도 느는 거 같아. 그래도 중점적으로 보고 있는 게 확 되지는 않아. 여전히 오른손 젓가락질, 단추 쉽게 채우기 등등은 잘 안 돼. 근데 그런 것 말고도 인간사회는 다양하게 힘을 쓰는 일들이 있더라구. 그런 데서 느끼는 불편함이 있지.

타이핑은 조금 더 빨라졌어. 글씨도 조금 더 진하게 쓰게 됐고. 제일 불편한 건 여전히 젓가락질인데, 요새는 왼손으로 하고 있어. 연습한다고 좋아지지가 않으니까, 계속 방법을 찾다가, 오른손보다는 왼손이 기능이 좋아서 왼손으로 하고 있어. 쇠젓가락은 안 되고 나무젓가락은 돼. 1~2주 됐어. 그래서 밥 먹을 때 왼손으로 젓가락질하고 오른손으로 숟가락질해서, 양손으로 먹어. 아직 재활젓가락을 가지고는 다니는데, 되도록 안 쓰고 있어. 잘은 못하지만 대부분 기능적으로 할 수 있게 됐지.

기능적으로 할 수 있다는 말이 뭐예요?

어떤 과업을 수행할 수 있게 된다는 것. 예쁘지는 않더라도. 옛날에 손을 못 쓰게 될 가능성이 있다고 할 때, 의사가 글씨나 젓가락질은 보조도구의 도움을 받아 '기능적'으로는 할 수 있다고 설명하더라구. 보조도구와 함께 하는 것도 기능적으로는 할 수 있다고 하는 거지.

그러니 기능적인 면만을 따지면 몸이 완쾌되지는 못하더라도, 사회생활을 할 수 있게 되는 거지.

승수 형이 바라는 건 기능적으로 가능한 것 더하기 자연스럽게 해내는 것이죠?

그렇지. 1단계는 스스로 보조도구 없이 해내는 것, 2단계는 빠르게 해내는 것, 3단계가 자연스럽게. 2, 3단계가 사실은 합쳐지겠지. 예를 들어, 타이핑을 보기 싫게 하지만 경우에 따라서는 300타 가까이도 칠 수 있어. 물론 지구력이라는 또 다른 문제가 있지만. 보기 좋게 자연스러우면 더 빨라지겠지만, 어쨌든 1차적인 게 선결되어야 하겠지.

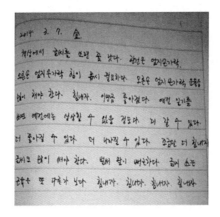

사람 많은 데 걸어 다니는 건 어때요?

괜찮아. 땅이 조금 파여 있거나, 지나치는 사람하고 어깨를 부딪힌다고 해서 넘어질 것 같지는 않아. 최근 넘어진 거라면, 부천 병원으로 와서 넘어진 게 두 번 있어. 한 번은 점프시켜서. 땅에 1부터 8까지 숫자 써 놓고 한 발로 뛰어서 그 위에 던진 돌 집는 거 있잖아? 어렸을 때 하던 놀이. 그거 하다가 넘어진 적 있어. 내가 지금 좌우 힘의 차이가 현격해. 마비의 역순으로 풀린다고 한다면, 내가 왼쪽 팔다리에 먼저 마비가 와서 그런지, 왼쪽이 현저히 약해. 최대공약수처럼 약한 쪽이 걷는 데에 충분하게 힘이 붙으면 걸을 수 있는 거겠지. 팔도 마찬가지고. 아령 2~3kg짜리 들면 오른손은 쭈욱 수십 번 하는데 왼쪽은 열 번 하면 더 못 해. 왼발로 깽깽이 뛰기를 하다가 넘어진 거지. 1월쯤이야.

또 12월에 걷다가 주저앉은 적이 있어. 극장에서 영화 보고 나왔는데, 출구쯤에서 그냥 푹 주저앉았어. 다리에 힘이 빠져서. 장시간 같은 자세로 가만히 있어서 힘이 빠진 게 아닌가 싶어. 예전에 국립재활원 치료사가 한 시간 이상 가만히 차 타고 갈 일 있으면 내리기 전에 다리 운동하고 내려서 걸으라고 했거든. 장시간 가만히 있다가 걸으면 힘이 빠질 수 있다고. 어쨌든 얼핏 보면 사람들이 내가 불편한 사람인지 잘 몰라. 병원치료사들도 밖에서 보면 잘 못 알아본다고.

뛸 수는 있어요?

웅. 달릴 수 있어. 일주일에 서너 번 이상 러닝머신 하거든. 근데 빨리 오래 뛰지는 못해. 시속 7.5~8㎞ 정도가 지금 현재로서는 가장 빨리 뛰는 거야. 걷다가 속도를 올려서 잠깐 뛰는 거지. 1분 뛰면 속도를 빨리 줄여야 돼. 다리에 힘이 빠져서 넘어질 우려가 있거든. 시속 6㎞ 정도면 2분 이상 뛸 수 있고. 어쨌든 아직까지는 계속 나아지고 있지. 약도 없잖아. 합숙소에서 운동만 하는 사람 같아. 하는 일은, 밥 먹고 운동하고 자는 거야. 정해진 시간에 정해진 선생님과 운동하고 틈나면 밥 먹고 쉬고.

그렇게 걷고 달리면 땀을 쫙 빼는 거죠?

트레드밀 한 30분 하면 땀으로 옷이 다 젖고, 운동치료 시간에는 매일매일 조금씩 프로그램이 다른데, 어떤 날은 땀으로 젖을 때도 있어. 팔벌려뛰기나 달리기하는 날이면 그렇게 되지. 숨을 헐떡이면서 운동하는 건, 국립재활원에서 제자리 뛰기 했을 때 제대로 처음 했던 것 같고. 앞으로 뛰는 게 가능해진 건 한 달 반 정도 된 것 같아. 잠깐이라도 전력질주하고 싶은데, 넘어질까 봐 아직 시도는 못하고 있어.

대부분 할 수는 있게 됐어. 다르게 말하면, 혼자서 할 수 있게 된 거 같다. 그게 매우 중요해. 남의 도움 받지 않고 먹고, 옷 갈아입고 화장실 가고 하는 것. 그런 건 이제 가능해졌으니 굉장히 다행인 거지. 어제 글씨연습 하다가 9월 일기를 봤는데, 그때만 해도 굉장히 절망적이고 이 상태로 못 움직이면 어떻게 하나 그런 내용이 있더라구. 그 때랑 비교하면 정말 다행이다 싶어.

회사 다니는 거 시뮬레이션하면 진짜 하나하나 어떻게 해야 되나 생각했었거든. 손 힘만 조금 세지면 일상생활 하는 데는 문제없을 것 같아. 전반적인 체력이 회사생활에 더 관건이지 않을까. 달리는 것도 오래달리는 것, 타이핑도, 글씨도 그래. 빨리 하는 것, 그리고 오래하는 것이 관건인 거 같아.

이제 손도 정밀하게 보여. 왼손과 오른손 엄지가 다르게 움직이는 거. 두 엄지가 힘의 차이가 좀 있거든. 그래서 내가 젓가락질도 왼손으로 하는 거고. 그러니까 이제 손 중에서 어디 어디 근육이 어떻게 살아나야 한다는 그런 게 보여. 손바닥 근육을 키우는 운동을 시킨다거나, 손을 빨리 움직이는 걸 시킨다거나, 왼손 손목을 드는 운동을 시킨다거나 등등. 뭐가 부족하고, 뭐가 좋아져야 하는지 구체적으로 알게 되었지. 예전에는 그냥 '손'이 좋아져야 한다고 했지만.

항상 이게 마지막인가 하는 불안감은 있지. 그래도 예전하고는 다르지. 같은 불안감이라도 조금 여유가 생겼어. 다행히 아직 조금씩 좋아지고 있고.

병 걸린 뒤 지금까지를 돌이켜 보면, 재활 시작한 이후로는 왼손으로 화장실 뒤처리할 수 있게 된 단계, 타이핑할 수 있는 단계가 꽤 중요했던 거 같아. 그걸 계기로 심리적으로 좀 편안해졌지. 이모저모 불편하지만, 일을 할 수는 있게 된 거니까.

언제 퇴원해요?

생각하고 있어. 근데 사실 병원이 좀 편해졌어. 내가 지금 정규 치료시간이 하루에 5번이거든. 30분씩 5번 일대일로 트레이닝 받는 거야. 헬스장 PT랑 비슷한 느낌이야. 트레이닝 받으면서 몇 달씩 같이 하다 보니 친구 같은 느낌도 들어. 뭐, 길거리 다니면서 사람들 구경하는 것도 즐겁고. 저녁에 일본어 학원 가고 하니까, 일본어로 일본 선생하고 이야기하고. 환자들 중에도 이야기 좀 하는 사람도 있고. 별로 쓸쓸하지 않아. 밥도 제때 알아서 주니까 편하고.

그래도 퇴원해야지. 퇴원하면 지금 생각으로는 요가나 필라테스, 헬스하면서 예전 자리로 돌아가는 준비를 해야겠지. 예전 자리로 돌아가려면 예전 사람들 다시 만나는 것으로 시작하려고. 대중 앞에 선보이는 건 아직 하고 싶진 않아. 가까운 친구들을 찾아다니면서 밥을 먹는 거지. 친구들 회사, 사무실 찾아다니면서 돌아다니려고 해.

사회적응의 1단계, 외식을 하고 돌아다닌다. 그러다 보면 전철도 타고 운전도 하고 옷도 갖춰 입고. 자연스럽게 재활이 되지 않을까. 시간 날 때는 당연히 운동을 해야겠지만. 가족들도 좋아할 거야. 가끔 평일에 애기 보러도 가고. 처는 당분간 충주에 있을 거야.

우리 회사가 정시출근에 정시퇴근이 가능한 여유 있는 직장이면 다닐 수 있을 텐데. 우리 회사에 당장 복귀하는 것은 상상할 수 없어. 물론 복귀는 해야 하는데 그러려면 일단 체력을 키워야 하겠지. 이전에 일했던 것들이 떠오르면 체력을 키워야겠다는 생각밖에 안 들어. 더더욱 절실하게. 역시 판사와 교수가 좋은 직업 같아. 좋은 직업이라는 것이, 돈을 좀 덜 벌더라도 자율적이고 자기 시간 관리도 가능한 것 아닐까.

나도 우리 사무실로 복귀하면 어떤 역할을 하게 될지 몰라. 어소 변호사(어소시에이트 변호사, 초임 변호사)가 아니니까. 내 스케줄, 체력을 어떻게 관리할지. 지금은 막연하게 옛날 기준으로 생각하고 있는 거지. 유학 갔다 온 사람들이 어느 정도 해야 하는 역할이 있으니까 그런 거 시킬 텐데, 그런 게 정확히 뭔지, 어떻게 할지.

퇴원

열아홉 번째 인터뷰
—2014년 3월 23일, 이태원 커피숍

바깥바람도 쐴 겸 승수 형이랑 이태원 커피숍에서 인터뷰를
했다. 이제 환자라기보다, 몸을 회복하면서 기존 생활에 복귀
할 준비를 하는 사람으로 보인다.

이제 퇴원한 거예요?

그저께 퇴원했어. 일주일에 두세 번 외래 병원에 가는 게 현재 계
획이야. 어떻게 될지는 모르겠어. 매일 가게 될 수도 있고. 사람들
하고 얘기해 봤는데, 일단 퇴원을 했지만, 스스로 생활을 잘 꾸려나
가지 못하면 다시 입원할 수도 있어, 효율적인 운동을 위해서.

내일부터 할 일이 어느 병원을 어떻게 다닐지를 알아보는 거야.
이 병원 저 병원 다니면서, 4월부터 어떤 병원에 다닐지 알아보는
것과 다른 운동 스케줄이나 장소를 잡는 게 이번 주에 할 일이야.

장장 1년 1개월여의 입원 생활을 마친 것 축하해요!

고마워. 일단 기분 좋아. 또 봄이고 해서 몸도 가볍고. 대부분 혼자 할 수 있어서 좋아. 답답했었는데, 밖에 다닐 수 있게 되어서 좋아. 다음 주에 여행도 갈 거고 명수도 그다음 주에 제부도 가자고 하고. 봄이 왔지.

옷 입는 것도 나한테는 힘들고 시간이 걸리는 일이거든, 물론 예전보다는 빨라졌지만. 그러니 옷차림이 가벼워진 것도 다행스러운 일이지. 또 길에 눈이 쌓여 있고 얼어 있으면 한 걸음 한 걸음 조심조심해야 하는데, 지금은 좀 낫지. 흙길을 많이 걸으려고 생각하고 있어.

현재 제일 불편한 건 역시 젓가락질인가요?

응. 왼손으로 하니까, 이제는 아예 안 되는 건 아닌데 느리고 불편해. 지퍼 올리는 것도 느리고 불편하고. 하다 보면 알게 모르게 불편한 게 발견되더라. 아기를 유모차에 태울 때 버클을 채우는데, 채우기야 채우는데 그거 푸는 게 힘들어. 웬만한 버클들은 다 푸는데, 유모차 버클은 좀 세. 아기가 못 풀게 해놔서 그런가 봐. 그건 아무리 애를 써도 못 하겠더라구.

사회생활 말고 개인 생활은 다 되네요?

웅, 느리게 하면 거의 다 되지. 힘들지만. 예를 들어 고기가 잔뜩 들어간 프라이팬은 한 손으로는 못 들어. 양 손으로 들어야 하지. 능숙하게 빨리는 안 되지만, 조심조심 오래 걸려서 하면 거의 다 할 수 있어.

밥 벌어 먹고 사는 사회생활은 어떻게 되는 거예요?

병원 나온 게 스스로 사회생활 훈련을 할 때가 됐다고 판단해서 정한 거지. 3월 초에 입 밖으로 내서 사람들과 상의를 하기 시작했는데, 대답이 대략 '이제는 너 원할 때 퇴원하면 된다'더라구.

웃긴 게, 보통 퇴원이라고 하면, 의사가 "자, 다 나았습니다. 수술 성공했으니 사흘 계시다 퇴원하시죠." 뭐 이런 건데, 내 경우에는 "퇴원하든가 말든가 알아서 해라." 그런 느낌이거든. 재활은 자기만족이라고 이야기하는 사람도 있었고. 부천 병원의 의사는 혼자 생활할 수 있으니 언제든 퇴원해도 된다고 이야기했어. 치료사 중에는 지금 좋아지고 있으니 좀 더 입원해서 이 회복세를 그대로 유지하는 게 좋다던 사람도 있었어.

그런데 지금 퇴원한 것은, 안정적으로 차 타고 걷고 전철 탈 수 있으니, 즉 안정적으로 이동할 수 있으니 사회생활 연습해도 된다고 나 스스로 생각한 거지. 그래서 사람들 만나서 밥 얻어 먹고 시간 날 때마다 타이핑 연습해서 몸 전체나 손이나 지구력 을 키울 때가 되었다고 생각해. 30분 정도는 해 봤는데, 두세 시 간 할 수는 있는지. 여행 가는 것도 먹고 놀려고 하는 게 아니 라, 두세 시간 트레킹 해봐서 지구력을 시험에 보려고. 지구력을 키워야 돼. 그냥 할 수 있는 게 중요한 것이 아니라 뭐든 오래하 고 잘 해야지.

여행은 어디로 가요?

다음 주말에는 춘천하고 홍천에 2박 3일 가. 그다음 주에는 명수랑 당일치기로 제부도 가려고 하고. 계획은 그런데, 실제로 는 어떻게 될지 몰라. 제일 중요한 게 실은 병원 스케줄이라 거 기에 다른 걸 맞춰야 해.

속세로 나오는군요?

그렇지. 이번 주에 여행 가면 와인 마실 거야. 와인 한 잔. 와 인 '한' 잔 마신다니까 호영이가 1.5리터 잔 가져온대. 의사는 오 래 전부터 술 마셔도 안 될 건 없다고 했는데, 근육 훈련해서 근 육을 키우는 중이니까 기껏 만든 근육에 해가 될까 아까운 거 야. 술이 근육에 안 좋다는 얘기를 어디선가 들은 것 같거든.

아직도 손은 멀었어. 손만 기다리고 있을 순 없지. 다행히 타이핑이 되니까. 지구력만 있으면 사회생활을 할 수 있지 않을까. 지구력 키우는 동안 손도 좀 더 좋아질 수도 있고.

비만 테스트하는 기계가 있더라. 그거 해 보니까 내가 비만으로 나와. 몸무게는 정상인데 근육량이 적어서 비만으로 나오더라고. 그래서 지방을 좀 빼고 근육을 더 키워야 한대. 보통사람이 되기에는 몸이 약한 거지. 지금 생각하는 게 두세 달인데, 두세 달 동안 근육을 키우고 지구력을 키운다는 게 일차 목표야. 그 뒤에, 필요하면 운동을 더 하고, 괜찮으면 회사복귀에 조금씩 더 박차를 가하는 거지. 사무실 분위기도 확인하고, 사무실의 최근 일들도 좀 업데이트하고. 그렇게 조금씩 적응하다가 복귀하는 거지. 사무실 가기 전에 마지막으로 놀 겸 일본 가서 인사를 할 생각도 하고 있어. 고마운 사람도 많고 보고 싶은 사람도 많거든. 복귀할 수 있는 몸이다 판단되면 막판에 그런 일들 좀 하고 복귀하는 거고, 아니다 싶으면 운동 더 하는 거고. 물론, 복귀해도 운동을 계속 해야겠지.

오늘 말하는 게 뭔가 출사표 같은 느낌인데요?

사회로 돌아왔으니까. 전철 타고 다니고, 사람들 만나고. 내가 얼마나 게으름을 피우느냐가 문제지. 혼자 운동하기 어렵거든.

나한테 배드민턴이 좋다더라. 약간 유산소 운동도 되고 그립을 잡고 있어야 되니까 손 운동도 되고. 근데 배드민턴이란 게 혼자는 못 치잖아. 아무리 나한테 좋다고 해도 말이지. 옥수동에 아는 사람들도 많고 형제자매도 많아서 다행이지. 병원에 있을 때는 치료사가 많아서 1:1로 붙어서 운동했었는데, 이제는 안 되니까. 일단은 옥수동을 못 벗어날 것 같아. 퇴원한 날 저녁에도 호영이랑 배드민턴 쳤어. SNS로 대화하는 이전 치료사가 하는 말이, 축하주 마실 줄 알았는데 운동하고 있어서 다행이래. 일단 어떻게 생활할지, 계획은 있는 거고, 3월 초부터 계속 그걸 고민하면서 지냈거든. 그런 계획을 세웠기 때문에 퇴원한 거고.

여전히 문제는 손인데, 손목을 움직이는 게 팔뚝 근육의 역할이거든. 그건 조금씩 눈에 띄게 커지는데, 손바닥 근육들, 그러니까 손등이나 손바닥에 있는 손 자체의 근육들, 내재근이라고 하던데, 그게 작은 근육들이라 쉽게 커지지 않는다고 하더라. 신경이 돌아오지 않았는지도 모르겠고. 내 기억으로는 여기가 제일 늦게까지 모양을 유지하고 버텼어. 그런데 한 번 빠지고 나니 회복되는 데에 정말 오래 걸리는 거 같아. 손가락을 따로따로 안 써 버릇하니까 따로 움직이기도 어려워지는 거 같고.

타이핑하는 게 손가락도 따로 쓰고 손목도 유지해 놓기도 해서 사회생활에도 필요하지만 손 운동에도 적절한 것 중 하나야.

예전에는 타이핑을 되는 대로 했는데, 새로 연습할 때는 제대로 하고 있어. 정확하게 어느 손가락으로 눌러야 하는지 보고 원칙대로 연습하지. 익숙한 컴퓨터로 하면 좀 더 잘되지 않을까.

또 하나 생각하는 게, 베이스캠프가 집이 아냐. 시간 날 때마다 집에 있으면 늘어질 거 같아서, 병원에 매일 가지는 않는 상황을 전제로 해서, 중현이 형네 회사에서 책상 하나를 쓰기로 했어. 거기서 타이핑 연습도 하고 때 되면 친구 만나서 밥 먹으러 가고 운동 가고…. 그래서 아침에 집에서 나와 저녁에 들어가는 거지. 일종의 사회생활 연습이라고 생각해.

물리적으로 변화가 나타난 건 있어요? 생활의 변화 말고, 몸 상태가 달라진 점이랄까?

힘이 더 좋아졌을 수도 있겠지만, 측정할 수 있는 게 없어. 눈에 띄는 새로운 건 없네. 오랜만에 만난 친구가, 걸음걸이가 좀 좋아졌다고 하면 '아, 그런가' 하는 정도지. 난 잘 모르겠어. 손 모양이 바뀌는 게 생기면 좋겠지. 다행히 요새 손가락이 좌우로 조금씩 벌어지기 시작했어. 손을 쫙 펴는 게 아예 불가능했었는데, 손가락 사이를 조금씩 벌릴 수 있게 된 거지. 이렇게 손모양이 변하는 건 조금 더 있을 것도 같고, 그다음에는 지구력일 거야. 더 오래 뛰거나, 더 높은 계단을 오르거나.

스무 번째 인터뷰 — 2014년 4월 7일, 옥수동 커피숍

 # 여행은 어땠어요? 잘 다녀왔어요? 어디어디 다녀왔어요?

지난주 금요일. 3월 28일에 춘천에 가서 1박하고 대명 홍천 리조트 가서 1박했지. 옥수동 멤버들하고 갔는데, 모두 4명이야. 환이 형, 연식이, 호영이 그리고 나. 연식이하고 환이 형은 금요일에 월차 내고 호영이는 퇴근 후 저녁에 춘천으로 와서 합류했지.

재미있었어. 뭘 했다는 것도 중요하지만, 여행가는 게 좋았어. 발병하고 처음으로 가는 여행이니까. 여행을 갈 수 있다는 자체가 좋고, 그리고 가서도 별 어려움 없이 즐길 수 있다는 게 좋은 거지. 술을 조금 마시기도 했고. 물론 되도록이면 마시면 안 되겠다는 생각을 했지만.

청평사에 갔어. 춘천은 7~8년만인 것 같아. 그때도 당시 춘천에 살던 연식이 보러 갔었거든. 청평사에서 1시간 정도 걸었나. 등산이라고 하기는 그렇고 트레킹 정도야. 절에 들어가려면 돌계단이 많이 있잖아. 조심하기는 했지만 무리 없이 갔고, 흙길도 무리 없이 걸었어. 개울에서 나는 물소리도 많이 들었고. 호영이가 도착 전이라 셋이서 파전에 막걸리를 먹었지. 막걸리를 쬐끔 먹어봤어. 맛있더라.

그런데, 돌아오니까 힘들더라. 아침에 집으로 돌아와서 한숨 자고, 헬스장 가서 운동하고, 아기를 보러 처가에 갔다가 체력의 한계를 실감했어. 너무 피곤하더라구. 그래서 아기를 못 보고 돌아왔어. 그때부터 몸이 안 좋아서 일주일 동안 계속 피곤해. 어제 그제는 조금 나아지는 것 같더니 오늘 또 피곤해. 감기기운이 있어.

여행을 포함해서, 퇴원 후 첫 주가 제일 피곤했던 것 같아. 퇴원하고 월화수목 나흘 지내고 여행 간 거거든. 그 나흘간도 전철 타고 사람 만나러 다니고 외래로 다닐 병원 알아보러 다니고, 그러니까 대중교통을 이용해서 하루에 세 군데 정도를 다닌 건데 그게 많이 피곤하더라구. 지나고 보니 무리였나 싶어. 원래 요가도 시작하려고 했었는데, 요가는 무기한 연기했어. 일단 지금 하고 있는 것만으로도, 그러니까 헬스장에 간헐적으로 다니고 주 2회 병원에 가고, 친구들이랑 점심 먹고 매일 오후 중현이형 회사로 나가서 인터넷 검색을 하고 타이핑 연습 겸 책 준비 작업을 하는 것 정도만으로도 충분히 힘들다고 생각되어서 현재 상태에서 더 뭔가 하는 것은 무리인 것 같아. 4월은 일단 그것만 하자 생각하고 있어.

지난주 수요일, 그러니까 이달 2일에 제부도도 갔어. 그 날은 쉬는 게 답일 수도 있었는데, 결과적으로는 수요일에 제부도에 갔다 오고, 목요일에 병원 갔다 와서 그날 오후부터 하루 반을 푹 쉬었어, 너무 피곤해서. 제부도에는 차 타고 가서 한 시간 정도 바닷가를 걸었어. 그렇게 힘든 일정은 아니었는데. 명수가 운전하고 난 차에서 자기도 하고.

아직도 감기 기운이 조금 있는데, 무서운 게 재발 가능성인거 같아. 감기 기운처럼 증상이 있다가 마비증상이 오는 게 일반적이라고 해서, 재발 확률이 일반인이 다시 이 병에 걸리는 수준이라고 하지만, 난 100만분의 1로 재수가 없었으니, 감기가 1주일 넘어가면 '또 잘못 되는 것 아닌가' 하는 불안감이 드는 거지.

 # 여행을 다녀와 본 결과는 어때요?

한 마디로 체력이 부족하다. 같이 간 사람들은 다들 술 퍼마시고 난리를 쳤는데, 힘들어한 건 나뿐이었거든. 체력이 가늠이 안 되니 시험을 해보는 건데, 수치화하면 내가 옛날에는 한 시간을 조깅하면 10㎞를 뛸 수 있었는데, 지금은 1/10도 안 되는 거지. 그런데 그렇게 숫자로만 이해할 것은 아니지 싶어서 여러 가지로 시험을 해 보는 건데, 어쨌든 체력은 약하고 무리하면 안 된다는 것을 깨달았어.

무리해서 운동하다가 감기 걸리고 아프고 하는 것이 당연하게 겪을 수 있는 일이라고 하면 한 번씩 무리를 해보겠는데, 막상 감기에 걸리면 운동을 못할 뿐 아니라 재발 가능성 때문에 마음이 불안해지니까 되도록 애초에 감기에 걸리는 것도 피해야겠다는 거지. 무리하지 말고 아프지 않고 천천히 가는 게 답인 것 같아. 욕심 부리면 안 되는데 너무 욕심을 부린 것 같아.

결국 여행의 답은 '욕심 부리지 말고 아프지 말고 천천히 가자'인 건가요?

그런 거겠지. 술도 아직은 안 되겠다 싶고. 마실 때 기분 좋긴 한데, 술 안 마시고 사는 것도 적응돼서 그런지 그렇게 불편하지도 않고.

재미있는 게 뭐냐면, 지난주 수요일 명수랑 제부도에 간 이후 한 나흘 정도 제대로 운동을 하지 않았거든. 별로 걷지도 않고. 그리고 잘 먹었어. 집에서 고기도 챙겨먹고, 매일같이 친구들이 점심에 설렁탕, 곰탕, 삼계탕 이런 거 사줘서 잘 얻어먹고 다녀. 그리고 저녁도 어머니가 신경 써서 해주시고 아침도 굶지 않고 먹는데 몸무게가 안 늘어. 거의 매일 몸무게를 체크하는데.

이게 내가 지금 대사량을 과다하게 소비하고 있어서 그런가. 그래서 살이 안 찌나 그런 생각을 했어. 몸이 일반적으로 소비하는 것을 넘어서서 과잉으로 소비하니까, 더 먹게 되고 그러면서도 살은 안 찌고 피곤해 하고 그런 게 아닌가. 뭐, 전문 지식은 전혀 없으니까 근거가 없지만.

체중이 어느 정도인데요?

체중이 작년 여름 이후로 똑같아. 3월 들어 오히려 체중이 줄었어. 보통 74kg을 유지했는데, 아프기 전에는 81~82 kg 정도였고, 발병하고 나서 최저일 때는 63~64kg 정도까지 떨어졌어. 먹고 운동해서 74kg까지 올라와서 74kg을 조금 넘기는 그 근처에서 유지되고 있지. 3월 돼서 73kg으로 내려왔어. 운동량이 늘고 근육이 생겨서 그런 게 아닐까 싶기도 하고. 물론 그래도 아직 일반인에 비해서 부족한 근육량이겠지만.

아기들이 돌 지나서 걷기 시작하면 체중이 늘지 않는 것과 비슷한 셈이네요?

그런 걸 수도 있어. 일상생활을 한다는 게, 엄청난 운동량이 있는 것 같아. 병원 테두리에서 운동하는 것보다 말이지. 아프지 않은 사람들은 특별히 운동하지 않아도 근육이 확 빠지는 경우는 없잖아. 1년 동안 전혀 별다른 운동을 하지 않아도 보통 생활을 하는 사람이라면 뛸 수 있는 거 아닌가? 그런 면에서는 일상생활이 가장 큰 재활이라고도 하더라. 일상생활로 돌아가면 빨리 좋아지기도 한다고 하고. 손도 일상생활하면 많이 쓰게 된다고 하고.

최근 변화된 걸 확인한 게 있다면, 500㎖ 생수병 뚜껑을 열었어. 그리고 조그만 유리병 음료수 뚜껑을 땄어. 오래 걸렸지만. 그런데 아직 요리할 때 하는 칼질은 못해. 팔 힘으로 하는 건 나아졌는데, 손이랑 손목은 정말이지 아직 멀었어.

출장 혼자 가는 건 가능할 것 같아요?

갈 수 있지 않을까 싶어. 퇴원하고 한 주간의 수확이 있다면, 여행 간 것도 있지만 버스를 많이 타 본 거야. 사실 전철하고 달리 흔들림도 많고 계단이 높아서 걱정을 많이 했는데, 오랜만에 버스와 마을버스를 많이 타보니까 큰 위험 없이 탈 수 있더라. 늙은 어르신들이 한 칸 한 칸 올라가듯 하기는 하지만. 흐름에 불편을 끼치지 않고. 이제 전철 아닌 대중교통도 이용할 수 있겠다 싶어.

형, 몇 달 전만 해도 여행 가는 걸 무지하게 걱정했던 거 기억나요?

그러게. 이제 화장실, 옷 갈아입는 것 등은 걱정이 덜 되지. 아직 많이 불편하고 오래 걸리긴 하지만, 뭐. 요즘 주로 생각하는 건 두 가지야. 체력하고 재발. 체력은 어떻게든 키워야 하는 거고, 재발은 막아야 하는 거고. 체력을 키우다 보면 근력도 커지고 조금씩 더 빨리 움직일 수 있게 되고, 재발 가능성이 줄겠지.

아직도 손이 좋아지려면 멀었지만 이제 최소한의 사회생활을 할 수 있을 만큼은 회복된 것 아닌가 싶어. 타이핑하고 밥 먹고 짐도 조금 들 수 있고.

물론 손은 아직 모양이 예전 같지 않고, V자, 피스, 전화 손모양 등 손가락을 써서 하는 제스처를 할 수 없어. 실은 그런 걸 애기한테 보여주고 싶은데 못 보여주는 게 슬퍼. 계속 못하면 나중에 왜 이런 거 못하는지 물어보지 않을까? 그러니까 아이한테 장애인으로 보이고 싶지는 않다, 그런 게 있는 거지.

스물한 번째 인터뷰
—2013년 5월 26일, 압구정 커피숍

압구정 역 앞에서 같이 저녁을 먹고 인터뷰하러 갔다. 이제는 승수 형이 죽다 살아났다는 점을 가끔 잊을 만큼 많이 좋아진 모습이다. 책 쓰는 일, 정리하는 일에 진도 나가자고 재촉할 때는 무시무시하다. 책이 어느 정도 마무리되는 것과 함께, 승수 형의 발병 이후 인생에서 가장 우울한 한 챕터는 마무리되는 것일까. 하지만 꼭 그렇지는 않은 것 같았다.

형, 퇴원도 했고, 회사복귀 준비는 어떻게 되어가요?

복귀하려고 해. 여름에 원래의 직장으로 복귀하는 게 목표야. 회사 사람들을 조금씩 만나기 시작하고 있어. 사실 회사복귀를 위해서 꼭 만나야 하는 윗사람들 빼고 다른 사람들을 만나. 일단 회사 분위기도 적응하고, 변죽을 울리는 거지. 6월에는 복귀에 필요한 사람들을 만날 생각이고.

그럼 원래 다니던 로펌으로 복귀하는 게 거의 확실해요?

회사 사람들 만나고 든 생각이, 지금까지 내 입장에서만 생각해서 회사에서 날 언제 원할까를 잘 생각해 보지 않았다는 거야. 그런데 이제 와서 생각해 보니까, 회사에서 날 원하지 않을 수도 있겠다는 생각이 들어.

물론, 나보고 오지 말라는 말을 한 것은 아닌데, 사람들이 물어보는 게, 주로 "너 몸 상태가 이전에 하던 만큼 일할 상태가 됐냐?" 이거야. 들어가면 전쟁터겠지.

그러니까 형은 복귀하고 싶고, 회사도 형이 와서 예전처럼 일하기를 바라는데, 예전처럼 일하기는 어려운 거군요?

그렇지. 정확히는 알 수 없는 거지.

만약 내일부터 일한다고 치면 하루 몇 시간쯤 일할 수 있어요?

모르겠어. 회사의 업무 스트레스를 상정할 수가 없어. 내가 열두 시까지 인터넷을 하고 친구들을 만나고 잡다하게 시간을 때울 수 있다고 해도, 그게 내가 12시까지 일할 수 있다는 얘기는 아니거든. 그래서 가서 해봐야 알 것 같아. 적응기간도 어느 정도는 필요할 거고. 하나 더 걱정되는 건, 내가 예전보다 몸과 마음이 약해져서 스트레스에도 약해지지 않았을까 하는 거지.

퇴원 후에 그간 활동량 늘리기를 해왔잖아요. 잘 되어가요?

응, 많이 늘어난 것 같아. 가정이기는 한데, 보통 회사라면 충분히 일할 수 있지 않을까. 보통 회사를 무시하는 것은 아니고, 일하고 퇴근해서 운동하는 정도는 되지 않을까 해. 요즘 생활 패턴이 아침 8~9시경 집을 떠나서 저녁 7시 넘어서 집에 들어가는 것이거든. 놀든 뭘 하든, 그 정도 시간을 밖에서 보내는 거고. 또 그 시간 동안 사무실에 앉아있는 것보다는 많이 활동하니까.

아침마다 30분 넘게 걸려서 재활 병원에 가고, 다시 전철 타고 움직여서 친구들 만나서 점심 먹고, 점심 먹고 양재동 사무실로 가거나 아기 보러 가거나 또 움직이고, 저녁은 또 다른 곳에서 먹고 헬스장 가거나 뭐 그런 일정이니까 그냥 출근해서 일하는 것보다 몸은 많이 움직이지 않을까 싶어.

그런데 마음의 문제는 다른 것이 아닐까. 스트레스를 얼마나 받느냐가 문제일 것 같아. 내가 내 스트레스를 얼마나 관리할 수 있나 문제지. 또 복귀하면 이전에 하던 일 그대로 하는 게 아닐 것이니까. 하지만 또 살아 있는 한 어떻게든 적응하지 않을까.

 # 외래로 병원에 가서 재활 운동하는 것은 많이 달라졌어요?

퇴원하고 처음에는 병원에서 생활하던 것하고 비슷했어. 복근 운동도 하고 전체적인 근육 운동을 많이 했는데, 지금은 특정 부위만 하고 있어.

지금은 아직까지 회복되지 않은 부분이 눈에 띄거든. 이전에는 전반적으로 안 좋아서 잘 몰랐는데, 지금은 아직 회복되지 않은 부분이 다른 곳하고 비교되어 나타나. 신경 때문이라고 추측하는데, 일부 있어.

사람 그림을 놓고 안 좋은 부분은 빨간색, 좋은 부분은 파란색으로 표시된다고 보면, 이전에는 다 빨갛거나 주황이라 '다 안 좋군'이었는데 이제는 푸릇푸릇하고 몇 군데 주황색이야. 그 부분에 집중해서 운동을 하지.

역시 손인가요?

손목, 손 그리고 왼쪽 발목. 나머지 전체적으로 하는 건 헬스
장 가서 운동하고 수영하고 많이 걷고 그렇게 운동하고 있고.
전체적으로는 근력을 키우면 될 것 같은데, 이 세 개는 근력 문
제가 아닌 건가 하는 거지.

거꾸로 새로운 문제가 생기기 시작했어. 예전에 의사가 경고하
긴 했는데, 관절이 아파. 무리한 운동을 해서일 수도 있는데, 지
금 다리의 움직임이나 상태가 좌우가 다르거든. 왼쪽 다리가 얇
고 약해. 그런 경우 계속 활동을 하면 왼쪽 무릎과 발목이 아플
수 있다고 그러더니, 진짜로 아파. 다음 스테이지의 문제점이라
고나 할까.

그럼 어떻게 해요?

일단 안 뛰려고 하고, 계단 내려오는 것도 가능한 범위에서 피
하고, 손목도 몸무게 전체를 지지하는 무리한 부담을 주지 않으
려고 하고 있고. 근본적인 방법은 회복하는 건데, 그러니까 좌우
대칭 회복하고 근력의 균형도 만들고. 어쨌든 일시적으로는 무
리하지 않는 거지. 운동방법을 조금씩 바꿀까 싶기도 하고. 많
이 아파서 적극적인 치료가 필요하다고 하면 다시 병원에 가야
겠지. 아직까지는 심각하지는 않아.

낫기는 나아도 불안하군요?

웅. 과욕을 부렸나 싶기도 하고 천천히 하는 게 맞나 싶기도 하고. 회사 갈 생각을 하니까 더 불안한 거지. 몸이 더 빨리 좋아져야 하는데. 통증도 없어져야 하는데. 회사 사람들 만나니까 역시 회사는 전쟁터고.

그래도 일할 생각하면 좀 흥분되고 그런 거 있지 않아요?

4월까지만 해도 그런 생각이 있었어. 그런데 내가 요즘 뭐든지 장기 프로젝트로 하잖아. 회사 복귀 준비나 우리 책 준비나. 그 장기 프로젝트가 점점 마무리에 가까워져 가. 그래서 몇 달 후의 일이라고 대수롭지 않게 두었던 것이 이제 서서히 다가와서, 책상 위 메모지에 써 있는 단계로 넘어온 거지. 잘해야지 하고 생각할수록 겁이 나. 미리 준비했다고 생각하는데도 이렇게 되네.

그런데 애초에 형 아팠던 큰 원인이 너무 빡빡하게 살아서 그런 거 아녜요? 요새 하루 일정을 보면 인생을 좀 천천히 가야 할 것 같은데.

그게 잘 안 되더라. 사람이 참 간사한 게 몸 상태가 조금씩 정상에 가까워질수록 잊어버리게 돼, 그간에 있었던 고통을.

오늘만 해도 아침에 한 시간 걸려서 병원에 가서 재활치료 받고, 전철 타고 가서 친구 만나서 점심 먹고 산책하고, 또 처갓집 가서 아기 보고, 마을버스 타고 양재동 사무실에 가서 잡일 좀 하고, 찻집 가서 차 한 잔 하고, 너 만나서 저녁 먹고 인터뷰하고, 저녁 9시에 또 누구 만나기로 했고. 사실 그 사이에 헬스장에 가려고 했는데 그건 시간이 애매해졌다. 네 말을 들어보니 느긋하게 그냥 한 번쯤 빠지는 게 좋을지도?

곧 일본어 과외도 받기로 했고, 드럼도 배우고 있어.

드럼이요?

아프고 나서 너무 돈 아끼거나 하고 싶은 거 포기하지 말자는 생각이 들어서. 이제 기타를 못 치니까 드럼을 계속할까 해. 드럼은 좀 칠 수 있거든. 지난주에 한 번 쳐봤어. 이전 드럼 선생님 찾아가서. 드럼 선생님하고 이야기해서 화요일마다 가려고 했는데, 내일은 어떻게 할지 모르겠다. 피곤하면 드럼 치러 안 가야지, 아기랑 놀고. 사실 격주로 저녁에 미술사 강의 들으려고 하는데 그것도 내일이야. 고민이야, 드럼을 빠질지 이걸 빠질지. 둘 다 좋은데. 아, 그리고 최근에 예전에 입원했던 대학병원에 갔어.

아, 대학병원이요?

지난주 월요일에 가서 인사하고 둘러봤어. 정말 좁게 느껴지더라. 병실, 치료실 모두. 그때는 휠체어를 타고 다니니까, 천장이 높은 효과가 나서 그렇게 좁아보이지는 않았거든. 그런데 서서 걸어 다니니까 정말 좁더라. 딱 1년쯤 됐는데. 졸업한 초등학교 가서 이렇게 작았나 이런 느낌. 그때 봤던 사람들 대부분 있으니까, '그때는 그랬는데' 하고 생각나더라.

그때에 비하면 뿌듯하지 않아요?

뿌듯하기도 하고, 다행이다 싶고, 스스로 안쓰럽고 사람들한테 미안하고. 최근에 일러스트 때문에 참고하라고 사진하고 동영상 찍은 거를 이메일로 보내면서 누나가 찍어놓은 동영상을 봤어. 기분 참 묘하더라. 형하고 누나가 자주 나오는데 진짜 미안하다 싶고.

예전으로 돌아가는 거 말고 새로 얻은 건 있어요?

별로. 있어야 되는데. 아, 이런 거는 예전처럼 하면 안 되겠다 그런 건 있어. 복귀 전에 일본 로펌에 인사하러 가려는데, 인천에서 가는 아침 비행기, 제일 싼 걸로 표를 샀거든. 그런데 마누라가 몇만 원이 중요한 게 아니라고 해서, '그렇지. 이젠 이러지 말자.' 싶어서 김포에서 가는 오후표로 바꿨어. 편한 걸로. 아침 비행기를 타려면 새벽에 일어나야 하잖아. 가는 날도, 오는 날도. 몸을 축내서 돈을 아끼는 건데.

그런데, 진짜로 가만히 있으면 이전처럼 되어 버려. 인간이 그런가 봐. 의식적으로 이러면 안 되겠다고 생각해. 원래 너랑 보는 것도 어제였잖아. 그런데 피곤해서 오늘로 미루고, 오늘 약속 있었던 건 다음 주로 미뤘어. 욕심 부리지 않으려고.

장애인, 두려움

길고 긴 병원 생활 동안 목표는 오직 하나였다. 낫는 것. 이전으로 돌아가는 것. 두려움도 하나였다. 돌아가지 못하는 것. 돌아갈 수 없는 것. 내가 고개를 젓는다고 없어지지 않는 걱정.

알고는 있다. 같아질 수는 없다. 장애가 남을 수 있다. 그 이야기는 많이도 들어왔다. 퇴원 후 외래로 간 병원에서는, 말을 하지 않아도 알지 않냐고 묻는다. 그렇다. 이제는 말해주지도 않는다.

예전처럼 달리지도, 던지지도 못할 것이다. 어디까지가 되면 한시름 놓을 수 있을까. 그게 가능할까. 어려울 것이다. 분명 어렵다. 현재를 받아들인다고 해도, 돌아가지 못하는 것이 주는 슬픔, 그리고 거기서 나오는 일상의 두려움은 가슴 한 구석에서 떠나지 않는다.

이제 두려움은 거기서 그치지 않는다. 사고로 장애가 생긴 사람과 달리, 나는 병을 얻어서 장애가 생겼다. 이 병이 바이러스가 들어와서 면역 체계가 이상 반응을 일으킨 것 때문이라고 하면, 분명 내가 살아온 방식에 잘못이 있다. 내 면역 체계가 왜 그랬을까. 내 생활이 달라져야만 내 몸도 변할 것이다.

나는 어떻게 살아야 할까. 이 몸뚱어리를 이끌고 어떻게 살아야 할까. 얼마나 버텨낼 수 있을까. 아프기 전에 그리던 노후의 삶은 내 머릿속에는 없다. 항상 죽음이 눈앞에 있다고 생각한다.

두려움은 사라지지 않는다. 남은 것은 그저 노력이다. 두려움을 잊으려는 노력. 주어진 하루를 행복하게 받아들이려는 노력. 보지 않던 것들을 보려는 노력. 몸뚱어리는 더 어쩔 수 없다고 하더라도 이 두려움이 내 마음에 장애로 남아서는 안 된다.

블로그에 행복하다는 말을 많이 쓰고 있다.

마지막 인터뷰
—2014년 9월 11일(발병 19개월째), 옥수동 커피숍

승수 형은 발병 후 19개월이 지나자 죽고 사는 문제를 뒤로
하고, 적어도 표면적으로는 육아와 직장 같은 문제로 고민하
는 평범한 생활을 하는 것으로 보였다.

회사에 출근한다고요?
웅. 일단은 회사에 다니기 시작했어. 다행이라고 생각해. 작년
이맘때만 해도, 상상도 못했던 일이고, 그냥 꿈이었지. 정말로 지
금의 모습은 보이지 않았어. 이런저런 복잡한 조건이 있기는 하
지만, 회사 측에서 배려해줘서 적응을 위한 시간도 가질 겸 회사
에 복귀하는 형식이야.

만족스러워요?
회사에서의 위치나 전망, 급여조건 같은 거는 만족스럽지 않지
만, 예전같이 살 수는 없다는 것은 알고 있었으니까. 여기까지
왔다는 게 만족스럽기도 하고, 다행이라는 생각도 들고, 행복하
다고도 할 수 있어. 돈을 벌고, 아기를 안을 수 있게 되었다….

어떻게 보면 맨 처음 꿈꾸던 원래의 자리로 돌아왔다고 볼 수도 있지. 직장을 구하는 데에 다른 길이 없었던 것은 아니지만, 목표는 원래의 자리로 돌아오는 거였으니까. 완전한 방식은 아니기는 하지만.

비슷한 예가 있었다. 3월에 젓가락질만 되면 퇴원하자는 생각을 하고 있었는데, 진짜 안 되더라구. 실은 지금도 제대로는 되지 않지. 그때 밤에 혼자 12시까지 자지 않고 연습했는데도 차도가 없더라. 그러다가 어느 날 문득 왼손으로 해보니까, 잘 되지는 않지만 훨씬 낫더라고. 완전하지는 않지만 이 정도로 만족해야지.

지속될 거라고 생각하나요?

몸 관리도 더 하고, 지속되도록 해야 하겠지. 아프고 나서, '이 이상은 하지 않는다.' 같은 원칙을 만들려고 해. 충실히 해야지. 섣불리 계획을 세우지 않아. 자신만만해 하지 않는 게 답인 거 같아. 솔직히 자신감을 잃었어. 하지만 그 상태 그대로 자기관리를 해야 할 것 같아. 아프게 된 이유 중에 하나가 오만함이라고 생각하거든.

앞으로의 계획은 구체적으로 없나요?

응. 이제부터 새로 생각해야 될 거야. 새로 시작하는 거라고 봐. 급하게 정하려고 하지 말고, 조심조심하고 건강 유지하도록 운동하고, 잘 먹고.

이제 겁나지는 않아요?

못 견디게 무섭던 시기는 지나간 것 같아. 일본에 다녀오고, 몇 번의 감기를 지나쳐 오면서 조금은 믿음이 생겼어. 경험할수록 나아지고 있어.

물론 여전히 무서운 게 많지. 내 몸이 어떻게든 다시 아프게 될까봐 무섭고, 사회생활도 무섭다. 이겨 내야지.

형이나 나나 언젠가는 길랑 바레보다 더 안 좋은 병에 걸려서 결국에는 세상을 뜰지도 모르잖아요. 어쩌면 더 잘 받아들일 수 있을까요?

응, 나쁜 일은 오히려 더 잘 받아들일 수 있을 거 같아. 아직 많이 심약해서, 가끔 별 일이 아닌데도 두근거리고 마음이 무거운데, 극단적으로 무서운 일이 생기면 오히려 냉정하게 받아들일 수 있을 거 같아. 어떻게 인생이 이럴 수 있는지 묻는 게 발병 후 첫 물음이었는데, 이제 인생은 이럴 수 있다는 걸 알게 되었으니까.

몸 상태는 지금 어떤 것 같아요?

체력적으로는 많이 좋아졌고. 기능적으로도 많이 좋아지기는
했지만, 여전히 손은 불편하지. 손가락의 운동범위가 안 나오고
근력이 없어서, 할 수 없는 게 있지. 대표적으로 젓가락질을 못
하고. 다리는 많이 좋아졌지만 왼발 발목 드는 힘이 여전히 약
하고.

불편한 데가 남아있는데, 받아들일 수 있어요?

불편함이 사소할수록 받아들이기가 쉬운 것 같아. 불편한 부
분이 있어도 어지간한 것은 할 수 있으니까 점점 덜 인식하게 되
지. 예컨대 지금 한쪽 발목이 약하고 좌우 다리 굵기가 다른데,
그래도 이제 뛸 수 있게 되었으니까 잊어버리고 지내는 거지. 만
약에 교통사고가 나서 회복이 불가능하다면 받아들이기 쉽지
않을 거야. 결국은 포기하겠지. 체념하는 거지, 물론 그래도 기
적을 바라긴 할 거야.

내가 작년에 예은병원에 있을 때 연말 '예은의 밤' 파티를 했
어. 장기자랑 같은 것도 하고 치료사들이 준비해서 공연도 하는
거지. 거기 행사 중에 하나가 삼행시 짓기였는데, 미리 취합해서
그것 중에 잘 쓴 사람한테 상을 주는 거야. 나도 상을 받고 싶어
서 재밌게 내용을 써 냈는데, 상을 받은 건 다 진짜 슬픈 거였

어. 교통사고 당해서 사지가 불편한 애가 쓴 건, 매일 아침 눈을 뜰 때마다 몸이 움직이기를 하느님한테 바란다는 내용이었어.

난 계속 발전한다는 희망이 있고, 지금도 발전하는데 그런 사람들 마음은 어떨까. 내가 장애수용을 했다면 그것은 불편함이 줄어들었기 때문에 수용을 하는 거고, 그런 사람들은 다른 문제가 아닐까.

결론적으로는 받아들이게 됐지, 장애가 남을 수 있다는 것을. 하도 안 된다, 못 걷는다, 손을 못 쓴다, 그런 이야기를 많이 들어서, 굉장히 정신적으로 좋지 않은 영향도 줬겠지만, 그런 얘기가 장애를 받아들이게 하는 효과도 있는 것 같다.

옛날에 9월인가 10월 집에서 처음 인터뷰할 때 너 타이핑하면서 손을 움직이는 거 보면서 부러웠어. 나도 저랬겠지. 그런데 지금쯤 되면, 아프기 전의 내 모습, 내 손의 움직임이 기억이 안 나기 시작해. 오래전 동영상 같은 거 보면 그 속의 내가 낯설어. 지금도 그때가 부럽지. 계속 부러운 건 부러운 건데, 좀 달라. 처음에 부러워하던 때랑은 절실함이 달라. 장애를 어느 정도 수용했다는 거겠지.

어떻게 보면 조금 마음의 평화를 찾았다는 건가요?

계속 마음도 낫는 것 같아. 몸보다는 느린 듯하지만 아직도 조금씩 나아지고 있는 것 같아. 계속 더 나아지지 않을까. 살면서 조금씩.

조금씩 걷기 시작할 때 흙길도 걷고, 눈길도 걷고 다양한 길을 걸어보라고 물리치료사가 말했어. 그래야 발의 미세한 근육들이 다양한 경험을 하고 그래야 잘 걷게 된다고. 사는 것도 그런 것 같아. 다양한 경험을 해야 똑똑해지고. 내 몸뚱어리는 아픈 후에 과거 경험을 많이 잊어버렸지. 더 많은 경험을 쌓으면 나아지지 않을까. 일하고 여행하고 사람들을 만나고. 다시 새로. 자잘한 근육들이 커지는 게 아닐까. 정신적인 면에서도.

8월 한 달을 마누라가 있는 충주에서 지냈는데, 8월 중순쯤 2박3일 휴가를 받아서 서울에 올라 왔어. 아줌마도 구하고 잡무도 보려고. 그날 밤에 이태원 가서 술을 꽤 마셨어. 친구들이랑 새벽까지. 그래봐야 몇 잔 안 됐지만. 다음 날은 숙취가 있었고 다시는 이러면 안 되겠구나 생각했지만, 그 날 밤에는 무지하게 기분이 좋았어. 취해서 기분 좋은 거 말고, 놀고 있는 내가 너무 좋았어. 놀 수 있는 내가. 여행도 그렇고 평생 못할 거라고 생각했던 게 많거든. 이태원이나 한남동 술집 전전하면서 친구들과 큰 소리로 웃으며 노는 거. 그런 거 하고 싶었다⋯. 지금 뉴욕주 변호사 등록 때문에 서류 준비 중인데, 뉴욕에 다녀오면 한층 더 자신감이 생기지 않을까.

아픈 사람이 기분 좋아지는 것은 낫는 수밖에 없는 것 같군요.

맞아. 그럴 거야. 나아서 하고 싶은 것을 할 수 있게 되면 최고로 기쁜 거지. 아기를 안고, 들 수 있게 되었을 때 엄청나게 기분이 좋았지. 단순히 힘이 세지고 체력이 좋아진 게 아니라, 그렇게 체력이 좋아져서 뭔가를 할 수 있어서 행복한 거야. 수영도 그렇고, 술 한 잔 하는 것도 그렇고.

다시 너무 뭔가 해보려고 하는 건 아닌가?

그럴 수도 있어. 성취하는 게 습관일 수도 있는 거 같아. 사실 잘하면 재미있어지잖아? 운동이든, 공부든, 뭐든. 내 딴에는 평생 열심히 살았으니까, 그렇게 안 하면 답답하고 스스로가 한심해 보이기도 하고. 사실 성취하는 과정이 지나치게 힘들 때도 있는데, 그건 별로 생각하지 않아. 욕심을 내려놓아야겠다는 마음은 있지.

어떻게 살아야겠다는 생각이 조금은 바뀐 건가요?

그 말을 들으니 그런 것도 같네.

직장에서의 성취 같은 거, 마음을 좀 비우게 되었어요?

그렇지. 돈을 많이 벌고 내 이름이 여기저기 올라가면 어깨에 힘도 들어가고 자부심도 생기고 그런 것은 맞는데, 과연 그게 얼마나 중요한지 다시 생각하게 되었지.

내가 건강하게, 가족들과 함께 있는 게 더 중요한 거다.

형이 애초에 아팠던 게 너무 체력을 과신해서 그런 거라고 생각해요?

그런 생각을 해. 너무 혹사시킨 거지. 사실 어느 사건이 발생하는 게 하나의 문제만으로는 되지 않거든. 내가 면역력이 떨어졌어도 나쁜 바이러스가 들어오지 않았거나, 나쁜 것을 먹었어도 내 몸이 튼튼했다면 걸리지 않았겠지. 컨디션이 안 좋을 때 좀 쉬었으면 진행되지 않았을 수도 있고. 그저 버티다 보면 좋아지겠지 하고 몸의 이상 신호를 그냥 무시하고 살았지.

그러니까 지금은 하나라도 지켜내려고 하는 거야. 좋은 거 먹고, 무리하지 않고, 또 조금 이상하면 쉬고, 병원에도 가고. 여러 요소들 사이에 하나라도 연결고리를 끊어야지. 원인이 뭔지 모르지만, 잘 자고, 잘 먹고, 조금만 더 쉬었다면, 그 중에 하나라도 챙겼다면 걸리지 않을 병이 아니었을까.

\# 형, 지난 1년간의 인터뷰에서 하고 싶은 말 다 한 건가
요? 내가 묻지 않아서 못한 이야기도 많을 것 같아요.

문득 문득 수많은 일들이 떠올라. 다 말할 수도 없고, 적을 수
도 없어. 서서히 잊혀지겠지. 다 기록할 필요는 없지 않을까. 그
냥 그렇게라도, 살아온 거니까.

후기—이 병에 걸린 환자와 그 가족들, 그리고 그 외 독자들에게

1

이 병에 걸린 환자와 그 가족들은 아마도 저와 저희 가족이 그랬듯 모두 놀라고 무서울 겁니다. 갑자기 찾아오는 데다, 당장 손을 쓸 방법도 별로 없죠. 뜻대로 움직이지 못하는 불편함은 이루 말할 수 없습니다. 또 사람마다 예후가 천차만별이라 하니 답답하기도 그지없을 겁니다. 언제 좋아질지 막막합니다. 두렵습니다. 저도 인생에서 기억하는 눈물의 대부분을 발병 후에 흘렸습니다. 하늘을 원망하기도 했습니다. 글이나 말로는 풀어낼 수 없는 고통이었습니다.

하지만 저와 비슷한 연령대의 분들 중에 호흡기 마비가 오지 않았거나 저의 처음 모습보다 증상이 덜 심하신 경우에는 일단 조금은 안도하셔도 좋겠습니다. 저보다는 더 빨리, 더 많이 좋아질 가능성이 큽니다.

저보다 심하시거나 비슷하시거나, 그리고 연령이 많이 높으신 분들도 너무 낙담하지 마십시오. 긴 싸움이 될 수 있습니다. 그리고 완전히 예전으로 돌아가지 못할 수도 있습니다. 그래도, 생각하지 못한 정도로 분명 좋아질 수 있을 겁니다. 낙담한다고 해서 한 걸음 더 빨리 걸을 수 있는 것도 아니구요.

가족들이 힘을 내는 것도 중요하다고 생각합니다. 기다리는 기간이 길어져서 힘드실 겁니다. 그래도 가족이 가장 힘이 됩니다. 손을 잡고 가까이 있는 것이 가장 큰 위안입니다. 못 움직이는 몸뚱어리라도 그 따뜻한 체온은 온몸으로 느끼고 있습니다.

2

치료는, 일단 면역 글로불린 주사나 혈장교환술이 있습니다. 구체적인 시기, 횟수와 방법에 관해서는 의사와 상의하셔야 되겠지요. 초기에 빨리 대응하는 것이 중요하다고 합니다. 둘 다 꽤 비용이 드는 치료법으로 알고 있습니다. 길랑 바레 증후군의 경우에는 희귀난치성 질환으로 의료보험 산정 특례의 적용대상이 됩니다.

그다음으로는 재활치료가 있겠지요. 집 가까운 곳에 재활 병원이 있어 그곳에 입원한다면 더할 나위 없이 좋겠지만, 그렇지 않더라도 재활 병원에 입원하시는 것을 추천합니다. 의사에 따라서 되도록 빨리 집으로 돌아가는 것이 좋다고 하는 사람도 있습니다. 개인적으로는, 병원에서 운동하는 것이 나쁘지 않다고 생각합니다. 밖에서 혼자 스스로 운동하는 것이 쉽지 않거니와 운동 시간 확보나 비용 면에서도 병원에 있는 것이 더 효율적일 수 있습니다. 다만, 병원에 있는 것이 환자의 마음에 부담을 주지는 않는지 생각해 봐야 할 것 같습니다. 외로울 수도 있고, 답답할 수도 있습니다.

재활치료 중에는 각종 보조기가 필요할 수 있습니다. 어느 재활병원이 좋은지는 각자의 관점에 따라서 달라지겠지요. 제가 다녔던 국립재활원, 부천예은병원, 명지춘혜병원, 왕십리 휴병원 등 모두 추천할 만합니다.

국립재활원은 병원의 접근성은 좋지 않으나 북한산 자락에 있어 환경이 좋습니다. 공간에 여유가 있고, 다양한 프로그램이 있으며, 운동 기구도 많습니다. 한방 치료도 가능합니다. 치료사들은 대체로는 친절합니다만, 그렇지 못한 분들도 있다고 합니다. 식사는 썩 좋지 못하고 근처에 식당이 많지도 않습니다. 입원 기간 제한이 엄격합니다. 병동에 따라 환자 구성이 상이합니다.

부천예은병원은 다소 협소한 느낌이지만, 치료 시간이 많습니다. 전철역이 가까워서 편리하고 번화가의 중심에 있어 사회복귀 훈련에 좋습니다. 사람 구경하기에도 좋습니다. 치료사들이 대체로 살갑게 대하는 편입니다. 장기 입원 환자가 많습니다. 비교적 젊은 척수 환자의 비율이 높습니다.

명지춘혜병원에는 입원하지 않고 외래로만 다녔습니다. 교통이 편리하지는 않습니다만, 건물 하나 전체가 병원이라 답답하지 않고 주차 시설은 양호합니다. 많은 치료사들을 접해보지 못했으나 담당 치료사는 친절했습니다. 뇌졸중 전문병원이라 어르신들이 많이 계십니다.

휴병원도 외래로만 다녔습니다. 규모는 비교적 작지만 독립한 건물을 쓰고 있고, 시내에서 가까워서 접근성이 나쁘지 않습니다. 규모가 작은 만큼 시스템이 완비되어 있지 않은 느낌도 있지만, 거꾸로 치료 시간 조정 면에서 편의를 봐주기도 합니다.

3

어떤 운동을 해야 하는지도 사람마다 다르겠지요. 그러나 공통적으로 중요한 운동 몇 가지를 적어봅니다.

먼저 복근 운동입니다. 엉덩이를 들어 올리는 것과 윗몸 일으키기와 유사한 방식의 복근 운동은 여러 병원의 여러 치료사들이 모두 강조하였습니다. 코어 근육이 좋은 것이 팔다리 운동 모두에 영향을 미친다고 합니다.

다음으로는 발목 운동입니다. 이 병에 걸린 많은 환자들이 발목에 후유증을 남습니다. 또한 병상에 오래 있게 되면 발 뒤쪽 근육이 짧아진다고 합니다. 가능하면 초반부터 발목 운동을 하는 게 좋습니다. 스스로 불가능할 때는 가족들이 발목을 움직여 주시고, 스스로 설 수 있게 되면 스트레치 보드 등을 이용하여 발목 운동을 하시는 게 좋습니다.

특별히 조심해야 할 음식은 없다고 합니다. 다만 체력과 근력을 회복해야 하므로, 단백질 섭취를 많이 해야 합니다. 하지만 체력이 약한 상태에서 체중이 너무 늘면 움직임이 더 어려워지니 체중 조절은 해야 합니다.

오메가3가 신경 재생에 도움이 된다는 이야기가 있으니 드시면 좋습니다.

4

마음을 굳게 먹어야 합니다. 기다리면서 운동을 계속해야 하니까, 우울해하지 않고 꾸준히 버티는 것이 중요합니다. 이렇게 말하지만, 저도 잘하지 못했습니다. 항상 마음과 싸워야 했습니다. 실은 지금도 그렇습니다.

걷기 연습을 할 때는 넘어지지 않도록 조심하여야 합니다. 그리고 바른 자세로 걷도록 끊임없이 치료사에게 확인하시기를 권합니다.

제 이메일 주소인 *proiusto@hanmail.net*으로 연락하셔도 좋습니다.

한 승 수